城市異鄉人

城市・現代小說・五四世代

郝譽翔——著

陳芳明 主編

台灣與東亞

《台灣與東亞》叢刊發行旨趣

陳芳明

「東亞」觀念進入台灣學術界，大約是近十年的事。但歷史上的東亞，其實像幽靈一樣，早就籠罩在這海島之上。在戰爭結束以前，東亞一詞，挾帶著相當程度的侵略性與壟斷性。它是屬於帝國主義論述不可分割的一環，用來概括日本殖民者所具有的權力視野。傲慢的帝國氣象終於禁不起檢驗，而在太平洋戰爭中一敗塗地。所謂東亞概念，從此再也不能由日本單方面來解釋。尤其在跨入一九八〇年代之後，整個東亞地區，包括前殖民地的台灣與韓國，開始經歷史無前例的資本主義改造與民主政治變革。一個新的東亞時期於焉展開。

二十一世紀的國際學界，開始浮現「後東亞」一詞，顯然是相應於後結構主義的思考。所謂「後」，在於強調新的客觀條件已經與過去的歷史情境產生極大差異。在新形勢的要求下，東亞已經成為一個複數的名詞。確切而言，東亞不再是屬於帝國的獨占，而是由東亞不同國家所構成的共同觀念。每一個國家的知識分子都站在自己的立場重新出發，注入殖民時期與戰爭時期的記憶，再定義東亞的政經內容與文化意涵。他們在受害的經驗之外，又具備信心重建主體的價值觀念。因此東亞是一個頗具挑戰性的概念，不僅要找到本身的歷史定位，同時也要照顧到東亞範圍內不同國籍知識分子所提出的文化反省。

東亞的觀念，其實富有繁複的現代性意義。所謂現代性，一方面與西方中心論有千絲萬縷的關係，一方面又與資本主義的引介有相當程度的共謀。當台灣學界開始討論東亞議題時，便立即觸及現代性的核心問題。在歷史上不斷受到帝國支配的台灣，不可能永遠處在被壓抑、被領導的位置。進入一九八〇年代以後，台灣學界開始呈現活潑生動的狀態，許多學術工作已經不能只是限制在海島的格局。凡是發出聲音就必然可以回應國際的學術生態，甚至也可以分庭抗禮。這是一個重要的歷史轉折時期，不僅台灣要與國際接軌，國際也要與台灣接軌。

「台灣與東亞」叢刊的成立，正是鑑於國內學術風氣的日漸成熟，而且也見證研究成果的日益豐碩。這套叢刊希望能夠結合不同領域的研究者，從各自的專業領域嘗試探索東亞議題的可能性。無論是文學、歷史、哲學、社會學、政治學的專業訓練，都可以藉由東亞作為媒介，展開跨領域的對話。東亞的視野極為龐大，現代性的議題則極為複雜，尤其進入全球化的歷史階段，台灣學術研究也因而更加豐富。小小的海島，其實也牽動著當代許多敏感的議題，從歷史記憶到文學審美，從環保行動到反核運動，從民主改革到公民社會，從本土立場到兩岸關係，從經濟升級到勞工遷徙，無不細膩且細緻地開啟東亞思維。本叢刊強調嚴謹的學術精神，卻又不偏廢入世的人文關懷。站在台灣的立場，以開放態度與當代知識分子開啟無盡止的對話。

目次

《台灣與東亞》叢刊發行旨趣／3
序　中國新文學運動的雙城記——序郝譽翔《城市異鄉人》　陳芳明／11
導論　城市異鄉人：城市．現代小說．五四世代／15

上編　北京

第一章　從會館到公寓

一、北京宣南會館區……33
二、北大沙灘公寓……39
三、二十世紀的北京城市漫遊者……44

第二章　五四世代，黑暗之心

一、S會館：魯迅與瞿秋白……51

二、「新」的想像：《新青年》與《新社會》……55

三、「無」：無父、無家、無鄉、無國……63

四、鄉歸何處？……71

第三章　北京公寓的「零餘者」

一、「零餘者」／「多餘的人」／「浪人」……77

二、公寓：北京城市的文化空間……82

三、從「零餘者」、「城市漫遊者」到「革命家」……88

第四章　文化帝國的最後光輝：論沈從文的北京書寫

一、沒有北京，何來湘西？……97

二、野性與魔性……101

三、流氓話語……108

四、重回會館……111

下編　上海

第五章　雙城漫遊：郁達夫小說中的東京與上海

一、現代城市的「零餘者」……119
二、東京：城市「懷鄉病」……126
三、上海：不均的異質空間……132

第六章　上海的異質空間：二〇年代的左翼小說

一、滬西歹土：大學、工廠和棚戶……143
二、城市邊陲的「少年漂泊者」……152
三、閘北：城市碎裂的巨翼……157
四、城市漫遊者／革命家……162

第七章　從《倪煥之》看「上海工人三月暴動」

一、一九二七年‧上海：從「大革命」到「工人暴動」……175
二、上海大學：從教室走向社會……183
三、商務印書館及其周遭文化圈……191

第八章　現代小說的返「鄉」之路：從上海再出發

一、重回上海……197
二、少年漂泊者：青春、猝死和愛欲……205
三、疾病：從「個人」、「庸眾」到「集體」……213
四、返「鄉」：從都市邊緣再出發……218

附錄

跨界的行者：蔣光慈與馬爾羅（Andre Malraux）

一、歐洲與中國的相互對鏡……229
二、漂泊者／冒險家……235
三、短褲黨／征服者……240

瞿秋白與革命文學

一、從文學革命到革命文學……251

二、瞿秋白……255
三、蔣光慈和茅盾……258
四、太陽社：革命文學論戰……263
五、重回文學：左聯「成熟期」……266

東城／西城故事：白先勇《臺北人》的城市空間與族群記憶

一、由時間走入空間……275
二、東城眷村：私領域與公領域的疊合交融……279
三、流動的國界：在西門町看見巴黎／上海……282

後記／287

中國新文學運動的雙城記

——序郝譽翔《城市異鄉人》

重新回望中國的五四運動，以及隨著運動而陸續浮出歷史地表的作家，距離今天已經整整一百餘年。這樣的歷史縱深，確實需要一定的洞見，而且也需要在眾多史料中慢慢爬梳。整整一個世紀過去了，但那段時期誕生的新文學作家，至今還是不斷受到議論與檢討。當年被稱為「文學革命」的世代，許多知識分子大多都從偏僻的鄉村慢慢跋涉到人文薈萃的城市。尤其北京與上海，是中國知識分子最嚮往的兩個城市，畢竟城市是文化資源最為豐富的地方。經過五四運動之後，有太多傳統書生也開始要接受西方文化的洗禮。中國現代城市的崛起，其實是經過西方勢力的侵略，而終於引進許多全新的價值判斷，包括時間觀念、衛生觀念、交通秩序與知識傳播。這種伴隨西方列強的侵略，也為中國讀書人帶來了截然不同的價值取向。古老的北京城或租借地的上海，再也不可能永遠停留在傳統的世界。尤其是五四運動之後，西方文化開始源源傳入中國，北京與上海在西風的吹襲下，逐漸變成新興知識分子的嚮往目標。

現代文化的風潮開始襲擊中國古老的城市北京，許多新興的知識份子也開始追求西方傳來的學問，其中最重要的轉接站便是日本。在整個東亞國家裡，日本決心打破幕府文化，開始大量接受西方文化的洗禮，終於造就了明治時期的維新運動。在中國新興的知識份子，希望能夠脫離傳統文化的藩籬，藉由庚子賠款的資助，大量東渡日本去學習最新的知識。典型的代表便是魯迅，而他後來認識了瞿秋白則是留學俄國。郝譽翔在她的第二章，便是探討魯迅與瞿秋白對中國新文化運動的貢獻。書中討論魯迅與瞿秋白之間的互動尤為精彩，這兩位扮演啟蒙角色的文人，都同樣受到五四運動的衝擊，漸漸脫離古典書籍的耽溺而逐漸朝向西方知識的追求。魯迅在一九一八年加入《新青年》的編輯，瞿秋白則與許地山創辦了《新社會》。兩份雜誌都用了「新」的命名，似乎已預告一個全然不同的時代即將到來。所謂「新」，指的是新時代的到來，其實就是指西方文化的衝擊，藉由船堅炮利的武器終於打破了鎖國許久的中國。無論是佔領區或租借地，都可以看到與中國傳統生活習慣截然不同的價值觀念，例如：衛生觀念、時間觀念、交通觀念，都與古老的中國社會有很大的區隔。

留學日本的魯迅與留學俄國的瞿秋白，他們的思想取向截然不同，但同樣都是朝向追求現代性持續前進。一九〇四到一九〇五年發生的日俄戰爭，是一場海戰與陸戰的混合決戰。這場戰爭，最重要的意義是，長期受到西方侵略的亞洲國家，終於也有一場阻止西方帝國主義予取予求的頹勢。這不僅代表東方的崛起，更代表日本的崛起，這說明了中國知識分子中間會出現留俄派與留日派的區隔。對這群有留學經驗的知識分子來說，也許仍然還在閱讀傳統的典籍，但他們的心靈狀態已經徹底改變。他們不再沉溺於古書的句讀，反而期待透過自己的留學經驗，在傳統文化裡注入新的思考、新的價值。

經歷過西方侵略的中國，似乎不會只是依賴國內百姓的覺醒。在歷史轉折過程中，最重要的關鍵是知識分子把日本、俄國與西方國家的知識陸續介紹進來。思想的轉變也許過於抽象，但是經過五四運動以及後來不斷崛起的學生運動，正好可以說明永遠不變的中國也終於改變了。郁達夫曾經以「零餘者」自況，彷彿在暗示他們無法對中國社會有任何作用，但是郝譽翔則以「城市漫遊者」給予概括，無論他們是不是「多餘的人」，或者是「浪人」，都無法掩蓋他們帶回來的知識的多重效用，畢竟他們所接觸的知識與中國傳統的四書五經再也不可能等同起來。散居在北京的郁達夫與瞿秋白，並不可能察覺他們自己的生命充滿了積極作用，他們所夾帶進來的思考方式與價值觀念，顯然與古老中國劃清了界線。

一場文學革命與思想革命其實已經在城市的某個地方埋下了改變的欲望。他們縱然都居住在同鄉所設立的「會館」，許多思想革命的種子都在這些空間暗中醞釀著。在討論郁達夫時，特別點出他在北京受到五四思潮的衝擊。一九二〇年代左右，北京文化開始出現重大的改變，曾經是貴族遊憩的園林，最後都變成市民的公園。這是一場相當驚人的變化，一方面暗示過去貴族的生活空間終於慢慢被打破，一方面則彰顯伴隨著新文化的到來，新興知識分子開始扮演改造思想的擘造者。

相對於郁達夫的「零餘者」，瞿秋白則自稱「多餘的人」。他們在城市的漫遊從未引起當權者的注意，正式在這樣的空間，他們的思考與想像也逐漸散發出知識的影響力。作者以細讀的方式，終於在毫不相關的知識分子之間拉出一條相關的線索。郝譽翔討論了文學革命之後的中國作家，包括魯迅、瞿秋白、郁達夫、沈從文、葉聖陶、蔣光慈。對於舊社會而言，他們是多餘的人；對於新文化的誕生，他們則是思想啟蒙者。無論他們在留學期間的浪遊，或者是回國後在城市裡的漫遊，都正好點出他們夾帶而來的文學思想與創作技巧，已經埋藏了蓄積已久的革命力量。這是近年來少見的一部學術著作，如果沒有經過細讀與研究，就無法彰顯出那個時代知識分子的改造力量。

這部論文集中在北京與上海兩個城市，但是牽涉的內容並不止於書中討論的作家，而是更進一步建構中國新文學運動創作者的思想與風格，這部著作應該為後解嚴時代帶來全新的思考與視野。新文學運動之所以稱之為運動，乃在於有一股新的思考、新的價值、新的書寫夾帶其中。郝譽翔在這部書裡，所耗費的功夫、所耗費的心力，將受到國內研究者的重視與尊敬。隨著這部書的完成，顯然也傳達了一個信息，縱然許多中國新文學作家已經受到眾多學者的爬梳與討論，但是經過細讀與再閱讀，終於還是可以找到許多縫隙而另闢蹊徑。

陳芳明　政治大學台文所　二〇二四年五月一日

導論

城市異鄉人：城市．現代小說．五四世代

北京：光耀天子的巴別塔

一九一一年辛亥革命成功，不僅代表一個古老帝國的結束，政權的轉移，也是北京這座數百年來以專制君主為核心所架構而成的帝都邁向現代化的開始。

北京自從元代建城以來就成為帝國的象徵，它的空間乃是經過精心設計規劃的結果，以紫禁城作為中軸線朝左右兩邊展開，而清代以後又以正陽門作為界限，將城市的上、下區分成為「內城」和「外城」：「內城」是滿人王公貴族的居所，而「外城」則是漢人平民聚居之地，以實際的城牆將滿族／漢族，以及貴族／半民的世界區隔開來，如此一來，城市的空間則無異是種族以及權力位階的象徵。

一九〇〇年，以《冰島漁夫》聞名全球的的小說家皮埃爾．綠蒂（Pierre Loti, 1850-1923），以法國海軍上校身分參與八國聯軍艦隊而來到北京，因此寫了《在北京最後的日子》（*Les Derniers jours de P'ekin*）一書。綠蒂在書中把北京城比喻為一座「巴別塔」，「規則得像一個幾何

圖形，似乎修來只是為了妥藏並光耀四百萬靈魂的主人：天子」，認為如此嚴謹的空間布局，在西方世界可以說是前所未見。[1] 然而八國聯軍的法俄軍隊射出第一炮，擊向北京的東便門，炸毀箭樓的那一刻開始，這座城市的完美幾何空間就注定要在二十世紀走向了崩塌。

一九一一年辛亥革命成功，大清帝國瓦解，滿人貴族隨之流落入民間，而內城和外城的區隔也因此被打破，從此以後，城牆就再也抵擋不住戰爭以及革命的洪流，開始被有計畫地拆除，或是無意地摧毀。原本北京皇城是一個方正的格局，築有高大的紅牆黃瓦的城牆，城牆之內屬於禁區，一般老百姓不得入內，而僅在四邊打開天安門、地安門、東安門、西安門等幾座對外的城門，但如此封閉的城市設計，到了二十世紀便成了交通嚴重的阻礙。於是民國初年對於北京城的改造，多集中在打開它原先封閉的格局上，故在一九一二年左長安和右長安門城牆拆去，從此打通一條長安大街；一九一四年正陽門拆除；一九一五年德勝、安定、東直和朝陽門拆除；一九一七張勳復辟稱帝的美夢粉碎，更加速了城牆改造的進度。東皇城根向南一段拆於一九二四年，向北一段拆於一九二六年，直到一九二七年，北面皇城以及宣武朝陽城樓拆除之後，北京城牆已經所存無幾，從此也不再有所謂「內城」和「外城」的階級區別。[2]

頗堪玩味的是，上述城牆的改造其實並非一樁有計劃的行動，而是與中國當時陷入混亂的無政府狀態相互對應，軍閥以及百姓偷挖城牆去販賣的情事，時有所聞，這也使得皇城的瓦解以及城市空間的釋放，並非出之於政府有意識的制訂政策，而更像是一齣荒腔走板的失控大戲。但不管它的過程究竟是如何，在一九一一年到一九二七年的十多年之間，可以說是北京城市空間流動與變遷最為劇烈的一段時期，也是中國從君主集權的專制帝國，邁入現代民族國家的一大轉折關鍵。

在這段時期之中，延續千年的帝制瓦解，但新的國家秩序卻尚未重建，而位居城市中心並且同時象徵權力中心的紫禁城，內部也一直是處於懸虛不穩的狀態，故城市空間界線的泯滅瓦解的速度，恐怕要遠遠大過於建設。正如同學者史明正所指出的：近代北京城市的變遷，從城牆的瓦解，貫穿南北中軸線的象徵意義被削弱，皇家園林紛紛對公眾開放，昔日高大森嚴的城牆城門，如今也被環城路和地鐵所環繞，而前者象徵的是帝都威嚴，後者則是意味著現代大都市的流動性，凡此種種變化，皆一再表明了西方啟蒙主義對於人的重視，以及現代性對於這座城市的滲透。[3]

五四世代（一八九五—一九〇五）

就在二十世紀初此一遽變的時刻，一批誕生於新世紀也是新時代的中國知識青年們，正要浮出檯面，而恰與這座處於崩毀之中的北京城市相逢。他們已經與十九世紀末上一個世代的中國文人不同，不再被科舉制度所收編禁錮，而是受到西方思潮與現代大學的洗禮，以全新而開放的面貌出現

1 皮埃爾・綠蒂（Pierre Loti）著，馬利紅譯，《在北京最後的日子》（上海，上海書店，二〇〇六），頁八六。

2 見袁熹，《北京城市發展史》（北京：燕山出版社，二〇〇八）第一章所述。又見陳宗蕃，《燕都叢考》（北京：中華印字館，一九三〇），頁三〇—三一云：「南，北長街，南北池子以及灰池，石板房諸處，昔為行人所不易至者，今具成為通衢孔道矣。」

3 見史明正，《走向近代化的北京城：城市建設與社會變革》（北京：北京大學出版社，一九九五）中頁七〇—九五對於北京城市道路與城牆改造之討論。

在中國的舞台上。並且值得注意的是，這批知識青年抒情言志的載體，已不再是傳統的八股時文，或是受限於格律押韻的古典詩詞，而是自從清末梁啟超提出「小說界革命」的「新小說」之後，從過去的「小道之言」如今卻躋身文類之首的現代小說。

對於二十世紀的新青年而言，文學也不只是抒情傳統的產物，而更是結合了心靈乃至於對社會國家求新求變的渴望，因此從五四白話文的「文學革命」到五卅之後的「革命文學」，文學已超越了個人的審美活動，而在不知不覺中被賦予了「社會革命」的豐富潛能。

如此一來，現代城市、現代國家、現代知識分子、現代小說乃至於社會革命，遂在二十世紀之初的中國成為彼此之間環環相扣、緊密對應的元素，而以北京這一座城市作為搖籃，生根發芽，並且從而構設新中國未來的藍圖。發生在一九一七到一九一九年之間，以北京大學作為核心的五四新文化與愛國運動，便是現代「城市」、「國家」、「知識分子」、「文學」到「革命」之間相互結合的最佳例證。

故以下本書試圖回到民國之初尤其是一九一七到一九二七年之間的北京城，透過世代的角度，論述一批誕生在世紀之交的五四青年，如何在北京城市的空間之中穿梭、生活以及漫遊。我也將試圖分析這座城市如何啟蒙五四青年的知性與感性，滋長他們對於個人乃至國族想像的種種可能，並且繼之將此種想像付諸於文學的創作。其實個人與國族之間的對應關係，自從晚清康有為、梁啟超及譚嗣同等人在探究「己」與「群」的概念時，便已經是念茲在茲。然而從晚清文人戊戌變法，到五四世代新文化運動，雖然同樣都發生在北京城內，乍看之下城市本身的變化並不大，但究其實，其空間的象徵意義卻已經是判然有別。

故本書也將著眼在世代的更迭和變異之上，而不沿用傳統文學史的書寫模式，援引各式各樣的主義如寫實主義、浪漫主義等等；或是文學流派如文學研究會、創作社和新月派等等；或是文學論戰，如「革命文學」、「第三種人」和「國防文學」等名詞的釋義辨析，或許，暫時將這些看似繁複又矛盾的思潮和論爭擱置在一旁，而改從世代的面貌和心靈去著手，將更能夠貼近五四文學從二〇到三〇年代的發展，及其精神面貌曲折延續的內在歷程。

誠如余英時所指出的，五四既非文藝復興，也非啟蒙革命，因為「它根本上是一個文化矛盾的年代，而定義上矛盾是多重面向的（multidimensional），也是多重方向的（multidirection），我自己從不曾視它為一種宛如歷史鐵則所統御，導致某一預定目的，單一且又連貫的運動。」[4] 故五四的矛盾、混亂，乃至包容了各種思潮的歧義、多元與開放，不也正是恰恰好吻合它所發生的場域：一座城牆在不斷拆除之中，因此空間流動不羈，以致各方人馬與階級勢力紛紛湧入的現代北京城？

本書也將借用史華慈（Benjamin Schwartz）的觀點，將中國這批二十世紀初的新興世代定義為「五四世代」，他們包括了「老師一代」：指出生於一八八〇到一八九五年間者，如陳獨秀、胡適和魯迅等等；以及「學生一代」：指出生於一八九五到一九〇五年間者，如郁達夫、蔣光慈、沈從文和丁玲等，而許紀霖則更進一步將此「學生一代」定義為所謂的「後五四世代」，也就在成長過

4 余英時，〈文藝復興乎？啟蒙運動乎？——一個史學家對五四運動的反思〉，收於《五四新論：既非文藝復興，亦非啟蒙運動》（新北：聯經出版事業公司，一九九九），頁二六。

程之中受到五四思潮所啟發影響的一代青年。[5]

史華慈也認為所謂的「五四世代」必定有一共通之處，以至於可以和早先的一代晚清文人如嚴復、康有為、梁啟超或譚嗣同等區隔開來。然而這兩個世代之間的差異之間究竟為何？此一課題攸關中國二十世紀的現代性，答案或許不少，但本書特別要從城市的角度切入探究。因為若是粗略回顧五四文人的成長背景，便會發現他們大抵上多是出生在中國南方，也大多在青年時代就離鄉背井，遠赴迢迢的北京，並多在北京這座城市之中接受啟蒙，從而展開了個人的文學生涯。

以五四新文學的先驅者魯迅為例，一八八一年他生於浙江紹興，在一九一二年年赴北京在教育部任職，並於大學教書，而他最重要的代表作如《吶喊》、《徬徨》和《野草》，皆是完成於一九一八到一九二六年客居北京的歲月之中。魯迅的弟弟周作人生於一八八五年，也在一九一七年來到北京，此後終生皆與這座城市有著深切的關係，即便在對日抗戰期間，北京遭到日軍占領，周作人亦甘冒著漢奸之名，而不願意離開這座他深愛的城市。

至於五四世代中「學生一代」者，北京更是他們青年生涯中重要的啟蒙地。例如茅盾在一八九六年生於浙江烏鎮，一九一三年考入北京大學預科，此後受到《新青年》的影響甚深，直到一九二〇年才離開北京，南下上海到商務印書館擔任《小說月報》的主編。聞一多在一八九九年生於湖北浠水，一九一二年入北京清華園讀書，一九一九年五四運動時為清華的學生代表，也和冰心一樣在一九二三年赴美國留學。瞿秋白同樣生於一八九九年，江蘇常州人，一九一七年他到北京求學，因家境貧窮無法繳納學費，故考入有公費補助的俄文專修館，也同樣在五四運動之時成為學生代表，直到一九二〇年才以《晨報》特約記者的身分，離開北京前往莫斯科。女作家冰心則是生於一九〇〇年福建福州，在一九一二年入京，後來就讀北京協和女子大學時投身五四運動，並且開始創作《超人》而在文壇成名，直到一九二三年離開北京，赴美國波士頓留學。

至於受到五四思潮所吸引，在一九二〇年之後才前往北京朝聖的青年隊伍，也就是所謂的「後五四世代」，陣容就更形龐大了。例如廢名，一九〇一年生於湖北黃梅，在一九二二年入北大預科後開始寫作，後就讀北大英文系，並在畢業後留北大執教。沈從文一九〇二年生於湖南鳳凰，因受五四思潮影響，於一九二三年前往北京，從此開啟他的文學創作之路。丁玲一九〇四年生於湖南臨澧，一九二四年到北京開始從事寫作，一九二八年以小說《莎菲女士的日記》中大膽的情慾書寫，在文壇一炮而紅。即便是生於一八九五年江西，擅長傳統言情小說的張恨水，也因為受到五四思潮的影響，在二〇年代決定前往北京，擔任《益世報》的助理編輯，並寫出了他最重要的代表作《金粉世家》和《啼笑姻緣》，直到一九三三年日軍占領山海關，方才南遷到上海。

類似的例子尚且不勝枚舉，乍看之下，五四世代似乎仍在複製晚清文人如康有為、梁啟超等的進京模式：告別南方故鄉，成為一個漂泊京師的異鄉客，但不同的是，昔日文人是進京趕赴科舉考試，但在一九二〇年後上京的青年，卻是為了要擠進現代大學的窄門。至於北京城市空間的變遷，

5　史華慈，〈五四的回顧——五四運動五十週年討論集導言〉，收於周策縱編，《五四與中國》（台北：時報出版公司，一九八四），頁二七三—二七四。許紀霖，〈二十世紀中國六代知識分子〉，《中國知識分子十論》（上海：復旦大學出版社，二〇〇四），頁五四—五六，則將一八九五—一九一〇年間出生的知識分子稱之為「後五四世代」。

區分內城和外城的城牆界線的拆除，也連帶改變了知識青年與這座城市相遇的方式：昔日科舉文人所寄寓的落腳之處，乃是位在宣武門以南外城區的同鄉會館，唯有通過科舉考試，他們才能夠穿越高大的皇牆，進入內城也就是帝國權力核心的所在：紫禁城。但在二十世紀城牆拆除之後，內城和外城的界線已經消除，而大學如北大，也正是座落在昔日文人士子無法輕易靠近的紫禁城旁。

尤其一九一八年北大著名歐式現代建築：「紅樓」落成之後，從全國各地遠道而來的青年學子們，便多群聚在附近的沙灘和北河沿的公寓，而因此形成了一個特殊的知識分子聚落。若從地理的位置看來，那一帶正是位居北京城市的正中心，和紫禁城的東北角只相隔著一條護城河，而這也竟是北京建城將近千年以來，知識分子的生活空間最靠近國家權力中心的第一次，甚至可以說是歷史上唯一的一次。

這段黃金年代僅僅大約維持了十多年左右，直到一九三七年盧溝橋事變，日軍侵占北京，而北大南遷到長沙為止。等到一九四五年對日抗戰結束之後，北大才從昆明遷回北京，然而不出幾年，中共建國，決定合併北大與燕京大學，把原本的北大校園遷往位在西郊的燕大舊址，從此以後北大就遠離了城市的中心，而原來的「沙灘大院」及紅樓此一饒負思想啟蒙象徵意義的地標，也被分配給中央宣傳部使用，成為官方刊物《紅旗》雜誌的編輯部和宿舍，所以才不過在短短的半個世紀之中，從原先培育五四知識分子的搖籃，思想自由流動的啟蒙聖地，竟搖身一變而成為中共政策的傳聲筒，甚至是發動文革的起源地，一度還成為官方箝制知識分子思想的「文字獄的總部」，這無疑是一個悲劇性的轉折[6]。

換言之，若回顧二十世紀這一百年來北京城市空間的變遷，便可以發現一九二〇年代前後可以說是北京政治經濟最為混亂，軍閥濫權幾近於無政府的時刻，但文化思想反倒因此不受拘束，勃發噴湧而釋放出更多可能的黃金年代。這也無疑是北京城市空間自由而開放的一段時期，不僅城牆拆除而打通了許多道路，例如天安門前的長安大街，就於此時崛起，而成為一條貫穿北京城市東西的重要大街，也因為沒有城牆的阻隔和禁令，遂使得散步逛街這一行為從二〇年代的北京開始變為可能，所以五四世代竟是躬逢其盛，成為了現代北京歷史上的第一批城市漫遊者。

可惜的是好景不常，一九三七年後日本占據北京，乃至一九四九年中共建國後，將天安門廣場擴而大之，改建成由人民大會堂、革命歷史博物館，乃至閱兵觀禮台等幾大建築地標符號所組成具高度政治象徵意義的空間，而天安門也從此被比擬為莫斯科的「紅場」，代表三十萬眾「赤心保衛祖國」。[7]於是在軍警荷槍站崗的虎視眈眈之下，一九二〇年代五四世代在長安大街上的漫遊路線，就再也不復出現了，從此以後，改被一座代表國家威權至高無上的森嚴廣場所取代。

一九二〇年代的北京不只城牆拆除，讓漫遊此一行為成為可能，連原本專屬於皇家的私人空間也一一釋放出來，如北京大學就是由和嘉公主的舊宅第所改建，而著名的皇家園林，也一一被改造成為大眾可以自由進出的公園，如社稷壇在一九一四年就率先改成為中央公園，而成為北京公園之始，之後一九二五年前後，北海公園和頤和園也都對外開放，不僅提供市民重要的休閒遊憩地點，

6 見蘇曉康，《西齋深巷》（台北：印刻出版社，二〇二〇），頁一四—二〇。

7 見洪長泰，《地標：北京的空間與政治》（香港：牛津大學，二〇一一），頁一—三五第一章〈天安門廣場：民族主義的新政治舞台〉之討論。

更成為社團集會的主要場所，譬如文學研究會和新月社都是在中央公園的來今雨軒成立。

於是五四世代置身在這樣一座皇權瓦解、城牆倒塌，因此走向自由開放的城市，在無形中也形塑了他們對於現代的認知，勾引釋放出潛藏在內心中的幽暗意識，張灝認為中國現代知識分子的幽暗意識，不同於西方功利主義或中國傳統法家的所在，乃是他們對於人生和宇宙中陰暗面的正視，而這並不代表價值上的認可，恰恰相反，這種幽暗意識更是以一種強烈的道德感作為出發點，故反倒更能反映出黑暗勢力之為「黑暗」，之為「缺陷」，也因此才更能展現出對於現實人生和現實社會的批判和反省精神。[8] 故本書也將以此為出發點，試圖透過幾位五四世代的作家如魯迅、瞿秋白、沈從文、丁玲和胡也頻等人，去追究在二〇年代前後北京的城市空間，如何在新舊朝代與世紀交替的關鍵點上，啟蒙並形塑了五四世代的思想與情感，甚至最終如何成為他們內心幽暗意識的隱喻，化為對於個人生命的定位與認知，甚而形成一面國族的鏡像。

上海：馬賽克之城

在探究現代城市、知識分子乃至家國想像的關係之時，我們卻不能忽略另外一座城市：上海。上海與北京彷彿是一組矛盾的對立存在：北京已有將近千年的輝煌歷史，是帝國引以為傲的威權象徵，而上海卻本來只不過是一座貧瘠的小漁村，遲至十九世紀中葉才因為鴉片戰爭，而被迫開埠成為洋人的租界地，從此於南方崛起。但值得玩味的是，在二十世紀之初這兩座城市的角色卻又似乎彼此互補，北京隨著帝國的滅亡而捲入軍閥政治鬥爭，經濟陷入蕭條暮氣沉沉，然而上海卻是恰恰相反，因為租界治外法權的緣故，反倒逆勢成長而更加繁榮興盛。

諷刺的是，上海的成長也大抵受惠於戰亂的結果。它的第一波成長，乃在一八六二年太平天國進攻大上海地區，導致江南許多富商和難民皆湧入租界尋求庇護，也因此當大多數的南方城鎮皆在戰火中遭到無情摧毀之時，卻唯獨上海可以一枝獨秀，更加茁壯。它的第二波高峰則是出現在一九二〇年代，俄國革命加上西方一次世界大戰，許多俄國和猶太難民因此流亡來到上海，更使得這座城市的人口數頓時暴增。

對於知識分子而言，上海屬於不受政府監控的租界，因此相較於中國其他城市，享有更多的言論自由，再加上經濟繁榮，更造就了出版業和文化媒體的蓬勃興起，儼然形成了一個雖在中國、卻又不屬於中國的異域，而吸引了許多思想上的異類、冒險家和革命先驅紛紛湧入上海，夢想在此地開創一個自己心目中真正的「新中國」。

生於一八六九年浙江杭州的章太炎，便是這樣一個和主流格格不入的先驅者和夢想家，相較於汲汲奔走在北京宮廷之間，欲打入帝國權力核心的康有為，章太炎毋寧更像是一位以南方故鄉作為根據地的傳統中國文人。他拒絕參加科舉考試，而寧可透過私塾講學、著述和出版的方式，來發揮他對於社會和下一代的影響力。

提倡君主立憲的康有為，仍意在鞏固以北京為中心的皇權，相形之下章太炎所力主的「排滿革命」，就顯得激進和極端多了。一八九七年章太炎來到上海，落腳在四馬路與福建路口的《時務

8 張灝，《幽暗意識與民主傳統》（新北：聯經出版事業公司，一九八九），頁二三，

報》館內，幫忙撰稿，又在同年八月創辦《經世報》和《實學報》等，報館就位在大馬路也就是租界的第一條主要道路南京路的泥城橋附近，緊鄰跑馬地，十月，他又在上海組織「譯書工會」，創辦《譯書工會報》，又另立《昌言報》，親自出任主筆。戊戌政變之後，《時務報》的相關人士多遭到政府通緝，章太炎因此避走到台灣，後又轉往日本，與孫中山共商革命大計。

一九〇三年，章太炎應蔡元培愛國學社的邀請，每週假上海的「張園」開會宣傳革命，而愛國學社同樣位在泥城橋，太炎居住其中，利用課堂之餘積極宣揚革命，同時結交了大批愛國的有志青年，包括十九歲的鄒容在內。他不但協助鄒容出版《革命軍》一書，並為之做序，也引來許多名人加持推薦，如《蘇報》主筆章士釗就盛讚《革命軍》是：「今日國民教育之第一教科書也」，還引用李商隱評價韓碑〈平淮西碑〉的名言：「願書萬本誦萬遍」，於是《革命軍》喧騰一時，透過各種方式一再翻印出版，估計總銷售量至少達到百萬冊以上，堪稱當年暢銷書的冠軍。[9]

一九〇三年六月，清廷以叛國罪名逮捕章太炎和鄒容，押解道福州路會審公廨。而在租界法庭的保護下，章太炎和鄒容逃過了一死，被判三年，又被轉往有「遠東第一大監獄」之稱的提籃橋西牢監禁。鄒容在刑期結束前兩個月，因不堪牢獄折磨而死去，而章太炎則是在獄中開始鑽研佛學，思想深受影響，而認為「此一術也，以分析名相始，以排遣名相終，從入之途，與平生樸學相似。」故章太炎對於佛學尤其是唯識宗的偏好，目的並非一己的修為而已，最終仍是為了救國，最緊要的「第一是用宗教發起信心，增進國民的道德；第二是用國粹激動種性，增進愛國的熱腸」，而這些思想在日後也深深影響了魯迅等一代的青年。[10]

上海雖以獨特的租界空間，為革命者提供一個相對自由的去處，在一國之中再造新國的可能。

但上海卻也不只有「租界」而已，假如說北京是一座經過嚴謹的幾何精心劃分，被四面城牆封閉起來的有序格局，那麼上海卻更像是一隻沒有固定形狀的變形蟲，多足而不斷隨著時間任意的膨脹和延伸。也因此，假如二十世紀現代北京城市空間的演變史，是一道又一道的城牆被推倒拆除，打開原本閉鎖的空間，瓦解中心威權，而趨向自由開放的話，那麼上海城市空間的演變史，則彷彿是一幅凌亂的馬賽克拼圖，新舊駁雜、中西混融，不同的區塊不斷增生堆疊，交錯並呈。

首先是上海原本的舊城區，亦即所謂的「老城廂」城隍廟一帶，乃是屬於華人的勢力範圍。及至一八四五年，英國駐滬領事壓迫上海道台，與其簽訂北至蘇州河、南迄洋涇濱（即愛多亞路）、東至黃浦江的租界界線。一八六二年，美國又要求將租界往下擴充至楊樹浦，並且合併英、美租界而為公共租界：以外灘和外灘垂直的六條馬路為主，而法租界始於一八四九年，原本北約五十六公頃，北至洋涇濱，西至關帝廟，東至潮州會館，但後來法人屢次藉故擴充，尤其一九二〇年代之後，竟已高達一千多公頃，較當初增加了二十倍之多。11

二十世紀初期的中國南方飽經戰亂和飢荒所苦，於是農村人口大量外逃，前往上海打工，這些政治經濟因素導致越來越多外來人口湧入上海，租界呈現飽和狀態，故大量人口又往北流入蘇州河

9　周佳榮，《蘇報及蘇報案：一九〇三年上海新聞事件》（上海：上海社會科學院出版社，二〇〇五），頁四一。

10　見魯迅，〈關於太炎先生的二三事〉，《且介亭雜文末編》（北京：人民文學出版社，一九五一），頁八九。

11　《上海租界的黑幕》（上海：汪偽宣傳部編印，一九四三）中頁一—四關於「租界的沿革」。

以北，而閘北也就在此時趁勢崛起，形成與租界相互對峙的華人根據地，甚至在二〇年代之後，儼然搖身一變為上海人口最密集，文化出版活動也最活躍的區域。例如當時最大的出版集團商務印書社便位在閘北的四川北路上，而許多文人如魯迅、茅盾、瞿秋白等等也以閘北作為主要生活圈。

也由於聚居到城市的人口如此之多，瞿秋白尤其最早敏銳觀察到這個現象，指出：中國在二〇年代之初也就是從五四到五卅之間，有許多來自農村破產仕紳階級的青年，受五四思潮吸引而流浪到了城市的最底層，他們迅速積聚起來，形成了一股不容忽視的社會力量。關於這些流浪的波希米亞人（Bohemian）。瞿秋白特地給予他們一個特殊而且準確的中文翻譯：「薄海民」，而在郁達夫的筆下，則是稱之為「零餘者」。

瞿秋白也進一步分析「薄海民」的精神困境，認為這是一群一九二〇年代新起的五四世代青年，他們既是中國封建宗法社會崩潰的結果，也是帝國主義和官僚的犧牲品，他們被迫「擠出軌道」而喪失了與農村和土地的聯繫，也就喪失了生命的棲息地，但又因為流浪到城市之中，反倒與摩登化的關係更加深刻了，所以他們既沒有前行世代的黎明期清醒的現實主義，也缺乏「老實的農民的實是求是的精神」，反而傳染了歐洲世紀末的氣質，又因為他們具有「熱度」，所以往往會首先捲入革命的怒潮裡，但卻也容易流於「頹廢」，甚至「叛變」乃至「落荒而逃」——「如果不堅決的克服自己的浪漫諦克主義。」[12]

上海這座城市多元的異質空間，便為這群流浪到社會底層的「薄海民」和「零餘者」們找到了新的出路。除了上述的「老城廂」、公共租界、法租界、閘北等，上海「摩登」的現代性不止展現在資本主義商業、物質和消費文化的一面，工業的現代性才真正是上海摩登的起源，故在城市邊緣布滿了大量的外資工廠，從楊樹浦、小沙渡、浦東到閘北，恰好環繞包圍起租界，而工廠之中如蟻群般密密麻麻的的無產階級工人，與來自農村破產仕紳階級的「薄海民」和「零餘者」青年結合在一起，形成了一股沛之莫能禦的革命力量，正如茅盾在一九二九年的小說《虹》中所說的：「真正的上海的血脈在小沙渡、楊樹浦、爛泥渡、閘北，這些地方的蜂窩樣的矮房子裡跳躍！」

故本書也將追蹤從郁達夫「零餘者」或瞿秋白的「薄海民」，如何經由上海這座城市特殊空間的啟發，經過一九二五年的五卅罷工，到一九二七年的上海工人三月暴動，逐步轉化成為蔣光慈的無產階級革命者「短褲黨」。尤其值得玩味的是，上海由左翼青年所構設的無產階級革命理想藍圖，其實來自於一八七一年的法國巴黎公社，也是以無產階級工人為主體，在奪取武裝器械後，在城市進行街頭堡壘巷戰。故凡此種種，皆使得上海這座城市的空間有如斑駁的馬賽克，中／西、新／舊、左／右皆匯聚在此，容納了各式各樣非主流、非正統，亦無傳承的如章太炎以降的異議份子，從城市租界的中心遊走到邊緣、閘北，而充滿了異質的顛覆性與潛力。

12　瞿秋白，《魯迅雜感選集》序（上海：青光書局，一九三三），頁一九。

上編　北京

第一章
從會館到公寓

一、北京宣南會館區

一九一二年五月五日，魯迅搭船抵達天津，再轉搭火車於七點抵達北京，而這一天對他來說必然是重要的，因為現存的《魯迅日記》恰恰就是從這個時間點開始記載，但他在日記中卻是這樣寫的：「途中彌望黃土，間有草木，無可觀覽」[1]，似乎對於眼前這一座歷史悠久的偉大皇城，只有說不出的冷漠與淡然。

事實上一九一二年魯迅所行走的一條進京的道路和生活空間，與晚清的文人如康有為或梁啟超等並沒有太大不同，魯迅所任職的教育部就是原來滿清的學部，位在宣武門內的教育部街，而魯迅所落腳的住處紹興會館，在日記中他仍是沿用舊名「山邑會館」，而在《吶喊》序言中他則把它稱之為是「S會館」，則是位在宣武門外的南半截胡同。這一帶號稱是北京城南的會館區，除了紹興

1 魯迅，《魯迅日記》上卷（北京：人民文學出版社，一九七六），頁一。

會館之外還有數不清的大大小小會館，多是從明朝時就陸續興起，乃是以同鄉作為單位，專門提供給全國各地世子進京趕考時居住的所在。又因為舉辦鄉試的考場貢院就位在東單牌樓的貢院東西街，所以基於地理上的方便，絕大多數的會館就集中在前門、崇文門以及宣武門以南，一直發展到清末儼然已經成了北京城市中的人文薈萃之地，文化商業活動發達，也因此誕生了知名的古董文物集散中心：琉璃廠。從《魯迅日記》看來，他入京之後幾乎每天都會到琉璃廠尋訪各種古籍的珍本，可以說是他在北京最常造訪的所在。[2]

因此若以城市空間的角度而言，北京城乃是一個人類文明史上罕見的完美設計，以紫禁城作為核心，而四周環繞著一圈正方的城牆，以區隔出皇宮貴族專屬的內城，以及平民百姓居住的外城。至於各個鄉邑如大大小小的蜂巢般集結在城南，也宛如是整個中國的縮影。如此一來，城中央的內城所象徵的乃是「國」之威權，至於城南的會館區則象徵的是「家鄉／故鄉」，而「國」與「家／鄉」就在這座北京城中巧妙的連結在一起，如此的設計可以說是完全迥異於歐洲以中產階級為主的城市格局，也暗示中國鄉土宗親的紐帶之強大。[3]

知名的法國小說家綠蒂，在一九〇〇年時以法國海軍的身分加入八國聯軍之役遠征到北京之時，也為這座城市空間的獨特設計讚歎不已，認為在西方的城市建築史上可以說是前所未見，更從來沒有出現過如此「渲染儀仗的華美，烘托帝王駕臨的威儀」的中心思想。[4]於是在承平時期，朝廷每三年舉行一次科舉，召喚全國的知識菁英從各自的家鄉出發，萬川歸海似的匯聚到北京城南會館區，必須遵循嚴謹的考試程序逐步往上攀爬，最終才有可能進入到內城的權力核心。而如此一條晉仕的途徑，也彷彿是將「家」與「國」以儒家「齊家治國平天下」的理想成功結合在一起。然而若是不幸遭逢到亂世，此一結合鬆動脫落，那麼會館區便會搖身一變而為凝聚知識分子的公共空間，其中蘊藏豐富的革命潛力。

一八九五年康有為發動的「公車上書」可以說就是最好的例證，當時恰逢三年一次的會試，會館區因此擠滿了進京趕考的文人，包括來自廣東的康有為和梁啟超在內。當甲午戰爭中國戰敗，被迫與日本簽訂馬關條約割讓台灣的消息傳來，當時仍是一介書生的康有為立刻聯合梁啟超上書，並在會館區獲得了數千名的舉人響應簽署，一行人浩浩蕩蕩步行到都察院上呈光緒皇帝。從康有為《我史》的記載，仍可窺見當年「公車上書」的盛況：

> （世子們）莫不發憤，連日並遞，章滿察院，衣冠塞途，圍其長官之車，台灣舉人，垂涕而請命，莫不哀之。[5]

---

2 侯仁之，《北京城市歷史地理》（北京：燕山出版社，二〇〇〇），頁一九一—一九二。

3 見山口久和，〈近代的預兆與挫折：清代中期一個知識分子的思想和行動〉，便是藉由章學誠的生活空間，指出乾嘉時代中國傳統文人乃是以宗親關係紐帶強固的鄉土城鎮為根據地，若與其後的文人相較，可見知識分子從近代到現代生活空間的轉變。高瑞泉、山口久和主編，《城市知識分子的二重世界：中國現代性的歷史視域》（上海：上海古籍出版社，二〇〇五），頁一—二八。

4 皮埃爾·綠蒂（Pierre Loti）著，馬利紅譯，《在北京最後的日子》，頁八六。

5 康有為，《我史》（北京：生活·讀書·新知三聯書店，二〇〇九），茅海建註，頁六三。

據說康有為後來透過太監得知自己已經名列進士，才退出了行動，而使得這場「公車上書」到最後不了了之，但卻業已拉開了中國群眾運動的序幕，也是維新派人士躍上政治舞台的開始，也因此才有了一八九八年光緒皇帝的變法維新。只可惜戊戌變法短短維持了百日，就在慈禧的震怒之下宣告破局。清廷的步軍統領崇禮率緹騎包圍南海會館，一時間「車騎塞米市胡同口，觀者如山」，而「戊戌六君子」的康廣仁和譚嗣同等人也都在會館之中遭到逮捕，最後未經審訊，就被押往菜市口去問斬處死。

因此當一九一二年魯迅入京後，每天早晨他從位在南半截胡同的紹興會館出發，前往教育部去點個卯時，走在這一條路上，他勢必會先經過北半截胡同，也勢必知道那兒就是譚嗣同居住過的瀏陽會館，而他再往前走不到一百公尺就會來到了米市胡同，那兒便是康有為居住過的南海會館，一八九五年中國的第一個政治團體也是現代政黨的雛形「強學會」，就是在那兒成立。如果再往右穿過了兩條胡同，魯迅就會來到了粉房琉璃街，那兒是梁啟超住過的新會會館，也是傳說之中他第一次把居室命名為「飲冰室」的所在。昔日變法維新的青年，如今安在哉？當魯迅漫步穿梭在會館區的這些胡同中時，心中豈能不有所感？

其實從一八九五年康有為「公車上書」到一九一二年魯迅入京，其間相隔也才不過十七年而已，乍看之下，北京的巷道和格局似乎沒有太大的變化，但事實上卻不然。自從滿清垮台民國成立之後，北京的城牆就陸續遭到拆除，而這也使得昔日區分內城／外城、貴／賤、滿／漢的界線也因此隨之打破，而科舉制度廢除，乃至於軍閥割據，國家主權四分五裂，更是在社會的底層引發了一連串的階級流動，再再使得一九一二年的北京城市的空間象徵意義已和清末截然不同。

換言之，魯迅可以說是親眼目睹北京城市從晚清過渡到現代民國的見證者之一，而他也在作品中呈現出敏銳的空間感受，尤其是他所居住的紹興會館，在他的筆下更成了一個朝代更迭、新舊交替之下，一個知識分子夾縫處境及幽暗心靈的隱喻。在科舉廢除繼之皇城崩解後，會館更彷彿是陷落在「國」與「鄉」的夾縫之中，是進退不得的黑暗地帶。

也因此魯迅雖然在北京寫下了他畢生的代表作《吶喊》和《徬徨》，但這兩本小說集中卻鮮少看見北京的風景，魯迅反而是不斷要以文字去重返他的故鄉：紹興（魯鎮），以之召喚殘留在記憶中的故鄉風景。魯迅在編選《中國新文學大系：小說二集》時便已清楚指出，五四新文學的作者大多是離開家鄉而居住在北京，但他們卻偏偏不寫北京而回頭書寫故鄉，所以他特別提出「僑寓文學」一詞來為之定義，以為「僑寓」的「鄉愁」正是啟動書寫的重要關鍵，因為這些「僑寓」北京的作家早就「被故鄉所放逐，生活驅逐他到異地去了」，只好依靠「回憶故鄉的已不存在的事物」，而那就形同是一座早已「不存在的花園」，魯迅特地將之名為：「父親的花園」，以此來作為這些異鄉遊子的安慰。[6]

〈示眾〉乃是魯迅極少數以北京為背景的作品之一，全篇敘事的視角在街頭黑壓壓的群眾上不斷輪轉，形成了去中心化的失焦碎片，頗能代表出他置身在混亂失序的北京城，心中油然而生的破碎與疏離之感。即使魯迅在一九一九年就改搬到西城的八道灣胡同，但他卻似乎始終沒有脫離禁錮

6　魯迅，〈導言〉，收於魯迅編，《中國新文學大系：小說二集》（台北：業強出版社，一九九〇），頁九。

在會館之中，與世隔絕的虛無感，尤其在寫於一九二五年的〈傷逝〉中最為明顯，魯迅在這篇小說中依舊以會館作為開場，通過「遺忘」、「寂靜」和「空虛」等字眼，構設出一個封閉又靜默的所在，而小說的男主角涓生在經歷一場失敗的戀愛和出走之後，「新生」的夢想破滅，最後也只能「獨自負著虛空的重擔」，又以退回到會館作為結尾。

〈傷逝〉這篇小說的許多細節都寫得曖昧模糊，譬如涓生為什麼不能公開和子君的戀情？又為什麼非得把子君趕走不可？又為什麼結尾說「只有會館是還能相容的地方」？這些令人費解之處，或許說明了魯迅自己在創作的當下，是否也同樣遇到了許多無法自明的困境？一九二五年也正是他和許廣平的師生戀情正要開展之際，而早有妻室的他，究竟要如何抵抗外界的流言蜚語？如果這段戀情公諸於世，那他是否也會聲譽毀損失去教職？那個他又應該要如何才能繼續維持生存？

魯迅〈傷逝〉的悲劇結尾，顯然否定了自由戀愛的可能，而涓生選擇離開內城公寓回到會館，更是在有意無意之中洩露了會館正是他不斷「回心」的所在，也就是竹內好所指出的：「在『吶喊』還沒爆發為吶喊，只讓人感受到正在醞釀著吶喊的凝重的沉默」之際所形成的，而魯迅「終生都繞不出去的一根回歸軸」[7]。會館無疑代表著一個以家族為樞紐的鄉土中國，也才真正是是魯迅終究一生都沒能打破「鐵屋子」，而到了最後，他反倒還被其所吞噬，一如他早先做出的預言：「要救群眾，而反被群眾所迫害，終至於成了單身，忿激之餘，一轉而仇視一切，無論對誰都開槍，自己也歸於毀滅。」[8]

二、北大沙灘公寓

一九二三年的夏天，年僅二十一歲的沈從文受到五四運動的感召，因此懷抱著一個大學美夢千里迢迢從湖南來到北京，就住在前門附近的楊梅竹斜街「酉陽會館」，距離紹興會館不到幾百公尺遠。「酉陽會館」即湖南會館，也和紹興會館一樣是一間破敗蕭條的四合院，死氣沉沉，住在其中的淨是一些和沈從文同鄉之人，「有卸職候差的科長，報考落第的窮學生，退伍的小軍官，領少額乾薪的掛名部員。夜裡到處防中都有咳嗽聲，從聲音中即可辨別出有多少是老病。」[9]

會館顯然不是沈從文所嚮往的充滿了青春朝氣的五四北京，於是很快地，他就在表弟黃村生的安排下，搬到北京大學沙灘附近銀閘胡同的一間公寓。[10] 而所謂「公寓」也是四合院建築，但卻不同於歷史悠久的會館，乃是民國以後北京軍閥戰亂，中央權力式微導致財政困窘，許多有錢人因此紛紛南下，遂把空出來的四合院分隔成為許多小間，專門出租給上京讀書的窮學生居住。沈從文所租下的公寓就是由四合院的貯煤間改造而成的，房東把它臨時開個窗口，縱橫釘上四根細木條，

7 竹內好著，孫歌編，李冬木等譯，《近代的超克》（北京：生活·讀書·新知三聯書店，二〇〇五），頁四五—四六。
8 魯迅，《兩地書》（北京：人民文學出版社，一九七三），頁十六。
9 沈從文，〈一個人的自白〉，《沈從文全集》第二十七卷（太原：北岳文藝出版社，二〇〇九），頁一四。
10 沈從文，〈憶翔鶴〉，《沈從文全集》第十二卷（太原：北岳文藝出版社，二〇〇九），頁二五二。

用高麗紙糊好，擱上一個小小寫作桌，再裝上一扇舊門，就給他這個「體重不到一百磅的鄉下佬住下」。

沈從文因此把把這間公寓命名為「窄而霉小齋」，但比起陰暗破敗的會館，公寓條件雖然惡劣，卻充滿了年輕人不羈的朝氣與活力，沈從文也因此結識到了許多和他年齡相仿、背景相近的好友，他們不只有農業大學、燕京大學和北京大學的學生，更有和他一樣北漂的旁聽生，譬如後來和他情同兄弟的胡也頻和丁玲。沈從文回憶他和胡也頻第一次相見，就是在自己的「窄而霉小齋」，而不久胡也頻就帶他去拜訪丁玲居住的「通豐公寓」，比他的還要「窄而霉小」，牆上貼滿了破爛的報紙，讓他非常吃驚一個女孩怎麼能夠住在如此惡劣的房子裡，「不害病，不頭痛，還能從容的坐在一個小小的條桌邊寫字、看書？」[11]。

於是從宣南的會館區到環繞北大附近的學生公寓，沈從文在北京生活空間的遷徙和轉換，可以說是饒負象徵的意義，代表會館或是鄉土此一概念，對於如沈從文一般的「後五四世代」青年人而言，已經和前行的世代如魯迅一輩文人，產生了了截然不同的意義。這不但說明中國昔日以同鄉作為基礎的人際網路已經逐漸鬆動瓦解，而且現代大學也取代了傳統文人的科舉考試，也因此崇尚自由的風氣成為「後五四世代」青年的心之所向，而這種自由不只來自於西方思想的啟蒙，更是出之於一種現實生活上的具體實踐，因為在二〇年代軍閥統治之下的北京，政局不安使得大學制度也相對鬆散，甚至是充滿了荒弛和混亂。

如此一來，對於沈從文等「後五四世代」青年而言，他們所置身的北京可以說是一座二十世紀之初因城牆拆除，而階級解禁的現代城市空間。這些受五四思潮吸引而從全中國各地蜂擁而來北京的青年，生活圈大抵是以北大作為核心，多住在沙灘、馬神廟或北河沿一帶的學生公寓，也因地利之便，而經常到原本屬於皇家園林，在民國之後才開放給大眾進入的北海公園和中央公園漫遊，或是沿著一條在城牆拆除後才剛新闢出來、貫穿北京城市東西的主要幹道：長安大街上散步。

我們如果試圖以此在地圖上勾勒出一條「後五四世代」青年漫遊的路線，便會發現恰恰好足環繞了紫禁城一圈，而這樣的路線絕無可能在二十世紀以前出現，因為在清代，在內城尤其是紫禁城周遭行走，乃是滿人的王公貴族才能有的特權。

換句話說，「後五四世代」的青年可謂生逢其時，有幸成為二十世紀北京城市的第一代漫遊者，他們不僅不同於前行世代文人如魯迅，多以故鄉會館為「回心」的所在，而且恰恰相反，反倒更熱衷模仿以〈沉淪〉走紅的郁達夫，而自認為是一個無鄉可歸的「零餘者」，在異鄉城市街頭惶惶行走。五四新文學中第一篇刻畫公寓生活的小說，也恰正是出自郁達夫之手，一九二二年他造訪北京時寫下了一篇〈血淚〉，小說中描述一群住在「S公寓」的大學生，太多自詡為「知識分子」或「人道主義者」，夸夸而談各式各樣時下流行的主義，而相形之下郁達夫只能嘲諷自己卻連一個「徹底的主義都還沒有尋著」，在小說的最後，他黯然走出公寓，獨自一人漫步到圓明園的廢墟，露宿了整晚，還因此害了嚴重的風寒大病一場[12]。

在郁達夫的描寫下，西方主義思潮就像無根的浮萍，匯聚在北京學生公寓裡，更激發出這些

11　沈從文，〈記胡也頻〉，《沈從文全集》第二十七卷（太原：北岳文藝出版社，二〇〇九），頁七。

12　郁達夫，〈血淚〉，《郁達夫小說全集》（杭州：浙江文藝出版社，一九九〇），頁一六九。

「後五四世代」的狂想和野心，紛紛為中國的未來打造出各式的烏托邦方案，而其中尤其以周氏兄弟所大力引介的、日本學者武者小路實篤所倡導的「新村」理念最具有吸引力。胡也頻《光明在我們的前面》中就描述一位名為「自由人無我」的安那其主義者，專門在學生公寓之中遊走推銷他的「新村」藍圖：

「這就是整個新村」，那位「自由人無我」很傲然地，一面又狂熱地在紙上劃來指去的說：「我們可以名做『無政府新村』，這裡分為東西兩區域──你不看見麼？──東邊是南區，全住著男子，西邊是女區，全住著女人；東西兩區之間是大公園──我們可以名做『戀愛的天堂』──讓男女在那裡結合，而完成安那其的理想：戀愛自由！」[13]

五四所宣揚的個人主義、安那其無政府主義，再加上打破傳統家庭制度的「新村」公社，也恰好呼應著這群異鄉青年的公寓生活氛圍？他們幾乎都是獨自一人離鄉背井，雖然懷抱著大學的美夢而來北京，但在缺乏文憑也沒錢繳納學費的情況下，頂多只能成為大學的旁聽生，再加上二〇年代軍閥混戰北京財政困難，滿街都是找不到工作的失業大學生，人生前途茫茫，更增添了「後五四世代」的無政府主義狂熱和波西米亞的氣質。

沈從文就自稱自己是一個四處流浪的「浪人」，因此認為對於一九二〇年代文藝青年影響更大的，不是魯迅而是「郁達夫式的悲哀」，因為魯迅的憂鬱是來自於故鄉，但郁達夫卻不然，他「只會寫他本身，但那卻是我們青年人自己」[14]。對於這些青年人而言，故鄉和家無異是一個「精神的地獄」[15]，無論如何一定要跳出和掙開，就像詩人馮至的詩句所云：

那時無論如何
要捨棄，狹窄的家鄉。
外面在招手。
外面在呼喚。

馮至還以孔子周遊列國卻處處碰壁的境遇，比喻自己也是抱著理想，流離顛沛卻感到「四海之大，沒有一個地方，容我的身軀」。[16]漂泊彷彿成了「後五四世代」的宿命，甚至是上帝的懲罰，而這樣的悲劇生命情境，也一如瞿秋白《餓鄉紀程》的吶喊：「我不得不去，你們罰我這個瘋子，我不得不受罰。」[17]而他反覆呢喃著「我不得不去」，更彷彿在回首馮至詩中的哀嘆：「狂奔，我的命運……。」

13 胡也頻，《光明在我們的前面》（北京：人民文學出版社，一九五九），頁二四。
14 沈從文，〈郁達夫，張資平及其影響〉，《沈從文全集》第十六卷（太原：北岳文藝出版社，二〇〇九），頁二〇八。
15 羅家倫，〈是愛情還是痛苦〉，收於魯迅編，《中國新文學大系：小說二集》，頁五〇。
16 馮至，〈仲尼之將喪〉，收於魯迅編，《中國新文學大系：小說一集》，頁一二〇。
17 瞿秋白，《餓鄉紀程》（長沙：岳麓出版社，二〇〇〇），頁二—三。

如此一來，漂泊便成了「後五四世代」呼應彼此、尋求共鳴的主旋律，而故鄉已不可能回歸，就像郁達夫嘲笑當時仍是一介無名小卒的沈從文，既然已經來到北京公寓，就「不可能再回去當一個鄉下人了」[18]，而丁玲也懊悔自己已無法回頭，希望自己只是「是一個生長在鄉下，生活在鄉下，除了餵養牲口，便不能感受其他的人。」[19]然而在傳統的鄉土中國已趨瓦解之際，「後五四世代」只能被困在城市與故鄉的夾縫之中，前進不能後退不得，他們在城市的邊緣惶惶行走，有如一群無家四散的孤兒。

三、二十世紀的北京城市漫遊者

沈從文乃是「後五四世代」書寫現代城市的先驅者和佼佼者，從二〇年代中葉起，他就以一系列北京漫遊之作如〈一件心的罪孽〉、〈老實人〉、〈怯漢〉和〈誘拒〉等等，以一個北漂異鄉人的眼光捕捉城市街頭的風景，商店櫥窗內的物品，乃至街上女子所散發出來的情慾誘惑力，如何釋放出他內心的感性與野性。我們甚至可以根據這些作品，勾勒出一幅屬於沈從文的北京散步地圖，那便是：沿著長安大街從東城一路漫遊來到了西單牌樓，而他彷彿就置身在一場街頭的商品博覽會，著迷於菜市場和商店街從眼鏡公司、洋貨店、老鋪、茶葉店、零食店、糖果鋪，到神秘躲藏在胡同深處的妓女戶，不管是食物如糖炒栗子、醬肘子、油雞、奶油餅、寇寇糖……，櫥窗內的小玩意兒如泥小豬、松花……，到街上女子曼妙綽約的身姿，對他而言皆充滿了致命的吸引力和惘惘威脅，讓他為之迷戀又傷心，嫉妒又羨慕：

他承認這些是生在世界上應享受，應留戀，還可說是應玩賞的事物，尤其是單把濃嚴的香味跑進他鼻孔而本身卻懸掛到玻櫥中的燒雞燻鵝。這些東西使他腿軟，使他腹鳴，使他由失望而憎惡而傷心。……[20]

我就是為了看看這活的又愉快的世界的全體而生活的吧。或者是，我是為集中與證明「羨企」、「妒恨」一些字典上所有字的意義而生活的吧。[21]

於是沈從文在小說中所刻畫的情慾追逐，也往往是以挫敗來收尾，如〈老實人〉的主角自寬君從學生公寓漫遊到在北海公園，最後卻因為跟蹤女人而遭到警察逮捕入獄，但白寬君不但不以為恥，還自嘲：「牢中不會比外面容易招感冒，又可以省去每月的伙食。……一切並不比公寓難堪。」[22]在他筆下勾勒出的儼然是一座道德失靈、禮教崩毀的城市，只有食色的欲望和暴力宣洩，精神上的過度消耗與驚疑不定，以及對於女性肉體從乳房、手、頸到腿間香氣的垂涎，而人類原始的欲望就流淌在「魔鬼的人群」和「地獄的事物」之間。

18　郁達夫，〈給一個文學青年的公開狀〉，《晨報副刊》，一九二四年十一月十六日。
19　丁玲，〈自殺日記〉，《丁玲全集》第三卷（石家莊：河北人民出版社，二〇〇一），頁一八四。
20　沈從文，〈絕食以後〉，《沈從文全集》第一卷（太原：北岳文藝出版社，二〇〇九），頁三六一—三六二。
21　沈從文，〈怯漢〉，《沈從文全集》第二卷（太原：北岳文藝出版社，二〇〇九），頁一九九。
22　沈從文，〈老實人〉，《沈從文全集》第一卷（太原：北岳文藝出版社，二〇〇九），頁一二五。

沈從文的好友丁玲其實也沿襲類似的寫作風格和漫遊路線，一九二八年她以〈莎菲女士的日記〉中大膽的女性情慾一炮而紅，但這篇小說和沈從文的城市漫遊之作極為近似，只是主角從男性搖身一變成為了女性。在小說之中莎菲為了追逐情人凌吉士，從公寓出發不斷在北京的東城和西城之間奔走，而胡同黑暗的深處揉雜了鬼怪的想像，生存的焦躁混入了死亡的恐懼，古怪的欲力漲滿體內，迫使得莎菲始終「不安其位，不得其所」，不管逃到城市的哪一個角落都不得自由。而且不只〈莎菲女士的日記〉，丁玲〈一個男人和一個女人〉也和沈從文的小說極為類似，都以北海公園為場景去刻畫一男一女的情愛追逐，只是丁玲發揮女性特有的細膩感性，將情欲的焦躁、瘋狂與挑釁，發揮得淋漓盡致而似更勝一籌。

總結以沈從文為代表的「後五四世代」作家在北京的漫遊，大抵不出以下的路線，他們往往是從沙灘、馬神廟附近的公寓開始，接下來一路往北走到北海公園，或是往西到西單牌樓商場，再沿著一條橫向貫穿北京的主要馬路長安大街，經過皮庫胡同東頭到菜市，再走進手帕胡同到教育部街的西端，出了石駙馬大街之後向西轉，傍著牆再一路走過女子師範大學的門前……。

廬隱寫於一九三一年的〈象牙戒指〉也是沿著類似的路線開展情節，主角翁伍念秋逃出北京西安公寓之後，一路從中央公園、北海公園，來到西長安街和東安市場，而如此的城市漫遊也唯有在一九二〇年代北京城牆拆除，打通了長安大街之後，並且轉型為一座開放給平民大眾的現代城市以後，才方有可能實現。

趙園《北京：城與人》一書曾指出，五四小說中描寫北京的不少，卻殊乏「京味」。然而何謂「京味」？從沈從文和丁玲的作品看來，北京卻正是因為匯聚了從四面八方而來的異鄉人視角，才更顯得生氣蓬勃，而公寓也化成了一座情慾自由的烏托邦，不但洋溢著一股波希米亞的野性，史展現出「後五四世代」從個人到個性的解放。

值得玩味的是，對於所謂真正「京味」代表的在地作家而言，譬如出身於滿清正紅旗土生土長的老舍而言，又是如何評價詮釋這批公寓中的異鄉青年？老舍生於在一八九九年，隔年八國聯軍攻入北京，他的父親在守城戰中不幸喪生，家境從此陷入窮困潦倒，於是他十九歲從北京師範畢業後就到小學教書，住在鐘鼓樓一帶的學生公寓中，也因此對於五四之後的青年運動有了近距離的觀察和接觸。老舍坦言自己始終感到格格不入，當時已經不是學生的他，「到底對於這個大運動是旁觀者。」[23]

他的長篇小說《趙子曰》就以一座位在鐘鼓樓後方的「天台公寓」為背景，也正是從「旁觀者」的角度描寫公寓中的青年。老舍描寫這間「天台公寓」的門口掛著「專租學員，包辦伙食」的黃銅招牌，總共隔成了二十個房間，住了三十多位房客，多是一些不要「文憑學位」的大學旁聽生。公寓粉板牆上彩畫的全是一些《聊齋誌異》的鬼狐，儼然影射公寓是一個人鬼不分的魍魎世界，而裡面的青年每天不是在房裡高談闊論，就是大鬧學潮，或到街頭從東安市場到公園四處漫遊，如小說的主角之一莫大年：

---

23 老舍，〈我怎樣寫《趙子曰》〉，《老牛破車》（上海：晨光出版社，一九四九），頁一一一。

> 有時候，他（莫大年）停住腳呆呆的看著古老的建築物，他恨不得登時把北京城拆個土平，然後另造一座比紐約還新的城。自己的銅像立在二千五百五十層的樓尖上，用紅綠的電燈忽明忽滅的射出：「改造北京之莫大年！」[24]

老舍寫盡了公寓青年的荒唐醜態，嘲諷新社會裡的兩大勢力就是「軍閥與學生」，而他們在二〇年代的北京儼然是並駕齊驅，四處橫行，動不動就打人一棒，讓老百姓們充分見識到了什麼是「新武化主義」。

作為一個正宗「京味」代表的老舍，置身在公寓的青年行列之中，卻反倒成了格格不入的旁觀者和局外人，所以究竟誰才是真正的「京味」呢？或許張恨水《啼笑姻緣》提供不一樣的路徑，他反而是往城南走去，由此揭示出二〇年代北京的底層庶民世界。

張恨水原生於江西，也是和沈從文一樣因為受到五四思潮吸引，才在二〇年代來到北京讀書，繼之成為《世界新聞》編輯。某個春日他到北京的中山公園散步，「口袋裡揣了一本袖珍日記本，穿過四宜軒，渡過石橋，直上小山來」，眼前的風景忽然讓他興起了種種遐想，彷彿見到「悲歡離合的幻影」，於是才有了日後的代表作《啼笑姻緣》。[25]

張恨水將小說的主角樊家樹也塑造成一位「後五四世代」的大學公寓青年，但他從內城的公寓走出來之後，卻不像沈從文等人一般多往北海公園，或是西單商場的方向走去，他彷彿刻意要尋幽探古，反倒是一直往城南的方向前行，穿過了正陽門後來到前門，穿過了雜耍賣藝之人雲集的天橋市場，又繼續往南走到水心亭，而在那兒邂逅了說唱大鼓書的女主角沈鳳喜，從此展開一場盪氣迴腸的愛情。

北京城南天橋一帶本來就富有庶民氣息，熙熙攘攘，瑣碎家常，歲月靜好，似乎與大時代的變動毫不相干，而自成一個桃花源之地。張恨水似乎對於現代城巿中藏有這樣一個時針撥慢了的「落伍」角落情有獨鍾，故以此構築起他小說獨特的抒情美學視角，而被日後自認為是「張迷」──「張恨水迷」的張愛玲所繼承。所以一九二〇年代北京的城市空間與想像，又豈止於五四現代一端而已？

故從北京外城宣南區的會館，到內城北大沙灘附近的學生公寓，乃至於前門以南的天橋的庶民世界，北京城市的異質與不均，以及異鄉青年的穿梭漫遊，皆為它開啟了更多想像與敘述的潛能，也在皇權瓦解、城牆拆除之際，中國不論政治和經濟上皆陷入混沌又黑暗的二〇年代，卻能創造出了二十世紀中國文學和思想上的黃金高峰。「後五四世代」作家也以城市異鄉人的身分來到這座京城，因為家國秩序的瓦解，反倒而獲得了前所未有的解放，至於變動不羈的浪人生涯，更讓人性原罪的幽暗意識獲得了滋長、懺悔和洗滌，從而呈現出「人的生命就是在這神魔混雜的兩極之間掙扎與摸索的過程」[26]。故民國初年北京城市空間的變異，或許比起各種主義的論爭，都更能妥切說明

24 老舍，《趙子曰》（上海：商務印書館，一九二八），頁七〇。
25 張恨水，《啼笑姻緣》（台北：聯合文學，二〇一一），頁一五一一六。
26 張灝，〈幽暗意識的形成與反思〉，《時代的探索》（新北：聯經出版事業公司，二〇〇四），頁二三六。

「後五四世代」青年複雜的心靈世界，就像索雅（Edward W. Soja）論「第三空間」時引證列斐伏爾（Henri Lefebvre）的《空間之生產》論點宣稱：「沒有那種非空間化的社會現實」，而且「空間正成為一種目的導向行動和鬥爭的賭注」。[27]

27 索雅（Edward W. Soja）著，王志弘等譯，《第三空間：航向洛杉磯以及其他真實與想像地方的旅程》（台北：桂冠出版社，二〇〇四），頁五九—六一。

第二章
五四世代，黑暗之心

一、S會館：魯迅與瞿秋白

一九一六年五月，魯迅從北京紹興會館的藤花西屋搬到補樹書屋去居住，原因是原來的住室不夠安靜，「夜半鄰室諸人聚而高談，為不得眠熟。」[1] 補樹書屋就位在宣武門外的南半截胡同，也就是魯迅日後在《吶喊》自序中所說的：S會館裡的「三間屋」，五四白話小說的先驅之作〈狂人日記〉便是在這裡完成的，換言之，會館不僅是魯迅個人創作生涯也是中國現代小說萌芽的轉捩點，然而在他的筆下，S會館卻似乎不見一絲一毫的現代氣息：

S會館裡有三間屋，相傳是往昔曾在院子裡的槐樹上縊死過一個女人的，現在槐樹已經高不

1　見魯迅，《魯迅日記》上卷（北京：人民文學出版社，一九七六），頁一三九，乙卯日記一九一五年五月九日。

可攀了，而這屋裡還沒有人住；許多年，我便寓在這屋裡鈔古碑。客中少有人來，古碑中也遇不到什麼問題和主義，而我的生命卻居然暗暗的消去了，這也就是我唯一的願望。[2]

魯迅以扼要的筆法經營出了如下三重的矛盾對比：故鄉紹興／客居北京、死去的女人／生長的槐樹、傳統的古碑／流行的主義，而夾雜在上述矛盾的兩極之中的，只有一個漂泊異鄉的孤獨的「我」，獨坐在此任憑生命一點一滴的悄然流逝。

類似的對比和象徵手法大量出現在《吶喊》所收的小說裡，魯迅不僅是以此來擴張心理的衝突與張力，也注入了在中國古典小說中罕見的空間想像，而人在其中化為空間性存有（spatial beings），並且積極參與了環繞在人周遭的空間性的社會建構，於是空間演化成為多層次的存在，從物質化空間實踐的感知空間（perceived space）、訂為空間之再現的構想空間（conceived space）乃至於再現的生活空間（lived space），而空間也不再只是具體的物質和抽象的精神認知這兩種選項而已，而是有了另外一個其他（an-Other）的可能，它既不屬於中心也不屬於邊陲，而是存在於不斷位移、游走的「中介」（liminal）曖昧地帶。[3]

魯迅小說所開啟的空間思維，乃是他之所以超越晚清而得以跨入現代的重要因素之一。值得注意的是在《吶喊》之前，如魯迅留日時期所寫的〈文化偏至論〉或〈摩羅詩力說〉等，並沒有出現如此豐富而敏銳的心理空間感受，如此一來，魯迅從一九一二年入京到一九一八年完成現代小說的第一篇〈狂人日記〉，這段幽居在S會館的歲月也就更加饒負深意了，也可以說是醞釀魯迅乃至五四文學現代性（modernity）想像的重要場域。

巧合的是，正當一九一七年魯迅在紹興會館埋頭抄寫古碑之際，有一位青年離開故鄉江蘇而來到了北京，寄居在城南離紹興會館不遠的騾馬市大街親戚家中，在短短十二年以後，這位青年不僅將成為中國社會主義理論的第一人，更成為魯迅的忘年知己，而他就是瞿秋白。

魯迅乃是生於一八八一年，瞿秋白生於一八九九年，兩人整整相差了十八歲，而如果把他們合在一起看待，則恰好就是學者史華慈（Benjamin Schwartz）所定義的「五四世代」：其中包括了出生於一八八〇到一八九五年之間的「老師一代」，以及出生於一八九五到一九〇五年間的「學生一代」，也就是成長過程中受五四思潮影響的所謂「後五四世代」的縮影。[4]

若從世代的角度進一步觀察，可以發現所謂「老師一代」如胡適、李大釗等，絕大多數是理論的引介者和發揚者，而能夠透過文學創作成為五四青年導師的，卻大抵只有魯迅一人而已。至於當時和魯迅同輩的小說家，如生於一八八四年的蘇曼殊，或是生於一八八九年的徐枕亞，作品雖然曾在民初暢銷一時，卻仍是依循著晚清古典小說的寫作模式和套路，而使用的語言也是典雅的文言，但魯迅卻大不相同，他不但採取現代白話寫作，就連創作美學也已深受外國翻譯文學如象徵主義等

2　魯迅，〈吶喊・自序〉，《魯迅全集》卷一（北京：人民文學出版社，一九八一），頁四一五。

3　索雅（Edward W. Soja）著，王志弘等譯，《第三空間》（台北：桂冠出版社，二〇〇四），頁一二九「導言／旅程／序曲」中對於「第三空間」的定義。

4　史華慈，〈五四的回顧——五四運動五十週年討論集導言〉，收於周策縱編，《五四與中國》，頁二七三—二七四。許紀霖，〈二十世紀中國六代知識分子〉，《中國知識分子十論》，頁五四—五六，則將一八九五—一九一〇年間出生的知識分子稱之為「後五四」世代。

影響，從而開闢出中國現代小說嶄新的感性模式。[5]

當魯迅在一九二二年出版《吶喊》小說集時，早已是一個四十歲的中年人，相較之下，同時投入五四新文學創作的青年如郁達夫，卻才不過是一個二十五歲的青年而已，所以正如同李歐梵所指出：在五四不論年齡或思想都是「青年的一代人的狂熱之中」，和那些「過分浪漫主義、形式鬆散的作品相比，魯迅小說嚴密的結構和富有學識的反諷，在那個時代完全是『非典型』的。」[6]這也正點出了魯迅的過人之處，與他的同輩之人如蘇曼殊或徐枕亞相比，魯迅才真正是一個從晚清大跨步進入了五四的「非典型」象徵人物。但也令人好奇的是，這一把足以打開世代之間關隘的鑰匙會是什麼？而從晚清到五四的兩個世代之間又產生了何等幽微的轉折？

誠如余英時所言，五四「根本上是一個文化矛盾的年代，而定義上矛盾是多重面向的（multidimensional），也是多重方向（multidirectional）的。」也正因為五四的面向如此繁複駁雜，故以下本文將不從思潮、社團或主義等去著眼，以免陷入一種先行預設的理論或框架，而試圖將論述的場域拉回到五四前夕的北京，去探究隱居在紹興會館之中與鬼魂古碑為伴的魯迅，究竟是如何在有意無意之間銜接下一代青年人的心靈，並且成為五四新文學的先驅。而本文也將通過魯迅與瞿秋白的對比，試圖幫助我們進一步釐清和探究，除了一般人所耳熟能詳的「德先生」「賽先生」或自由主義、個人主義等口號之外，五四世代所處的歷史氛圍以及其更為複雜的心理內在，以及二〇年代之後五四文學革命轉為五卅革命文學的關鍵背景。

二、「新」的想像：《新青年》與《新社會》

身處在一九一七年北京的魯迅與瞿秋白，兩人雖然互不相識，但彼此之間卻已經有著諸多的雷同之處。譬如他們同樣都是出身於南方：魯迅是浙江紹興人，而瞿秋白是江蘇常州，而他們僑居北京的歲月也都是一樣的瘖啞和孤寂，魯迅說自己是：「客中少有人來」，而瞿秋白也自承：「從入北京到五四運動之前，共三年，是我最枯寂的生涯。友朋的交際可以說絕對的斷絕。」[7] 所以即使北洋政府軍閥擅權，政局混亂黑暗，但他們對於眼前的一切卻似乎麻木沒有興趣。

魯迅幾乎不過問世事，除了一九一三年宋教仁被刺殺，國民黨欲發動二次革命之際，他曾經在

---

5 如周蕾，〈鴛鴦蝴蝶派——通俗文學的一種解讀〉，收於《婦女與中國現代性》（台北：麥田出版社，一九九五），頁八一、九〇指出：「鴛蝶派小說的繁榮是上海這個早於十九世紀中葉就向西方開放的城市的新文化現象的重要組成部分」，並把鴛鴦蝴蝶派小說視為大眾啟蒙的一部分，使文學獲得獨立價值，而且「它出乎意料地實行著企盼良久的民主社會改革，把閱讀能力廣泛地普及大眾。」。然而這種說法將「唯美文學」和「文以載道」看成對立二分，未免簡化了文學其實是可以兼顧「載道」與「藝術」價值，誠如魯迅所言的「杜斯妥也夫斯基」的小說藝術，便不是可以用「載道」或「唯美」如此簡單的二分法概念來說明之。楊聯芬，〈蘇曼殊與五四浪漫文學〉，收於《晚清至五四：中國文學現代性的發生》（北京：北京大學出版社，二〇〇三），頁二一八—二五三，則以為蘇曼殊介於「新」和「舊」之間，亦是最早翻譯拜倫、雪萊之人，是中國現代浪漫主義的始作俑者。

6 李歐梵，《鐵屋中的吶喊》（台北：風雲時代出版社，一九九五），頁六三。

7 瞿秋白，《餓鄉紀程》，收於《瞿秋白文集》（文學編）第一卷（北京：人民文學出版社，一九八五），頁二二。

日記中憤慨的寫下了幾句話：「季世人性都如野狗，可嘆！」「無日不處憂患中，可哀也。」[8]在其餘的日子裡他幾乎把全副的精神都寄託在佛學和金石文的研究，不但潛心研讀《三教平心論》、《金剛般若經》、《阿育王經》等，還花了許多功夫在校勘《嵇康集》。[9]無獨有偶，年僅十八歲的瞿秋白也嗜讀《成唯識論》、《大度智論》等佛經，於是他和魯迅兩人一壯年一青年，不約而同都浸淫在佛學的世界之中，而思想趨於復古，人生觀只在於「避世」。

但一九一七年的世界卻非如此平靜，中國的政局越來越是動盪不安，張勳和康有為醞釀著要在京城打造一齣復辟的荒謬大戲，而放眼西方，更是陷入一次世界大戰的漫天烽火，歐洲幾乎淪為廢墟，至於亞洲也不平靜，各國正在掀起一波波美國總統威爾遜所大力倡導的民族自覺運動浪潮，而俄國布爾什維克的十月革命，成功推翻沙皇建立社會主義國度，更是對於中國乃至全球帶來了根本性的深遠影響。[10]回到一九一七年的中國，白話文學革命的呼聲已經興起，仍在哥倫比亞大學攻讀博士的胡適在《新青年》發表〈文學改良芻議〉一文，提倡白話文「八不」，呼籲務去文言的「無病呻吟」和「套語爛調」，繼之陳獨秀發表了更尖銳激進的〈文學革命論〉，率先以階級觀點提出文學應該要從「貴族」的娛樂走向「國民」、「社會」和「寫實」，而成為五四文學革命的先聲。

不過身在紹興會館的魯迅，對於外在世界的一切紛紛擾擾都冷眼以待，一九一七年除夕夜的日記中，他寫下了自己與時序脫節的疏離心情：「舊曆除夕也，夜獨坐錄碑，殊無換歲之感。」[11]除了從東京堂偶爾寄來的《露國現代之思潮及文學》和《文藝思潮論》以外[12]，魯迅的生活似乎沒有一件事與現代沾得上邊，反倒是在日記中他詳細記下了自己研讀《涅槃經》，以及如何出沒於琉璃廠和震古齋，蒐集各式的古書版本、碑銘和石刻拓本，尤其對墓志一類最感興趣。

一九一八年可以說是魯迅寫作生涯的轉捩點，他加入《新青年》的編輯行列，並且完成中國第一篇現代小說〈狂人日記〉，發表在《新青年》第四卷第五期，也寫作　系列批判時政和傳統文化的《隨感錄》雜文，更以白話文「八不」之「不避俗字俗語」精神寫作新詩〈夢〉、〈愛之神〉和〈桃花〉等，示範如何擺脫舊詩格律對仗的「舊鐐銬」，從而打破了五四文學缺乏白話詩人的「詩壇寂寞」。[13] 至於瞿秋白也同樣在一九一八年有了新的轉變，他在有公費補助的俄文專修館讀書，並開始閱讀新雜誌，而在隔年的五四運動中成為俄文專修館的學生代表，因參與遊行和「火燒趙家樓」，遭北洋政府逮捕之後關在臨時改為監獄的北大理科校舍，所幸不久之就獲釋。

瞿秋白出獄之後，便和叔叔瞿世英及在北京結識的好友耿濟之、許地山和鄭振鐸等人創辦《新

8 魯迅，《魯迅日記》上卷，頁三七，一九一三年二月八日，以及頁六四，十月一日等記載。

9 見許廣平，〈魯迅回憶錄〉，《許廣平憶魯迅》（廣州：廣東人民出版社，一九七九），頁六一二中提及魯迅北京時期的讀書生活，言其校注《嵇康集》；在頁六一七，許廣平則說道，在一九一四年起，除了詩稿、碑帖之外，魯迅用了大部分時間讀佛經，如《三教平心論》、《金剛般若經》、《阿育王經》等，還與周作人交換來看，凡此皆可見他對於佛學的重視。

10 張玉法，《中華民國史稿》（新北：聯經出版事業公司，二〇〇一），頁一三六，指出威爾遜的民族自覺和俄國十月革命，皆在一九一九年將中國的民族主義帶入高潮，而此一反帝行動不僅是「中國民族自求解放」，而且是「聯合世界上以平等待我之民族共同奮鬥。」譬如印度、菲律賓、安南、朝鮮等揭發出一連串以群眾為主軸的民族自覺運動。

11 魯迅，《魯迅日記》上卷，頁二三一。

12 同上註，頁二四四，六月三十日；以及頁二五三，十一月二日。

13 朱自清，《中國新文學大系．詩集》（上海：良友圖書公司，一九三五），頁二。

社會》雜誌，以「社會改造者」自許，期望可以創造一個「德莫克拉西的新社會，自由，平等，沒有一切階級一切戰爭的和平幸福的新社會。」[14]然而《新社會》出版不到一年就被查禁，他們只好改而發行《人道》雜誌，標榜「己欲達而達人，己欲立而立人」以及「己所不欲勿施於人」等「仁」的思想，只不過這一回《人道》卻更加短命，只發行了第一期的「新村研究號」便宣告夭折。[15]

於是從一九一七年到一八年間，可以說是五四「老師一代」魯迅到「學生一代」瞿秋白的轉捩點，他們一洗原先的復古、避世和消極，轉而奮起投入五四運動的行列，不但從事新文學的創作，也致力引介新的理論思潮及俄國和東歐弱小民族的文學作品，而如此文學和思潮走向，已經為日後三〇年代的革命文學預先打下了根基。

正如霍布斯邦（Eric Hobsbawn）在觀察二十世紀現代文學藝術發展時所指出的：從第一次世界大戰開打後到一九一七年俄國十月革命獲得矚目的成功，西方世界所興起的前衛思潮如超現實主義、達達主義等等，便皆無一例外的具有高度政治化的意涵，而這就形同是一場在西方文明崩潰瓦解之下的革命行動，這些藝術作品正像是「創造於世界潰散的日子，誕生於地基崩離的時刻。」然而對於一些非西方的國度如中國、印度、土耳其或拉丁美洲而言，情況卻又是截然不同，它們根本的問題在於如何「現代化」而非「現代主義」，也因此非西方國度的創作者深覺自己的使命以及靈感的來源，乃係「走入群眾，並描述群眾苦痛，幫群眾翻身」，進而「去揭開、去呈現廣大人民的生活現實」，如此一來，是寫實主義而非現代主義才是他們行動的天地，而契訶夫（Chekhov）與托爾斯泰（Tolstoy），也顯然比起喬艾思（James Joyce）還要更符合這些非歐系作家心目中的理想典型。[16]

於是當一九一七年俄國十月革命為世界敲了一記社會主義的響鐘之後，中國的五四世代求「新」的呼聲四起，然而《新青年》、《新社會》的「新」的意涵，卻已經截然不同於晚清梁啟超所提倡的「新小說」。就以魯迅為例，當一九〇二年他前往日本留學時，仍然是秉持著「新小說」以為小說是「群治」的工具，故著手翻譯有「科幻小說之父」美名的法國作家凡爾納（Jules Verne）《月界旅行》和《地底旅行》二書，期望能以小說中豐富的科學知識來「導中國人群以進行」[17]。然而他的想法很快就隨留日的大環境變化，首先是一九〇三年留日學生成立抗俄義勇隊，繼之是一九〇五年孫文以「驅逐韃虜，恢復中華」為宗旨成立同盟會，加以日本政府頒布「清國留學生取締規則」，導致近萬名留學生罷課抗議，而以《警世鐘》聞名的陳天華更跳東京大森海灣自殺殉死，又一九〇六年章太炎在上海出獄後，立刻被同盟會迎接到東京等等，這一連串事件都一再將青年反滿的革命熱潮推上了最高峰，也促使魯迅擺脫以科學為尚的維新觀，轉而走上了一條民族

14 見《新社會》發刊詞，收於中共中央馬克思恩格斯列寧斯大林著作編譯局研究室編，《五四時期期刊介紹》第一卷（瀋陽：三聯出版，一九五九），頁四〇八—四〇九。

15 《人道》發刊詞，收於中共中央馬克思恩格斯列寧斯大林著作編譯局研究室編，《五四時期期刊介紹》第一卷，頁四一〇—四一四。

16 艾瑞克．霍布斯邦（Eric Hobsbawn）著，鄭明萱譯，《極端的年代一九一四—一九九一》上冊（台北：麥田出版社，一九九六），頁二六五—二九八。

17 李歐梵，《鐵屋中的吶喊》，頁一三。王汎森，〈時間，歷史觀，思想與社會：進化思想在近代中國〉，收於陳永發編，《明清帝國及其近現代轉型》（台北：允晨文化，二〇一一），頁三六九—三九三。

復興的革命之路。

魯迅曾經回憶，由於當時留日學生圈中盛行的是「排滿論」，特別引那些「被壓迫的民族」作品為同調，也「因為索求的作品是叫喊和反抗」，便勢必傾向了俄國、波蘭、東歐、巴爾幹諸小國，乃至印度和埃及。也因此魯迅開始強調讀文學時「傾向」和「派別」的重要性，尤其以「人道主義」為基本準則，特別偏愛一些不以故事情節取勝而是「詩化」意味濃厚，如安特列夫、果戈里、迦爾洵、契訶夫、顯克微支等幾位作家的作品。[18] 他於是秉持這種原則和弟弟周作人合作翻譯《域外小說集》，其中就有將近一半的小說是出於俄國作家之手[19]。故相較於晚清「新小說」多以歐、美作家如狄更斯、哈葛德、司各特為主，魯迅兄弟著重「詩化」的文學品味顯然相當前衛，但也或許因為如此，《域外小說集》在一九〇九年出版之時，似乎難以得到當時讀者的共鳴，最後總共只賣出了二十本而已，銷售成績可以說十分慘澹。

然而等到十年過後也就是一九一九年五四運動之時，俄國及東歐弱小民族的文學卻已是躍居主流，在俄文館讀書的瞿秋白也開始投身翻譯俄國文學的行列，從托爾斯泰、果戈里、普希金等人的作品，他甚至認為「俄羅斯文學的研究都已似極一時之盛」，而推敲背後的原因，正是一九一七年「俄國布爾什維克的赤色革命在政治上、經濟上、社會上生出極大的變動，掀天動地，使全世界的思想都受它的影響。」[20]

於是當歐洲飽受第一次世界大戰的砲火衝擊，以致西方文明體制搖搖欲墜之時，俄國社會主義革命的勝利號角卻相對地傳遍了全世界，從西班牙、拉丁美洲、古巴乃至中國各地，也就是在這個全球的背景之下，魯迅認為中國與俄國同屬於被壓迫的民族，國情又最相近，故其奮鬥的經驗與勇氣必然可以成為中國的借鏡，而俄國文學中「為人生」的寫作觀，也成了魯迅提筆創作小說的主要驅動力。

魯迅並且延續自己十多年前翻譯《域外小說集》時的「啟蒙主義」觀點，認為小說絕非「閒書」，也不是「為藝術而藝術」的「消閒」，而是必須「為人生」甚至「要改良這人生」。魯迅還以自己向來推崇的俄國小說家杜斯妥也夫斯基為例，是「將這靈魂顯示於人」的「寫實主義者」，故他的的寫作取材也「多採自病態社會的不幸的人們」，目的就是為了要「揭出病苦，引起療救的注意」。[21]

俄國十月革命雖然對於全球包括中國在內產生了深遠的影響，但內部的真實狀況卻一直罕為外界所知。一九二〇年底，瞿秋白在北京《晨報》的邀約下以通訊員的身分前往俄國，但他認為自己

18 見楊聯芬，〈作為潛文本的《域外小說集》〉，收於《晚清至五四：中國文學現代性的發生》，頁一二七—一五六，認為《域外小說集》代表魯迅兄弟的人道主義思想萌芽，不在五四，而是在晚清，換言之，《域外小說集》之所以被忽略，就在於它「人道主義」與道德超前，同時審美上也超前，突破寫實主義而富於表現主義和現代主義的特色。

19 見魯迅，〈我怎麼作起小說來〉，《魯迅全集》卷四（北京：人民文學出版社，一九九五），頁五一一—五一五，自述他「注重的倒是在紹介，在翻譯，而尤其注重於短篇，特別是被壓迫的民族中的作者的作品」，故文學品味「勢必至於傾向了東歐。」而當他在讀外國的批評文章時，「也同時一定留心這批評家的派別」云云。

20 見瞿秋白，〈俄羅斯名家短篇小說集序〉，《瞿秋白文集》（文學編）第二卷，頁一四八。

21 魯迅，〈我怎麼作起小說來〉，《魯迅全集》卷四，頁五一二。

不只是在報導俄國革命後的現況而已，更是為了要「擔一份中國再生時代思想發展的責任」。瞿秋白形容此刻的自己，就像是站在一個現代中國的轉捩點之上，而從清末以來湧入的各種新思潮，不論是「歷史學術的淵源」或「地理文化交流的法則」，都已經浮現出種種的矛盾和侷限，而他所要前往的「蘇維埃俄國」也正為飢荒所苦，是一座令人又疑又懼的「餓鄉」，但是瞿秋白不畏飢寒堅持前行，就只因為俄國「始終是世界第一個社會革命的國家，世界革命的中心點，東西文化的接觸地。」[22]

毫無疑問的，瞿秋白的想法也和魯迅近似，認為俄國將會是中國在辛亥革命之後，下一個可以取法的「新」的對象。只是耐人尋味的是，他對於「新」的追求，絕非只是「邁向光明未來」的「浪漫美景寄託」罷了[23]，恰恰相反的是，他的這一趟俄國之旅始終籠罩在一股消極和陰鬱的基調中，「新」與「舊」始終相隨，而他在歌頌「希望」的同時也包含深沉的「絕望」。

在《餓鄉紀程》這本自傳中，瞿秋白寫下一九二〇年底這趟艱辛的的赴俄旅程，首先是從北京取道哈爾濱、滿州里，穿過戰事不斷的東北，再搭火車橫越西伯利亞，歷經了三個月的時間才終於抵達莫斯科。在漫長的旅途中，他充滿了懷疑不安，幾度欲打退堂鼓，但支撐著他繼續前行的竟不是革命的希望，而是對於一座「餓鄉」的陰暗想像：

> 紅豔豔光明鮮麗的所在——是你們罰瘋子居住的地方，這就當然是冰天雪窖飢寒交迫的去處，我且叫他「餓鄉」。我沒有法想了。「陰影」領我去，我不得不去。你們罰我這個瘋子，我不得不受罰。[24]

他彷彿是以一個贖罪者之姿，踽踽獨行在冰天雪地，而「瘋子」、「受罰」、「陰影」等詞彙更交織出一幅「不得不去」的犧牲受難意象。若再對比《餓鄉紀程》一開頭所描述的二十世紀之初的中國：「陰沉沉，黑魆魆，寒風刺骨，腥穢污濕的所在，我有生以來，沒見一點半點陽光。」揮之不去的黑暗、陰影與瘋狂，在瞿秋白邁向一條「紅豔豔光明鮮麗」的革命道路時，有如陰影隨行，而他把這稱之為是「心靈的監獄」，卻也同時是一股「內的要求」，驅使他不斷前往追尋的生之動力。

三、「無」：無父、無家、無鄉、無國

當瞿秋白以贖罪者之姿前往「餓鄉」取經時，同時期魯迅的小說如〈故鄉〉或〈白光〉也勾勒內心的陰暗與靜默，其小說美學深受魯迅所心儀的俄國作家安特來夫小說「萬籟輟聲，則寂漠滿其地」的影響[25]，然而風格竟又是和瞿秋白何等的相似？於是回到本文一開始的提問：魯迅身為從晚

22 同註七，頁二〇—二一。

23 李歐梵，〈現代中國文學中的浪漫個人主義〉，收於《現代性的追求》（台北：麥田出版社，一九九六），頁九二—九三。

24 同註七，頁五。

25 魯迅，《域外小說集》中安特來夫〈謾〉與〈默〉二篇，皆與魯迅短篇小說中偏好寂靜與黑暗的描寫絕相類似。魯迅與安特來夫文學上的相通性，亦見於馮雪峰，〈關於魯迅在文學上的地位〉，《魯迅的文學道路》（長沙：湖南人民出版社，一九八〇），頁一五。

清銜接到五四的「非典型」人物，何以能夠跨越世代而成為年輕一輩的導師？這一把足以打開世代之間關隘的鑰匙會是什麼？

S會館或許可以作為我們思考的起點，它在魯迅創作生涯中的重要性已廣被學者討論，如學者伊藤虎丸便以為那是「魯迅之所以成為魯迅的秘密，也是魯迅形成了文學自覺的原點」，而以此來「告別青春，獲得自我的紀錄」。[26] 竹內好更將S會館「空間化」，提出「回心」此一概念指出其背後深刻的象徵寓意：

> 「吶喊」還沒爆發為「吶喊」，只讓人感受到正在醞釀著吶喊的凝重的沉默。我想像，魯迅是否在這沉默中抓到了對他的一生來說都具有決定意義，可以叫做「回心」的那種東西。[27]

竹內好又將魯迅的《吶喊》、《徬徨》和散文詩《野草》相互對照，這三部作品彼此之間可說是相互呼應又似獨立，而「這獨立又反過來以非存在的形式暗示著一個空間的存在，就像一塊磁石，集約性地指向一點。」而竹內好又繼之以「無」字來詮釋此一「空間」，並認為這「無」並非真的一無所有，而是一個「磁石」般的「存在」，它超越了語言能指的疆界，只能陷落在無邊際的黑暗，而那也是魯迅「回心之軸」的所在。[28]

竹內好的「回心」之說也讓人不禁聯想到瞿秋白《餓鄉紀程》所言「內的要求」，那是一股潛藏在他「陰沉沉，黑魆魆」、「心靈的監獄」之中，也是一直徘徊在他的前方，驅使他不斷前行的「陰影」[29]，而這黑暗的「心靈的監獄」不也恰恰正好呼應了魯迅《吶喊》中充滿死亡氣息的S會館，成為五四世代心靈幽暗意識的最佳隱喻，而他們終其一生，其實都沒能走出這道陰影。

一九三五年瞿秋白被國民黨逮捕槍決，留下遺書〈多餘的話〉，形容自己的一生就像是一齣終於要閉幕了的「滑稽劇」，而隔年魯迅過世，死前一個月寫下的〈死〉和〈女吊〉，更以鬼之淒厲來辯證生與死的課題。他們兩人雖然在日後的共產黨論述之中被塑造成為積極的革命鬥士，但其實在當時，對於生命皆是出之以消極的否定。所以正如余英時所言五四是一個「文化矛盾」、「多重方向」的年代，而且不只如此，就連置身在其中的五四世代內心世界恐怕也都是「矛盾」而「多重」的，而不是如夏志清《中國現代小說史》所言「幼稚淺薄」，「缺乏耐心、智慧」，充滿了廉價的「自哀自憐」，也不只是「反傳統」——對於家庭倫理、儒家禮教到國粹，皆是採取全盤否定

26 伊藤虎丸著，李冬木譯，〈小說家魯迅的誕生〉，《魯迅與日本人：亞洲的近代與「個」的思想》（石家莊：河北教育出版社，二〇〇〇），頁一二〇—一二一。

27 竹內好著，李冬木等譯，〈魯迅〉，《近代的超克》，頁四五。

28 同上註，頁九九。

29 竹內好指出魯迅小說和梁啟超的「新小說」有著根本上的不同，因為「我並不把魯迅的文學看作功利主義，看作是為人生，為民族或是為愛國的。」而「魯迅的文學，在其根源上是應該稱做『無』的某種東西。因為是獲得了根本上的自覺，才使他成為文學者的，所以如果沒有了這根柢上的東西，民族主義者魯迅，愛國主義者魯迅，也就都成了空話。我是站在把魯迅稱為贖罪文學的體系上發出自己的抗議的。」故竹內好將之定義為「贖罪文學」，而此與瞿秋白作品中濃厚的贖罪意識，甚至郁達夫〈沉淪〉中的「原罪」，不謀而合。同上註，頁五七—五八。

的策略」而已，五四世代內在心理的矛盾張力，其實亟待我們去重新評價與認識。30就以魯迅和瞿秋白為例，他們不但不「幼稚淺薄」，反而更流露出二十世紀的後來世代所少見的早熟氣質，也因此在面對傳統之時，他們並非秉持著一種單純的否定態度，而是往往浮現出雙重的自我：一方面是吶喊「禮教吃人」的反傳統者，但另一方面卻又是對於故鄉的親人愛恨交織，而且深深為自己的回憶所苦。

魯迅從少年時代開始就立志要離開故鄉，「走異路，逃異地，去尋求別樣的人們」，然而當他真正如願以償離鄉之後，卻反倒一而再、再而三地透過文字，正如《吶喊》的序言就是以自述身世開場，從他的祖父入獄、父親枉死歷歷說起，乃至家族如何「從小康人家而墜入困頓」，以之召喚潛藏在記憶皺褶深處的故鄉之魂。

瞿秋白《餓鄉紀程》也有異曲同工之妙，同樣也是以自述身世開場：他出生在中國十九世紀末江蘇常州一支破產的仕紳家庭，但在祖產坐吃山空之後，他那不事生產的父親便拋家棄子，流浪到山東，寄居友人家中，而留在故鄉的母親則是不堪債主日日上門催討，最後選擇在一個隆冬的舊曆新年，悲苦地吞服火柴磷粉自盡。瞿秋白在為母親服喪之後，離鄉前往北京，直到一九二〇年赴俄前夕，他還特別到濟南去告別父親，並且一一拜訪流散各地的親族，以此勾勒出一幅沒落士族的悽慘圖象：

> 我的誕生地，就在這巔危簸蕩的社會組織中破產的「士的階級」之一家族裡。這種最畸形的社會地位，瀕於破產死滅的一種病的狀態，絕對和我心靈的「內的要求」相矛盾。於是痛，

苦，愁，慘，與我生以俱來。我家因社會地位的根本動搖，隨著時代的潮流，真正的破產了。[31]

瞿秋白一再重複「破產」二字，而父親離家，母親慘死，中國傳統的大家族制度也「震顫動搖，後則漸就模糊澌滅。」儼然步入了一種「垂死」的狀態。

魯迅名作〈故鄉〉不也同樣描寫家族的敗亡，以致親人流離四散的哀傷？返鄉，竟為了「別他而來的」，「返鄉」已成了真正的「離鄉」。至於魯迅寫於一九二二年的〈白光〉更是一篇被多數人誤讀了的傑作，乍看之下，這篇小說是在諷刺一個被封建制度所毒害的窮秀才，因科舉落榜而自尋短見，最後沉屍在城外的湖底[32]。然而這種讀法卻未免過度簡化了小說的意涵，忽略魯迅其實花

---

30 林毓生，〈五四時代的激烈反傳統思想與中國自由主義的前途〉，收於《五四與中國》，頁三二八—三三八，有關於「五四反傳統思想之成因」的討論。以及傅樂詩，〈五四的歷史意義〉，收於同上書，頁一八六—二八七，便認為在辛亥革命後幾年，一個現代的知識世代就興起了，而這個新世代力量的龐大，較以前的知識分子更能居於關鍵地位，就在於他們掌握了北京大學這樣的學術中心，故能塑造中國新生一代的意識。

31 同註七，頁九。

32 安敏成，《現實主義的限制：革命時代的中國小說》（南京：江蘇人民出版社，二〇一一），頁八九—九〇，認為〈孔乙己〉、〈白光〉等，都是類似的嘲諷之作，旨在批判那些在「中國書寫型式的威懾下就範」、「沉溺於文化陋習」中的傳統文人。安敏成更指出，魯迅往往透過「曲筆」來消滅悲劇性的效果，故《吶喊》可以說是有目的性的「離藝術遙遠的」「遵命之作」（魯迅語）。然他，卻未解讀出魯迅的弦外之音以及正言若反的曖昧語意。因此這些作品是否「悲劇」意味被刻意消滅？仍值得商榷。

費許多筆墨去經營空間的象徵，而刻畫主角陳士成在落榜之後，獨自一人徘徊在空空蕩蕩的大宅院裡。魯迅並沒有交代陳家的人究竟到哪兒去了？但留白的手法反倒更添莫名的陰森恐怖，接下來陳士成回想起了自己的童年，昔日熱鬧的歡笑聲彷彿還迴盪耳際，但如今這棟祖宅卻空無一人，只剩下冰冷的靜默和死寂，這時空中忽然出現一道的詭異光芒，吸引陳士成跪倒在地，用雙手瘋狂掘起泥土，竟挖到了一顆死人的頭骨：

> 他慄然的發了大冷，同時也放了手，下巴骨輕飄飄的回到坑底裡不多久，他也就逃到院子裡去了。他偷看屋裡面，燈火如此輝煌，下巴骨如此嘲笑，異乎尋常的怕人，便再不敢向那邊看。他躲在遠處的簷下的陰影裡，覺得較為平安了；但在這平安中，忽而耳朵邊又聽得竊竊的低聲。[33]

最後陳士成奔出家門，溺死在城外的湖底。〈白光〉這篇小說中充滿了聲音與光線的對比，從竊竊私語到一片靜默，從室內的燈火輝煌到室外的黑暗陰影，再再使得這一間空蕩的祖屋成了生人與亡魂共舞的墳場，也使得〈白光〉這篇早已經超越了諷刺小說的境界，而成為《吶喊》最富象徵寓意和感官意象的一篇佳作，呈現出一個孤獨的個人，置身在死滅破產家族中的悲哀。

通過魯迅或瞿秋白，我們可以窺知中國傳統的家族倫理無須等待五四才來推翻，而是早從十九世紀下半葉清末尤其是南方在經歷太平天國之亂以後，社會底層的經濟和家族結構都已鬆動潰散，就形同是樹倒猢猻散，而傳統的分家制度也造成親族之間為了求生，不得不自私自利以圖生存的道德困境。如魯迅和瞿秋白都便曾經歷如下的成長創傷：父親不是早逝便是離家遠行，由寡母撐起生計，故幾乎是在「無父」、「無家」甚至「無鄉」的情況之下長大。如此一來，與其說五四世代是被西方的個人主義所啟蒙，從而發現了「自我」，還不如說，他們早在成長的階段中就已經遭到社會放逐，而不得不離家甚至離鄉遠行，而淪為了一個個孤單漂泊的旅人。

查閱「後五四世代」的作家生平，便會發現家道中落的流浪孤兒還真不少，他們尤其大多出身於南方，如小說家茅盾一八九六年生於浙江水鄉烏鎮，太平天國之亂時烏鎮被焚掠一空，從此沒落，而茅盾的父親在一九〇一年前往杭州參加鄉試，不幸染上瘧疾，後又患了骨癆，在茅盾八歲時就留下了：「中國大勢，除非有第二次的變法維新，便要被列強瓜分」的遺囑，含恨去逝。[34]同樣出生在一八九六年浙江的還有小說家郁達夫，他也是生於一個「破落鄉紳的家」，三歲時父親就患病而死，家中只剩下了孤兒和寡母，以致於郁達夫回憶起童年「所經驗到最初的感覺，便是飢餓，對於飢餓的恐怖，到現在還在緊逼著我」[35]。劇作家田漢也有類似成長經驗，他生於一八九八年湖南長沙，八歲時父親病逝，家中的親族見孤兒寡母可欺，就把剩下的田產全都瓜分淨盡。祖籍福建的鄭振鐸也是生於一八九八年，年幼時他的父親在蘇州當縣衙幕僚，卻精神失常病故，從此家境陷

33　魯迅，〈白光〉，收於《吶喊》（上海：魯迅全集出版社，一九四一），頁一七一。
34　茅盾，〈我的家庭與親人〉，《我走過的道路》（香港：三聯書店，一九八一），頁三一。
35　郁達夫，〈悲劇的出生〉，《郁達夫文集》第三卷（廣州：花城出版社，一九八二），頁二五二—二五七；以及〈我的夢！我的青春〉，《郁達夫文集》第三卷，頁三六二—三六七。

入極度貧窮。[36]年幼喪父的還有一九〇四年生於湖北的丁玲，父親原為清末秀才，卻抑鬱不得志而早死，以及同樣出生在一九〇年年四川的小說家沙汀，也是五歲時父親就病逝，家中田產因此全被叔伯們侵吞。[37]

上述作家的童年經驗何其雷同，喪父，寡母，田產被親友瓜分，家族因而分崩離析，以至於他們在少年時代就不得不離家遠走。丁玲便以「漂泊者」一詞來形容她的丈夫胡也頻，他在一生中「最熟悉的是一個漂泊者的生活，飢餓寒冷，孤單寂寞，冷淡的人世和求生的奮鬥。」[38]而從五四世代大多熱衷自述身世也可看出，他們對於故鄉懷抱著一種愛恨交織的矛盾感情，其中混合著不公的憤懣，以及強烈的悼亡哀傷與悲憫，而這也成為了他們提筆寫作最重要的驅動力之一。

魯迅就是一個最鮮明的例子，他的小說《吶喊》與《徬徨》皆是寫於北京，但卻絕大多數都是以紹興為背景，刻畫一個清醒過來的「個人」置身在沉睡「庸眾」之間的無力與悲哀。而值得注意的是，在魯迅筆下的「個人」和「庸眾」絕非可以一切兩斷，涇渭分明，恰恰相反的是，「個人」反而清楚意識到自己其實也是「庸眾」之中的一份子，不可分割的血緣關係，讓他油然體驗到一種深沉的原罪意識，正如〈狂人日記〉所言：「我是喫人的人的兄弟」，而「我未必無意之中，不喫了我妹子的幾片肉」，故雖渴望「走異路，逃異地」，卻終究不斷「回心」於故鄉的矛盾，遂形成了魯迅乃至五四小說中獨特的張力與悲劇性。

四、鄉歸何處？

郁達夫和魯迅都是五四現代小說的先驅者：魯迅的〈狂人日記〉是第一篇白話小說，而郁達夫的《沉淪》則是第一本白話小說集，兩人也都於當時的創作青年具有莫大的影響力，然而沈從文卻巧妙地比較兩人的不同，認為郁達夫的小說只在寫「自己」，但魯迅卻不然，他是以〈故鄉〉等作給「年輕人展覽一幅鄉村的風景畫在眼前，使各人皆從自己的回憶中去印證」，也從此開啟了一股五四世代書寫故鄉的熱潮。[39]

魯迅在編輯《中國新文學大系：小說二集》時就曾選入許多寫「故鄉」的作品，但他卻特別提出「僑寓文學」一詞，以之來代替「鄉土文學」。魯迅特別要指出的是，這些作者其實都已經「僑寓」北京了，卻偏偏還要回過頭去書寫已經不存在了的故鄉，故如此異鄉人的視角可以說是深富寓意：

---

36 田漢，〈難中自述．自傳〉，《田漢全集》第二十卷（石家莊：花山文藝出版社，二〇〇〇），頁五一三—五一四。

37 丁玲，〈我的自傳〉，收於黃一心編，《丁玲寫作生涯》（天津：白花文藝，一九八四），頁一一一—一一三。

38 丁玲，〈胡也頻〉，《丁玲全集》第六卷，頁九〇。

39 沈從文，〈論中國創作小說〉，收於《沈從文全集》第十六卷（太原：北岳文藝出版社，二〇〇九），頁二〇一。

> 作者在還未開手來寫鄉土文學之前，他卻已被故鄉所放逐，生活驅逐他到異地去了，他只好回憶『父親的花園』，而且是已不存在的花園，因為回憶故鄉的已不存在的事物，是比明明存在，而只有自己不能接近的事物較為舒適，也更能自慰的。[40]

魯迅又以「父親的花園」一詞來巧妙點出故鄉既親近又疏遠，既存在又虛幻的矛盾，它儼然已雙重失落在時間與空間之中，成為異鄉遊子以此自慰療傷的產物，而這卻也更加弔詭地證明：故鄉早就已經不可回歸。

不只故鄉已不可回歸，民國後的北京在北洋政府軍閥弄權下，政治的鬧劇輪番上演，一九一三年魯迅任職於教育部，在孔子誕辰那天的日記中寫下軍閥以「國粹」為其政權背書，祭孔大典行禮如儀，但其實參與者「或跪或立，或旁立而笑」，或「大聲而罵」，「頃刻間便草草了事，真一笑話」。[41] 一九一七年康有為配合張勳復辟，籲請立「孔教」作為「國教」，以為如此「世道人心，方有所維繫，政治法律方有可施行」。「國粹」儼然成為弄權者的空洞口號，令魯迅對於革命與民國充滿虛無感，在〈忽然想到〉一文他寫道：

> 我覺得彷彿久沒有所謂中華民國。
>
> ……我覺得有許多民國國民而是民國的敵人。
>
> 我覺得有許多民國國民很像住在德法等國裡的猶太人，他們的意中別有一個國度。[42]

魯迅否定了「中華民國」的存在，也在〈頭髮的故事〉中道出與「民國」的隔閡與疏離，彷彿自己雖身在北京，卻仍是一個孤立於國之外的孤獨者。而在同時瞿秋白也發出類似的感慨，他在《餓鄉紀程》裡回憶當時「北京城裡新官僚『民國』的生活使我受重大的刺激，厭世觀的哲學隨著我這三年研究哲學的程度而增高。」[43]故五四世代從「走異路，逃異地」到反國粹、反離教、反國家，從個人的成長經驗到北京的政治局勢，皆一再見證到從家族到國家都已在分崩離析之中，而儒家的倫理道德更失去了它植根的土壤，而徒然剩下僵死的軀殼罷了。

故在「無父」、「無家」、「無鄉」也「無國」，一切皆「無」之下，五四世代作家彷彿無可依附，只能一人獨自不斷行走，在黑暗中尋覓出路。這或許也是五四一代熱愛借用旅行來指涉自己生命情境的緣故，魯迅早年留學日本時最初的翻譯，便是凡爾納（Jules Gabriel Verne）的旅行小說《月界旅行》和《地底旅行》，而他在小說《徬徨》前也引用〈離騷〉「路漫漫其脩遠兮，吾將上下而求索」二句，說明自己也如屈原一樣處於不斷追尋的行旅。瞿秋白更坦言自己熱愛「冒險好奇的旅行」，甚至是「寧死亦當一行」，而「行」的目的一來是為了「求知」，二來卻是為了「求安」，要尋求一個連結自我與他人之間的平衡點；換言之，也就是去尋找一個人與人之間關係的

40 魯迅，〈導言〉，《中國新文學大系：小說二集》（上海：良友圖書公司，一九三五），頁九。
41 魯迅，《魯迅日記》上卷，一九一三年九月二十八日，頁六三。
42 魯迅，〈忽然想到〉，《魯迅全集》卷三，頁一六—一七。
43 同註七，頁一八。

定位。[44]他們似乎都在以此叩問：一個「孤立的人」是否能夠存在於制度潰散而一切皆「無」的社會？而「個人」又果真可以棄絕傳統，而成為一個漂流在外的異鄉人？

林毓生研究五四知識分子的反傳統時，指出不能單以政治事件如袁世凱等軍閥推行帝制時濫用中國傳統符號來解釋，而是他們「受先秦以後儒家強調『心的理知與道德功能』與思想力量與優先性之思想模式的影響」，故試圖藉由思想文化的改造來解決問題。[45]換言之，在表面上反國粹、反禮教的口號之下，五四世代反倒是轉身回到了傳統去尋找自己的立足點，也因此在進入二十世紀之後，可以說再沒有哪個世代如同五四一般，對於中國的傳統進行如此深入的耙梳和反省。魯迅便以魏晉時代的「竹林七賢」來自比這種矛盾的心境，認為「竹林七賢」之所以「反禮教」，正是因為那些表面上「崇奉禮教」的人，其實別有目的，只是為了「自利」，反倒是那些表面上「毀壞禮教」者，才是真正的「承認禮教」「相信禮教」也太把「禮教當寶貝了」，所以無法忍受竟有人以禮教作為「吃人」的工具[46]。

魯迅尤其在嵇康的身上看到了這種對「禮教」深愛之，所以堅決反對之的矛盾和不協調，故花費許多心血校勘《嵇康集》，並對〈幽憤詩〉的「惟此偏心，顯明臧否」深感共鳴。所謂的「偏心」正是一種遵從真我的堅持和勇氣，也是魯迅一直以來所要發揚的「摩羅詩力」，那不但是「血的蒸汽」，也是「醒過來的人的真聲音」，更是堅持「孤立的人」的勇氣。[47]

這也說明了在五四運動前夕的北京，魯迅和瞿秋白為何退回古籍或佛經中去寄託懷抱。他們思想的淵源皆可以上溯到清末章太炎主張的「以國粹激勵種性」，而所謂「國粹」又以《齊物論釋》經由《莊子》所開啟的超然無我的相對思維，讓萬物可以各從所好，以及中國傳統的佛教哲理尤其是唯識論，足以讓人「轉俗成真」。魯迅可說深受章太炎「成真」的思想影響之，他在〈狂人日記〉中感慨在「禮教吃人」的束縛之下，「難見真的人！」而「真」不僅是個人生命的追求，更是從亂世之中獲得自由和解脫的終極途徑。同樣嗜讀佛經的瞿秋白，在《餓鄉紀程》中以唯識論的「第六識」和「第七末那識」，詮釋「個人」與「社會」之間的互動：

自資本主義、帝國主義動而至社會主義，至「新式的」現代的無產階級，宇宙不過只是一「求安而動」的過程，安與不安的感覺，又只在前「五識」及第七識上顯現，以為行為最後的動機。第六識（意識）的動機是粗象而且虛偽謬誤的。而社會的意識（社會的第六識）尤其常常陷於偽造幻象錯覺。動的過程只在直覺直感於「實際」時顯其我執（第七末那識）的功能。[48]

44 同註七，頁五〇。又如瞿秋白，《赤都心史》（北京：人民文學出版社，一九五三），頁一五〇，「我」一段云：「無『我』無社會，無動的我更無社會。無民族性無世界，無動的民族性，更無世界。無社會與世界，無交融洽作的，集體而又完整的社會與世界，更無所謂『我』，無所謂民族，無所謂文化。」

45 同註三〇，頁三三一。

46 魯迅，〈魏晉風度及文章與藥及酒之關係〉，收於《而已集》（上海：北新書店，一九二八），頁一三八—九。

47 李歐梵，《鐵屋中的吶喊》，頁四七，以為魯迅對嵇康的興趣，還是應當從他對整個魏晉時代的看法來評斷，而「在嵇康反偶像崇拜的表面現象和他實際上在個人道德問題上深刻的保守性之間，存在著一種奇怪的不協調。」而這「表面」與「內在」的不協調，其實也一如魯迅自己本人。

48 同註七，頁四九。

瞿秋白以「求安而動」四個字來詮釋西方從「資本主義、帝國主義動而至社會主義」的進程，而以為「動」的背後主導力量，乃是屬於「第七末那識」的「我執」，顯而易見的是，瞿秋白並不從西方自由主義的角度去定義「個人」，反倒更用佛理和中國「陰陽」哲學去強調「個人」與「社會」之間的互動。

瞿秋白也以此「求安而動」來說明自己的漂泊之旅，在「無父」、「無鄉」、「無國」等一切皆「無」之際上下求索，重新建立起「個人」與「社會」的連結。瞿秋白認為對他而言，破產的「家」已「失去一切必要的形式，僅存一精神上的聯繫」，而自己也已淪為了一個處於「歐華文化衝突之下」的「多餘的人」，故眼前只剩下一座「餓鄉」可以作為心靈的依歸，以此來打造「故鄉」與「國家」的雙重想像。故五四世代的離鄉旅行，並不是一個朝向未知世界的新奇探險，恰恰相反，它更像是一趟朝向「黑暗之心」的反向旅程，而他們試圖重回的是那早已不存在的「父親的花園」，只是這一次的「返鄉」將不會像魯迅〈故鄉〉開頭所言：「是專為了別他而來的」，因為他們將透過自己的書寫與行動，在二〇年代以後把業已一「無」所有的家／鄉／國重新打造。

第三章 北京公寓的「零餘者」

一、「零餘者」／「多餘的人」／「浪人」

一九二二年，二十六歲的郁達夫結束了長達將近十年的留日生涯，回到上海。那時候的他已經出版《沉淪》這本具有強烈自傳色彩的小說，而主人翁儼然就是自己的化身——一個「被高等教育割勢後」的「零餘者」，無家也無鄉可歸，「一生就只能為wanderlust的奴隸」，也是「一個永遠的旅人（Aneternalpilgrim）」[1]。

郁達夫原是浙江人，在回國之初曾經短暫造訪過北京，和當時北大附近學生公寓青年有了近距離的接觸，而因此寫下了小說〈血淚〉，描寫他在北京「S公寓」所邂逅到的一群大學青年。這些青年皆受到五四新思潮的洗禮，聚居在學生公寓之中，喜歡漫談時下流行的各種主義，從共產主義、世界主義到「有血有淚」的人道主義，五花八門什麼都有，而這些青年們也似乎各個都是來頭

1 郁達夫，〈懺餘獨白〉，收於《懺餘集》（上海：天馬書店，一九三三），頁四。

不小，自信滿滿，每一個人都亮出自己的名片，自封響亮的頭銜，讓郁達夫不禁感到十分吃驚，只能暗地裡埋怨自己實在太笨，白白在日本讀了十多年的死書，「卻連一個徹底的主義都還沒有尋著」。他在小說中感嘆像自己這樣的人，「大約總不合於中國的社會」，只能一個人悻悻然走出S公寓，一路沿街漫遊直到圓明園，在這座被八國聯軍戰火摧毀的廢墟之中，他坐看了一整宵的月亮，最後還因此染上了風寒。[2]

郁達夫發揮一個小說家敏銳的觀察力，成為書寫北京學生公寓的先驅者，而〈血淚〉中的北京「S公寓」和圓明園，也形成了兩個值得玩味的對比：「S公寓」聚集的是一群接受現代教育啟蒙的青年人，他們熱情擁抱各種西方舶來的主義，至於圓明園代表的卻是中國傳統的帝王威權，康熙皇帝雖然嘗試將西方美學融入到中式建築之中，但卻終究不敵西方的船堅炮利，最後這一座中西合璧的華美園林，終於在鴉片戰爭的戰火摧毀之下淪為一片荒煙蔓草，斷井頹垣。於是通過「S公寓」和圓明園的對比，郁達夫的〈血淚〉也不無譏諷五四青年盲目崇拜西方思潮，過度擁抱現代之意。

郁達夫〈血淚〉所描寫的「S公寓」，也不禁讓人聯想起魯迅《吶喊》的「S會館」：紹興會館。當魯迅一九一八年寄居在「S會館」時，會館早已因為科舉考試廢除而走向了衰敗的命運，取而代之的則是二十世紀的現代大學崛起之後，在北大沙灘、馬神廟和北河沿一帶有如雨後春筍般湧現的學生公寓。也因此從一九一八年魯迅〈狂人日記〉的「S會館」，到一九二二年郁達夫〈血淚〉的「S公寓」，彼此之間雖然只相差不過短短的四年而已，但卻已經可以窺見北京的城市空間出現了重大的轉變，知識分子的生活場域也隨之產生位移，而五四世代建構人際關係的網絡，乃至於傳播思想的管道，更已經從過去傳統文人以鄉邑作為基礎的會館，轉而以現代大學和學生公寓作為最重要的根據地。

就從一九二〇年代開始，不只是知識分子生活空間有所改變，北京城市的格局也出現了重大的轉化，過去區隔滿人／漢人、貴族／平民的的城牆已從二十世紀初就逐一被拆毀，而原本專屬於王公貴族遊憩的園林，也在進入民國之後陸續改為公園，譬如社稷壇就在一九一四年改為中央公園，而北海公園也在一九二五年起對外開放，成為一般老百姓都可以前往休閒的空間。這無非代表北京從一九二〇年代起就處於開放的狀態，從昔日一座階級森嚴的封建帝都，而正式轉型成為所有居民一起共享空間的現代化城市。

北京空間的自由開放，也在無形之中醞釀或形塑出在這座城市之中行走的五四世代的生命情調。這些青年人極大部分都是體制之外的旁聽生，而就算是有正式學籍的人學生，在畢業之後如果沒有人脈關係走後門，也難以找到理想的工作，故落得北京滿街都是失業者，大多處於無根漂泊、脫節失序的生命狀態。

不只如此，二〇年代北洋政府的財務困難，屢屢剋扣教育經費，長達數個月都發不出薪餉，魯迅的短篇小說〈端午節〉就在描寫當時教授領不到薪水，只能到處賒欠的窘境，而有些教授甚至不得不親自到新華門前抗議，向政府討薪，卻被軍警打得當場頭破血流。不僅教授的現實生活困窘，

2　郁達夫，〈血淚〉，《郁達夫文集》第一卷（廣州，花城出版社，一九八二），頁一七九。

學生的學運和罷課風波也接連不斷，都使得知識分子的處境更形惡化，而這也說明了為什麼在二〇年代之初，創造社的頹廢消沉美學能夠大大擄獲五四青年的心，引發強烈共鳴。正如沈從文所回憶的：那時節「正是文學研究會的莊嚴人生文學，被創造社的浪漫頹廢作品所壓倒」[3]的時刻，十幾歲起就在生活「磨石齒輪下掙扎」的他，也更像是一位郁達夫筆下「零餘者」，而沈從文因此學會了運用郁達夫的手法，自嘲自己是個「浪人」，頂多只能在「狂歌痛哭之餘，做一點夢」而已。[4]

這也說明了郁達夫之所以在一九二〇年代之初大受歡迎的原因，就在於北京公寓青年的成長背景大多和他非常類似，全是置身在中國的舊有體制崩毀，然而新的秩序卻還尚未建立之際。他們也大多出身於破產的仕紳階級，故對於個人的前途乃至於家國的未來，一切皆感到茫然而無所依，只能夠獨自一人遠離故鄉，在異鄉的城市如東京、北京或上海等地流浪，東奔西走，因此深深覺得自己就像是郁達夫所自稱的：「一個真正的零餘者」，一個大至對於世界、對於中國，小至對於家庭，生無益處、死也無害的「多餘的人」。

郁達夫小說的「零餘者」一詞，乃是借自十九世紀俄國文學中知識分子的典型：「多餘的人」（Lishnijtschelovek），尤其以屠格涅夫小說《羅亭》的主角羅亭作為代表人物，他們能言善辯，充滿了理想和熱情，無奈在現實社會的體制下卻是處處碰壁，不得其所，有志也不得伸展。而最早將「多餘的人」這個詞彙翻譯為中文的，正是和郁達夫共同發起創造社的詩人劇作家田漢。一九一九年他留學日本時，作〈俄羅斯文藝思潮之一瞥〉，就首先把「多餘的人」一詞翻譯成為中文：「空人」，並進一步解釋它是指：「懷才不至於不能不以放浪送其生為『十九世紀之漂泊者』，俄國最初多餘的人之運命，不亦大可哀。」[5]

一九二一年瞿秋白《赤都心史》又進一步將它翻譯成為「多餘的人」[6]，並且把這個概念套用在二十世紀初的中國社會，以它來指稱一批從五四到五卅之間，因為中國底層社會宗族結構鬆動瓦解，因而從家鄉流浪游離而出的一群人，他們成了在城市邊緣迅速累積起來的「高等遊民」，或是「小資產階級的流浪人的知識青年」。瞿秋白又特別以「薄海民」（Bohemian），亦即「波希米亞」來稱呼他們，認為這群青年脫離家庭，也因此失去了與農村社會現實的聯繫，所以才會淪為一個頹廢、脆弱、浪漫、狂妄，是自大、自卑又自憐的綜合體。[7]

郁達夫可以說就是中國二十世紀初，一個「零餘者」、「多餘的人」以及「薄海民」的典型代表人物。一九二四年上海的創造社經營困難，郁達夫因此決定接下北京大學統計系兼課的教職，北上旅居北京，這時的他接到了一位自稱也是「零餘者」的陌生青年來信，說自己受到五四新思潮的感召而離開湖南家鄉，千里迢迢來到了北京，卻沒想到既無學歷、更無金錢和人脈的自己，根本不得大學的窄門而入，所以只好退而求其次，以一個旁聽生的身分蝸居在沙灘附近的出租公寓。最後

3 沈從文，〈記丁玲〉，《沈從文全集》第十三卷（太原：北岳文藝出版社，二〇〇二），頁八一。

4 沈從文，〈致唯剛先生〉一文中自嘲自己的小說是「一個高小沒有畢業的浪人作品」，並且對於大學生「以改良社會為己任」、「談政治，討論婦女解放」的使命感，語多嘲諷。見沈從文，〈致唯剛先生〉，《沈從文文集》第十一卷（太原：北岳文藝出版社，二〇〇二），頁四〇。

5 田漢，〈俄羅斯文學思潮之一瞥〉，《田漢全集》第十四卷（石家莊：花山文藝出版社，二〇〇〇），頁三〇—三一。

6 瞿秋白，〈中國之「多餘的人」〉，收於《赤都心史》，《瞿秋白文集》第一卷，頁一七一。

7 瞿秋白，〈《魯迅雜感選集》序言〉，《瞿秋白文集》第一卷，頁九九五。

這位青年走投無路，不得已寫信向郁達夫求助，然而郁達夫不但不以為忤，還親自到他的公寓登門拜訪，請他吃了一頓飽飯。

但是隔沒幾天，郁達夫卻在〈晨報副刊〉發表〈給一位青年的公開狀〉，嘲諷這位北漂的青年如今陷落在故鄉與城市的夾縫之中，前進不能，後退也不得，已經淪為「一半去勢」的無用之人了。[8] 而這位被郁達夫稱為「一半去勢」的青年，卻正是日後中國現代小說史上最重要的作家之一：沈從文。至於郁達夫親自登門造訪的所在，則是被沈從文命名為「窄而霉小齋」的公寓，而「窄而霉小」這一個名稱，不正恰好呼應了「零餘者」陷落在新／舊、現代／傳統、城市／鄉的夾縫之中，「一半去勢」而難以翻身的困境？

二、公寓：北京城市的文化空間

胡適在定義五四新文學第一個十年的成績時，將文學研究會「人的文學」解釋為是「個人主義的人間本位」，因此造就了一個中國前所未有的「個人解放的時代」。胡適又援引杜威的說法，認為個人主義就是個性主義（individuality），而它的特性有兩種：其一是獨立的思想，其二是個人對於自己思想信仰的結果，要負起完全的責任，不怕權威，也不怕監禁和殺身。[9]

胡適乃是從杜威哲學理論的角度去詮釋五四的個人主義，然而若是回到二〇年代北京公寓的「零餘者」們，他們卻可以說是出之於現實的因素——因為自己早已被家庭、學校乃至社會體制所放逐，而不得不淪為一個個孤獨的「個人」。誠如普實克（Jaroslav Prusek）在研究中國現代小說時指出：五四時期之所以突出個人主義和主觀主義，乃是因為青年一代對於存在充滿了悲劇性的感受，以及自我毀滅的傾向，此一傾向其實在清代中葉就已經萌芽，那也正是中國封建制度逐步瓦解的徵兆。[10]

如此一來，五四小說之中普遍出現的「零餘者」或是「浪人」形象，是否也說明了當國家不再是凝聚認同的對象，而傳統文人所依附的科舉制度和儒家道德體系，也面臨到摧枯拉朽的危機之時，五四知識青年所陷入的心靈危機和困境，恐怕比起前行世代如晚清的文人還要更加的複雜和艱辛？

也因此二〇年代北京城市空間的多元、開放和異質性，可以說為這些無「家」可歸的「零餘者」青年，提供了一個凝聚與串連彼此的可能，尤其學生公寓更成為他們思想交流、集群結社，共辦刊物的核心場域。公寓，原本是屬於私密的家屋，但至此也搖身一變，成為在北京城中最具有創造活力，也最富有潛力發展成為哈貝瑪斯（Habermas）所言的「公共空間」（public sphere）[11]，

8　見郁達夫，〈給一個文學青年的公開狀〉，《晨報副刊》，一九二四年十一月六日。

9　胡適，《中國新文學運動小史》（台北：啟明出版社，一九五八），頁一二。

10　見雅羅斯拉夫．普實克（Jaroslav Prusek）著，李燕喬等譯，〈中國文學中的主觀主義和個人主義〉，《普實克中國現代文學論文集》（長沙：湖南文藝出版社，一九八七），頁三。

11　如李歐梵著，毛尖譯，《上海摩登》（香港：牛津大學出版社，二〇〇〇）頁一八－二三指出，親法的文人如曾樸，刻意把上海咖啡廳營造成為法國的沙龍，「而中國的親法份子是否成功地把他們的文學沙龍變成了哈貝瑪斯（Habermas）所謂的『公共空間』還是存疑的。但上海的作家把咖啡館當作朋友聚會的場所卻是無疑的。從當時記載和日後的回憶看來，這種法國慣例加上英國的下午茶風俗在當時成了他們最重要

而這點尤其在在許多五四世代作家的回憶之中得到鮮明的佐證，因為對他們而言，公寓在思想啟蒙上所扮演的重要角色，甚至遠遠凌駕過大學本身。

例如一九二三年考進北大德文系的詩人馮至，也是公寓青年之一，他便回憶當時的北京在軍閥混戰的情況下，「時而死氣沉沉，時而群魔亂舞」，但是沙灘和北河沿一帶的學生公寓卻是一番截然不同的氣象，「朝氣蓬勃」，「尤其是一九二四年至一九二六年，《語絲》《現代評論》《猛進》等週刊相繼問世，極一時之盛，每逢星期日早晨起來，便聽見報童們在街上奔跑叫賣。」對於馮至而言，這些在大學圍牆之外的公寓可以說是遠遠勝過教室，才是北京文藝思潮風起雲湧的聖地，真正構成了他「思想的雛形」，更培育了他「作人的態度和作文的風格」。馮至甚至以「但開風氣不為師」來形容當時北京公寓的文化盛況，又引用魯迅《華蓋集》〈導師〉一文所言：「青年又何須尋那掛著金字招牌的導師呢？不如尋朋友，聯合起來，同向著似乎可以生存的方向走。」而馮至也以為，魯迅這段話恰正切中了當時公寓青年生存的真實樣貌。[12]

除了馮至，還有被魯迅讚譽為五四青年文學社團「最堅韌，最誠實」的淺草社和沈鐘社詩人如林如稷、陳翔鶴、陳煒謨等，也都是以公寓作為串聯彼此的基地。林如稷一九二三年的小說〈將過去〉，便是一篇模仿郁達夫公寓「零餘者」筆法的自傳之作，也在描寫漂流異鄉的心情，而在他筆下的公寓已經不只是一座實際存在的物理空間了，同時也是一座由夢境、情慾與死亡交織而成的心理空間：

這家公寓專供學生住宿的房間。天井裡，不要說是一根青草找不到，還有許多堆積的泥土，渣滓。禽群有時也在隔鄰的一枝很巨的樹杈上乾啼幾聲，綠葉也有時伸過頭來向這邊俯看。臥室的窗上，不同色的紙，糊在那粗細不勻而灰垢佈滿的雜亂格子上面，正好像一副瘦死的屍體，只有慘色失潤的皺膚，包在那如亂棘叢荊的枯骨上；有時風吹過，窗上簌簌作響，更像活屍的慘笑和呻吟聲。[13]

從綠葉的「俯瞰」，窗紙有如死屍「慘色失潤的皺膚」，到風吹動窗櫺發出「活屍的慘笑和呻吟」，林如稷一再以擬人化的手法呈現出公寓空間的諸多物質細節，因此組成一幅充滿了動態、聲音與色彩的感官圖象，從而營造出富有威脅、壓迫與驚怖的心理氛圍：

掙扎，掙扎，黑幕之下的爬蟲在抵禦，在掙扎。夜已是四合，烏沉沉，昏霧霧中間，只有風哭，雪笑，植物們歎氣，蟄蟲們寒噤。[14]

於是公寓也成為一則「零餘者」的生命隱喻：它既空虛卻又飽滿，既禁錮卻又開放，既黑暗，卻又

的日常儀式。」

12 馮至，〈但開風氣不為師〉，收於《馮至全集》第四卷（石家莊：河北教育出版社，一九九九），頁二一八二。

13 林如稷，〈將過去〉，收於魯迅編，《中國新文學大系：小說二集》，頁八二一。

14 同上註，頁一〇一。

不斷湧現流動著曖昧的光影。

〈將過去〉也開啟了過去中國古典小說之中罕有的空間想像——人在其中化為空間性存有（spatialbeings），並且積極參與了環繞在人周遭的空間性的社會建構，於是空間成為多層次的存在，而從物質化空間實踐的感知空間（perceivedspace）、訂為空間之再現的構想空間（conceivedspace）乃至於再現的生活空間（livedspace），空間已然不只是具體的「物質」和抽象的「精神」認知這兩種選項而已，而是有了另外一個其他（an-Other）的可能，它既不屬於中心，也不屬於邊陲，而是存在於交界的曖昧地帶，具有不斷位移、游走的「中介」（liminal）性格。[15]小說的主人翁雖被囚禁在公寓的四面牆壁之中，一直渴望可以從此逃脫，但是等到他真正逃出公寓之後，卻又茫然四顧，無處可去，只能迫不得已再次退回到這一情慾洶湧的黑洞，而自我存在的意識也被放大到與公寓的空間等同。

其實對於北漂青年而言，公寓不只是自我生命困境的折射，同時也具有正面積極的意義：是一個孤獨的個人得以和群體連結的良好契機，在其中尋找志同道合伙伴的最佳管道。譬如沈從文就是最好的例子。一九二五年沈從文北漂北京，為了謀生四處投稿，他第一篇正式登出的稿子，就是在《京報副刊》所出的週報《民眾文藝》，也因此認識了《民眾文藝》的主編胡也頻。

胡也頻比沈從文還要年輕一歲，同樣也是一位離鄉北漂的公寓青年，為了寫作的理想和出人頭地，心甘情願為《京報副刊》免費編輯《民眾文藝》，而編輯部就是他所租住的簡陋公寓。當沈從文的稿子在《民眾文藝》刊出時，胡也頻付不出稿費，只能帶著剛油印出來的週報親自到沈從文的公寓拜訪，而從此以後，這兩位年紀相當、也都曾經從軍的文學青年就結為了知己莫逆，而這份友情讓沈從文一生始終念念不忘，直到晚年，他都還以感慨的口吻回憶：「只有在這種使人心上黯淡的回想裡，我才覺得那時幾個朋友的印象如何永遠潤澤到我的生活。」[16]

沈從文在認識胡也頻不久之後，便在他的帶領下去造訪丁玲，而那是他和丁玲的第一次相見，她所住的「通豐公寓」竟比起沈從文的「窄而霉小齋」還要更加惡劣：

> 床是硬木板子的床，地是濕濕的發霉作臭的地，牆上有許多破破爛爛的報紙，窗紙上畫了許多人頭，便很覺得稀奇，以為一個女子住到這樣的房子裡，不害病，不頭痛，還能很從容的坐在一個小小的條桌旁邊寫字看書，真是一個了不起的人物。[17]

沈從文、胡也頻和丁玲三人從此結為好友，經常一起同住同行，也都熱衷於書寫公寓生活，甚至在日常生活之中最大的樂趣也是結伴四處去看公寓，夢想著要從一處搬到另外一處，有時一時衝動就下了租屋的訂金，事後卻又反悔而白白浪費了錢，故從北沿河、銀閘、孟家大院、景山東街、馬神廟、中老胡同一帶公寓，竟都留下過他們三人的青春足跡。

15　關於空間的論述，詳見索雅（Edward W. Soja）著，王志弘等譯，《第三空間》，頁一—二九。其中「導言／旅程／序曲」中對於「第三空間」的定義。

16　沈從文，〈記胡也頻〉，《沈從文全集》第十三卷（太原：北岳文藝出版社，二〇〇九），頁四—一〇。

17　同前註，頁七。

沈從文、胡也頻和丁玲雖然是北大的旁聽生，但是從他們二〇年代中葉起發表的早期作品中，卻幾乎看不見關於北大課堂或是校園的描寫，反倒著墨用力最多也最常出現的主題，就是「公寓」，可見受其影響之深，而公寓也儼然成為大學生活的一種「轉喻」（metonymy）。而在他們住過的諸多公寓裡，漢園公寓當是最令他們難忘，也在當時的大學生圈子中最負有盛名的一棟。公寓的主人黃嵩齡是清末的舉人，出身於廣東，也是康有為的弟子，他畢生雅好文藝，所以對於文藝青年最是慷慨，經常讓他們積欠房租也不催繳。

當時先後成為漢園公寓房客的，除了沈從文、胡也頻和丁玲之外，還有就讀於燕京大學的張采真、焦菊隱、于庚虞，清大的朱湘以及北大的蹇先艾、旁聽生王魯彥等等。一九二六年漢園公寓的青年還一起成立了「無須社」，而胡也頻就是其中最熱心的一名成員，由他負責主辦一份附在《世界日報》出版的《文學週刊》，又發行「無須社叢書」，而胡也頻的第一本詩集《也頻之詩》、小說《黎蒂》，以及沈從文的處女作《鴨子》都經由這套叢書出版發行，於是公寓在無形之中，竟也成了他們踏上文壇被人看見的重要契機。[18]

三、從「零餘者」、「城市漫遊者」到「革命家」

一九二五年沈從文的小說〈公寓中〉登上了當時最重要的文學園地之一《晨報副刊》，全篇之以日記體為之，一開頭他就破題寫道：「公寓中度著可憐歲月。藉著連續的抑鬱，小孩子般大哭，昏昏的長睡，消磨了過去的每一天時間。」就像林如稷的〈將過去〉一樣，沈從文也把公寓形容成是一個深不著底的「黑暗凋谷」，吸引著人「只是往下墮」，於是「我」只能起身逃出，在北京的胡同之間穿梭漫遊，直到最後精疲力盡，才拖著身子回到公寓的黑洞中。藉由「抑鬱」、「大哭」和「長睡」幾個動詞，沈從文勾勒出一幅頹喪消沉的「零餘者」圖象，並且在結尾的地方註明寫於「慶華公寓」，更點出了一個公寓青年的時代困境。

在沈從文早期的寫作中，「公寓困守」和「街道漫遊」成了沈從文早期小說的基本架構。[19]從〈公寓中〉、〈老實人〉到〈怯漢〉等共計有十數篇之多，都是以模仿郁達夫的自傳筆法，刻畫小說主角也就是沈從文本人的公寓生活和北京城市漫遊。他反覆描寫自己如何受困於「磚地上滑韲韲的，綠色浸潤於四角」的公寓裡，身邊被各種簡陋的小物件如「時鐘」、「布鞋」、「字典」等等環繞，而他躺在床上，聽到隔壁房間傳來一對年輕戀人做愛的聲響，不禁幻想此刻的自己懷中也抱著一個柔軟的女人，而這間「窄而霉小」的公寓更在一瞬間幻化了溫暖的豪宅，有「地毯」、「大梳妝鏡」、「金桂」、「檀木架子」和「白木床」，柔軟的床墊上則是鋪有「黃色綢被」和「挑花大鴨絨枕」。[20]家屋原本應是一個凝聚和護衛私密之感的空間，也是在理性以外所展開的一個屬於夢的場域，而沈從文筆下的公寓青年被無窮的白日夢所攫住，而空間也隨想像扭曲變形，充斥著存

18 姜濤，《公寓裡的塔》（北京：北京大學出版社，二〇一五），頁一二三—一二四、頁一六五。

19 沈從文，〈公寓中〉，《沈從文全集》第一卷（太原：北岳文藝出版社，二〇〇九），頁三五一。姜濤，〈公寓內的文學認同〉，收於《公寓裡的塔》一書，頁一六六。

20 見沈從文，〈重君〉，《沈從文全集》第一卷（太原：北岳文藝出版社，二〇〇九），頁四〇一。

在正浩然擴大的高張之感（intensit'e）。[21]

至於班雅明《發達資本主義時代的抒情詩人》所定義的城市漫遊者，乃是在街頭上「遊手好閒」，既超然又疏離地注視著身旁的世界，但如沈從文一輩北漂的青年卻恰好相反，因為他們既不從容悠閒，更不客觀疏離，反倒是充滿了憤怒與不安。當他們以「零餘者」和「浪人」之姿，遊走在這座異鄉城市時，並非一個自在又自得的主人，而是遭到排斥的的「他者」。[22] 城市的物質誘惑對於口袋空空如也的沈從文而言，只會令他更感羞辱和憤世嫉俗，最後只能狼狽的逃回到公寓「那小鴿籠般的溼霉房子」，對著窗外的城市發出咆哮和詛咒：「魔鬼的人群啊！地獄的事物啊！我要離開你！」[23]

我們若以沈從文的小說和一九二八年丁玲成名作〈莎菲女士的日記〉、〈自殺日記〉相互對照，便會知道他們的筆法可以說是驚人的雷同——一樣都是採取日記體，也一樣具有濃厚的自傳色彩，而主角也都是漂泊城市受困於公寓中的「零餘者」，而內心的焦躁和癲狂也都如出一轍，只不過丁玲的主人翁是女性罷了。〈莎菲女士的日記〉主角莎菲被公寓冰冷的牆壁環繞，而感官在狹隘的空間裡被放大，從「不斷的有人在電機旁大聲的說話」的聽覺，到「那四堵粉堊的牆。它們呆呆的把妳眼睛擋住」的視覺，到公寓「那有抹布味的飯菜」的味覺，乃至「那掃不乾淨的窗格上的沙土，那洗臉台上的鏡子」，還真「找不出一件事是能令人不生嫌厭的心的」等，[24] 如此強烈的感官意象，都令人不禁聯想起沈從文的公寓系列小說。

只不過丁玲以女作家之姿，更將女性細膩的感性發揮到淋漓盡致，也因此〈莎菲女士的日記〉的成功之處，不僅在情慾尺度的大膽裸露，更在丁玲強化出公寓空間的窒息和瘋狂之感。

丁玲創造的「莎菲」也同樣是一個具有濃厚自傳色彩的角色，她並不同於西方文學「閣樓上的瘋婦」，因為「瘋婦」是被以男權為中心的家庭婦職所迫，但「莎菲」卻大不相同，因為她早就已經離家出走了，而成為一個無父無家、四處漂泊之人。如此一來，真正讓「莎菲」感到不安和焦灼的，反倒是一種無「家」可以寄託的「零餘」處境，所以她才一直拖著病體，從北京東城到西城之間來回奔走，穿梭在黑魆魆的胡同中，一如沈從文〈公寓中〉寫道：

> 為什麼目的而走呢？我也不知道，只是盲目的走，無意志的前進。這不是我一種生活的縮影

---

21 加斯東・巴舍拉（Gaston Bachelard）著，龔卓軍等譯，《空間詩學》（台北：張老師文化，二〇〇三），頁一一七及一四四所述文學之中「家屋和天地」的象徵寓意，使得家屋活像一顆焦慮不安的心，使得家屋和天地不再只是兩個拼貼的空間，而是激發彼此相對的白日夢，以及頁二八四、二八九對於「私密的浩瀚感」之分析。

22 姜濤〈公寓內的文學認同〉，也以沈從文筆下的城市漫遊者並非班雅明定義之「遊手好閒的觀察者」，而是「更類似於一個自卑的覬覦者、偷窺者、行單影只地穿行在鬧市和人群之中，忍受著孤獨和欲望的折磨」，見《公寓裡的塔》，頁一七〇。董玥，〈國家視角與本土文化——民國文學中的北京〉，收於王德威、陳平原編，《北京：都市想像與文化記憶》（北京：北京大學，二〇〇五），頁二四九指出：在上海知識分子會有做「他者」的感覺，在北京他們則不會，因為在北京他們是主人，而北京的本地人才是他們眼中的「他者」。故董玥結論說：北京城中的「新知識分子」並不是像班雅明眼中的波特萊爾那樣的漫遊者，或城市閒人，因為他們不是人群中的詩人，他們甚至根本就不在人群中。

23 沈從文，〈絕食以後〉，《沈從文全集》第一卷（太原：北岳文藝出版社，二〇〇九），頁三六二。

24 丁玲，〈莎菲女士的日記〉，《丁玲全集》第三卷，頁四二。

是什麼？我知道，我如今還是走著，我還是夢一般走著。25

而丁玲更以女性的歇斯底里寫出了五四世代浮動的心靈：

我想把什麼東西都摔破，又想冒著夜氣在外面亂跑，我無法制止我狂熱的感情的激盪，我躺在這熱情的針氈上，反過去也刺著，翻過來也刺著，似乎我又是在油鍋裡聽到那油沸的響聲，感到渾身的灼熱。26

他／她們總是不安其位，時而沮喪，時而歡喜，時而浪漫，時而冷酷，對於「線／限」（lalinea）顛覆和挑釁，進而擴充了城市空間所象徵的矛盾與多義性，更反映出二〇年代北京公寓青年相近的書寫題材和集體圖像。27

對於北京的五四世代青年而言，一九二六年可以說是一個重要的轉捩點，先是發生段祺瑞下令槍殺學生的「三一八事變」，繼之又是一九二七年清共的白色恐怖和北伐戰亂，許多大學被迫關閉，出版遭到查禁，文化人和書店因此紛紛選擇南下上海，另尋發展的空間，也為北京二〇年代公寓青年創作力噴湧勃發的黃金時期，劃下了一個倉促又倉皇的句點。沈從文、胡也頻和丁玲也置身在這一波南下的文人潮中，他們三人在一九二七、二八年間先後離開北京，前往上海會合，在法租界薩坡賽路上租下一間亭子間，又回到了三人共同生活的狀態，也為了謀生又重操起在北京時的舊業，以胡也頻為首開始寫稿、辦雜誌，試圖在上海的文化界闖出自己的一片天。

然而上海不同於北京，一九二八年正是革命文學浪潮正盛的時刻，胡也頻受到大環境社會主義的啟發，思想開始向左轉，從此以後就步上了一條和北京時期截然不同的寫作道路。一九二九年他在自己創辦的刊物《紅黑》上發表長篇小說《到莫斯科去》，此時此刻早已人在上海的他，竟又回過頭去，改寫了昔日的北京公寓生活，而小說中年輕的女主角「素裳」，儼然就是當年丁玲的翻版，她原本信仰的是無政府主義，嗜讀小說《馬丹波娃利》[28]，但卻在受到一位從南方來的社會主義青年「洵白」的啟蒙之後，毅然決然提著行李走出北京的公寓，搭上馬車，一心要奔往莫斯科——社會主義革命的聖地。

胡也頻彷彿是在透過這篇小說宣示他和丁玲在上海的新生，也批判昔日在北京身為「零餘者」時的自哀和自憐，從此以後，他將要一洗過往郁達夫式的頹廢文風，而正式蛻變成為一位堅定的左翼革命青年。《到莫斯科去》的靈魂人物「洵白」，也讓人不禁聯想到丁玲昔日就讀上海大學時的老師兼摯友，而在一九二八年正躍居為中國共產黨最高領導人的瞿秋白。巧合的是，丁玲也在一九二九年以瞿秋白作為藍本，寫作「革命加戀愛」小說《韋護》，然而她對於社會主義的信仰，卻遠

25　同註一九，頁三五六。
26　同註二四，頁七五。
27　見索雅（Edward W. Soja）著，王志弘等譯，《第三空間：航向洛杉磯以及其他真實與想像地方的旅程》，頁一七三。
28　在沈從文的回憶之中，丁玲最稱道也最喜愛的小說，便是《馬丹波娃利》，見沈從文，〈記丁玲〉，《沈從文全集》第十三卷（太原：北岳文藝出版社，二〇〇九），頁八二。

遠不如自己的丈夫胡也頻來得如此的堅定而且虔誠。

一九三〇年胡也頻再度以小說《光明在我們的前面》重寫了一九二五年他的北京公寓生活，這一回，住在北大旁馬神廟「大同公寓」和「三星公寓」的青年，已不再是一群瞿秋白所言的「薄海民」、郁達夫式的「零餘者」或者沈從文自稱的「浪人」了，在社會主義思想的啟蒙下，他們竟有了一番全新的氣象：

公寓裡突然變了一個異樣的景象了。許多學生把畫報釘到牆上去，彷彿每個人都需要這畫報中的死者——那霉爛的屍身，那槍洞，那血，那殘酷的帝國主義的罪惡，來刺激這跳動於熱血中的青年的心。……全公寓的學生的房子裡，都釘著這樣的一張。有的還在這畫報旁邊寫了血淋淋的字，表現那鼎沸的熱情和強烈的意志。29

如此熱血沸騰的知識青年，一改過往的蒼白消極，轉而充滿了強大的鬥志，積極投身於改造社會的使命。胡也頻不但以此改寫了他自己，也為那些漫遊在城市邊陲的公寓零餘青年，打開了一條明確的出路，那就是：革命。

「零餘者」於是化身成為「革命家」，而一九三一年的胡也頻也果然為革命的理想殉身，他遭到國民黨逮捕槍決，成了「左聯五烈士」之一，至於原本思想偏向於無政府主義的丁玲，也從此以後就思想轉向，告別了過往那一個自傷與自憐的「莎菲」，而成為一位左翼的女先鋒。一九三三年丁玲在上海遭國民黨逮捕，送往南京軟禁三年之後，終於在共產黨同志的協助之下逃出。丁玲立刻奔往延安，為了歡迎這位當時中國最負盛名的女作家，毛澤東特別在窯洞中設宴款待，並寫下〈臨江仙〉一詞相贈，詞中以「昨天文小姐，今日武將軍」來讚美丁玲由文從武的轉變。

相形之下，丁玲選擇「從文」的好友沈從文，走上的卻是和她一條截然不同的道路，他在一九三〇年後更向新月派文人靠攏，並且在一九三四年以富有牧歌情調的小說《邊城》和散文《湘行散記》，返回自己的故鄉湘西邊陲之地，通過中國的抒情傳統美學，去尋找中國文明在現代化過程之中搖擺前進的另一種可能。故在一九三〇年代之後，這些五四世代的作家群們看似各自都有了不同的文學主張，有的人投身社會寫實的革命之路，如胡也頻和丁玲，而有的人則堅持文學之美應該要超越現實，追求抽象和永恆，如沈從文。然而在生命的底層，維護個人的獨立自主，仍然是他們堅定不疑的信念以及精神標誌，而這或許可以回溯到他們的文學啟蒙之地：二〇年代北京城市開放的空間以及身為公寓「零餘者」的漫遊，所奠定下來對於自由的熱愛和堅持。

29 胡也頻，《光明在我們的前面》，頁一四〇。

第四章
文化帝國的最後光輝：論沈從文的北京書寫

一、沒有北京，何來湘西？

歷來關於沈從文的研究，大多著重在他作品所展現的牧歌或田園詩般的抒情特質，而把他定義為鄉土寫實作家，或者是擅長描寫景色神髓的印象主義者[1]。誠然，沈從文筆下的湘西世界確實獨樹一幟，不過若是檢閱他的全部著作，以都市為題材的小說分量卻幾乎是和鄉土小說相庭抗禮，難分軒輊[2]。尤其是在沈從文寫作階段的第一個十年之間，也就是從一九二五年他在北京《晨報副刊》發表〈公寓中〉到一九三四年出版代表作《邊城》為止，在這段期間幾乎高達三分之二的作品，主題都環繞在城市的知識青年或中產階級。

1 如夏志清，《中國現代小說史》（台北：傳記文學出版社，一九八五）第八章中以「牧歌式文體」稱呼沈從文小說，並讚譽他的「寫實的才華」，是中國現代文學中最偉人的「印象主義者」。

2 《沈從文文集》中的小說，有七十六篇以城市為主題，八十七篇以鄉村為主顯。見王潤華，《沈從文小說理論與作品新論》（台北：文史哲出版社，一九九八），頁八七。

不止如此，更值得注意的是沈從文對於城市生活的關注，並不因為湘西之作如《邊城》或《湘行散記》等的成功而停止。他反倒一直維持城市的書寫，如在《八駿圖》、《主婦集》或《新與舊》皆不乏此類作品，並且在面對鄉土和城市這兩種截然不同的題材時，沈從文也似乎在有意或無意之間採取了不同的寫作策略。如他在《邊城》就刻意營造出一段曖昧而朦朧的時空距離，使得全篇洋溢著一股哀而不傷、悲而不怨的溫柔和寧靜，充分流露出中國現代小說的抒情特質及節制含蓄的詩意。[3] 然而當他轉過身去描寫城市現代生活時，卻展現出截然不同的氣質，大多緊扣著時下的社會脈動，或是從自身的角度刻畫離鄉北漂的五四青年，或是刻畫民國以來的現代仕紳，大多具有強烈的自傳性色彩，也最能反映沈從文當下的心境或人生轉折。

換言之，「故鄉」和「城市」就像是沈從文同時擁有的兩副臉孔，兩種聲音，兩條旋律，而「故鄉」是被封閉在「過去」的鄉愁記憶和抒情烏托邦，至於「城市」則是處於一個「現在」進行式的生命情境，而這兩者一直以複格的曲式般並存在沈從文的創作裡，相互交響和共鳴。所以讀者若只是單看沈從文的湘西鄉土小說，恐怕並不能夠妥切地掌握他的思想核心，尤其這些以城市為題材的作品不僅在他的創作生涯占了極大的比重，也因為更加貼切他當下的生活，反倒更能夠說明他在面對二十世紀中國現代化的巨變之時，內心所迂迴開展而出的呼應。

當一九二二年沈從文受到五四新文學運動感召，毅然決然離開湖南之後，其實就輾轉在北京、上海、青島和昆明等幾座城市裡，而其中他生活最久情感也最深的，就當屬北京。北京不但是他踏上文學之路的起點，也讓他得以結識學術界的人士如徐志摩、陳源等，因此成功打入他所一心嚮往的知識分子圈。一九三〇年代中國文壇爆發「京派」與「海派」之爭，沈從文更是以「京派」的代表作家之姿領銜論戰，故如此一來，中國傳統士大夫美學代表的「京派」和少數民族邊陲湘西的「鄉土」，這兩個強烈對比的世界，竟是在沈從文的身上奇異地融合為一了，而將「城市」與「鄉土」、「主流」與「邊陲」這兩種不同的思維揉絞成一辮。

雖然沈從文在三〇年代後成功躋身「京派」文人圈，也擔任當時最具影響力的刊物之一《大公報》的主編，他卻仍不斷在文章中稱自己是一個「鄉下人」。但弔詭的是，若非置身在北京這座大城市，又何以對照出他「鄉下人」身分的格格不入呢？又何以令他興起一股揮之不去的鄉愁？就連沈從文自己也常把北京比喻成為一艘渡船，帶領著他划向了記憶深處的故鄉，從而激發出他「作品中的鄉土情感」，故沒有「北京」，何來「湘西」？

沈從文就曾經指出歷來關於他作品的批評者，都忽略了「作者生命經驗的連續性和不可分割性」，因為當他置身在陌生的北京城市中，思念故鄉的回憶，就成了他「生存的最大快樂和支柱」，也使得他「作品中的鄉土情感，混合真實和幻念，而把現實生活痛苦印象一部分加以掩飾，使之保留童話的美和靜，也即由之而來。」[4] 換句話說，沈從文的鄉土書寫之「混合真實和幻念」，正因為北京才是啟動他鄉愁的關鍵，這無非說明了沈從文的鄉土書寫並非寫實，反倒是一個

3 見David Wang, *Fictional Realism in 20th-Century China*（NY: Columbia University Press, 1992）, p. 205。李歐梵，《現代性的追求》，頁二五九。

4 沈從文，〈一個人的自白〉，《沈從文全集》第二十七卷（太原：北岳文藝出版社，二〇〇九），頁一四。

出於之抽象抒情的，保留了「童話的美和靜」虛實交錯的世界。故如此一來，沈從文的北京和湘西不正彷彿是一體之兩面？就像他自己也坦言，《邊城》中那個划渡船的老爺爺，其實最初的靈感來源並非湘西，反倒是北京西城中「一個每到黃昏即搖鈴鐺串街賣煤油的老頭子」[5]。

一九四九年中國政治局勢丕變，國民黨在內戰中節節敗退，而沈從文遭遇到左派的文人群起圍剿，好幾次瀕臨精神崩潰，自殺都沒有成功之後被送入北京的精神病院。就在這段瘋狂又黑暗的日子裡，沈從文依靠回顧過往的湘西作品來尋求心靈慰藉，他更懺悔自己當初不該離家遠行，而應當和故鄉的人「生命長在一處」，如今他這個「鄉下人」卻「移植入人事複雜之大都市，當然毀碎於一種病的發展之中。」[6]

於是靜美的湘西烏托邦，和充滿了喧囂鬥爭的北京，在沈從文的心中形成了不斷來回擺盪的兩極，而他於一九四九年五月三十日深夜十點的北京（當時名為北平）宿舍，寫下的一則囈語式日記，讀來更是令人怵目驚心：

> 北平似乎全靜下來了，十分奇怪。不大和平時相近。遠處似聞有鼓聲連續。我難道又起始瘋狂？……我在毀滅我自己。什麼是我？我在何處？我要什麼？我有什麼不愉快？我碰著了什麼事？想不清楚。……
>
> 夜靜得離奇。端午快來了，家鄉中一定是還有龍船下河。翠翠，翠翠，你是在一〇四小房間中酣睡，還是在杜鵑聲中想起我，在我死去以後還想起我？翠翠，三三，我難道又瘋狂了？[7]

「三三」是他妻子張兆和的小名，而「翠翠」是《邊城》的女主角，彷彿是故鄉對於這位漂泊京師的遊子發出來的聲聲召喚。但即使如此，沈從文後來終究沒有真正的返鄉，反而是畢生選擇長留在北京，所以本文也將繼續探究北京這座城市究竟如何刺激、並且創造了沈從文的鄉愁書寫？而他又如何遊走於城市和故鄉之間，以在戰亂頻仍的黑暗時代裡，尋求安身立命的定位？

二、野性與魔性

一九〇二年，沈從文出生在湘西叢山峻嶺環繞下的一座小鎮：鳳凰，就和大多數的五四世代一樣，他們多在青少年時期就通過閱讀《新青年》、《創造》或《小說月報》等刊物，而受到五四思想的啟蒙洗禮，因此各自展開了一段千里迢迢的追夢旅程。這段旅程的起點或各自不同，但是目的地卻大多一致，那也就是現代大學林立的北京。

沈從文也是離鄉尋夢的青年之一。一九二三年他同表弟滿叔遠一起來到北京，先是落腳在城南楊梅竹斜街上的酉陽會館，亦即湖南會館，距離魯迅所住過的紹興會館以及著名的古董文物集散地

5　同上註，頁一八。

6　沈從文、張兆和，《沈從文家書：一九三〇—一九六六從文、兆和書信選》（台北．臺灣商務印書館，一九九八），頁一五〇。

7　同註六，頁一五三—一五四。

「琉璃廠」，都才不過幾步路之遠。但是在一九一一年滿清垮台之後，會館早就已經不復昔日的榮光，而淪為一些異鄉人貧病老死之處。很快地，沈從文就意識到吸引自己上京的，乃是「一個國立大學畢業生的頭銜」，所以會館絕非他嚮往追尋的所在，他因此從外城的會館區改搬到位在內城的北大沙灘附近，住在一間「窄而霉小」的學生公寓中，而那裡才是五四世代青年的群聚之地，也才是真正醞釀新文化運動的核心。

從會館到公寓，沈從文在北京的這一條遷徙路線可以說是饒負象徵意義，不但宣告中國延續了千年的科舉時代結束，取而代之的，乃是以西式教育為主的現代大學，並且二十世紀中國知識分子所依附的體制以及思想傳播的方式，也從此產生了重大的改變。二〇年代之初這些受到五四思潮吸引，因而懷抱著大學美夢北漂的青年，更是截然不同於昔日通過嚴謹科舉體制篩選的文人，他們大多來自於四面八方、三教九流，雖然也號稱是知識分子，但其實多數沒有正式的學歷，也因此大多無法擠進大學的窄門。譬如沈從文便是如此，僅有小學學歷的他，只能受惠於當時北大採取門戶開放的教育政策，才得以一個沒有學籍的旁聽生身分，出入於大學課堂，並且住在北大附近的學生公寓之中。

不過，當沈從文在一九二三年來到北京時，卻敏銳發現才和五四運動相差不過短短的三、四年光景，這座城市卻不如他原先的想像，氛圍已經大不相同。北洋政府在皖系、直系和奉系的軍人輪流把持和派系傾軋之下，教育經費屢屢遭到挪移和刪減，導致大學教授好幾個月都拿不到薪水，甚至一九二二年端午節，北大的校長蔣夢麟率領包括李大釗等內的教授群，親自到新華門前向政府抗議，只沒想到討薪不成，還被軍警打得頭破血流，倒在地上，魯迅憤慨之餘，還以此事為藍本寫成小說〈端午節〉。

諷刺的是，當時的大學經費雖然嚴重短缺，但大學生的人數卻不減反增，就在僧多粥少的情況底下，學生的街頭運動日益頻繁，居然不亞於五四時期。只不過在一九二〇年代以前的學生運動，大多是以「反日」等愛國民族運動作為訴求，但是到了二〇年代以後，學生卻多是為了學校內部的人事或經費議題，才憤而走上街頭。[8] 因此兩相比較之下，二〇年代以後的北京恐怕比起五四時期更加黑暗，而軍閥的黑手也更加深入大學校園，對於教育和思想的箝制也越來越嚴苛。換言之，大學的處境在二〇年代後可以說是越趨惡化，直到一九二六年三月十八日，段祺瑞政府下令槍殺在街頭請願的大學生，更是被魯迅沉痛地指為是：「民國以來最黑暗的一天」。

北京內政的沈痾，經濟的困窘，加上大量窮學生從外地湧入，就像郁達夫所描述的，走在大街上只要不出半天，『就可以積起一大堆什麼學士，什麼博士來」，人浮於事的結果，就是學歷快速的貶值，年輕人空有學位也無濟於事，還不如靠人脈關係走後門，才能夠僥倖求得一官半職。[9] 這些殘酷的現實，對於千里迢迢懷抱大學夢而上京的沈從文來說，無疑是一記沉重的打擊。他更失望於當年五四運動的支持者人多已經離開了學校，「離開了真誠，離開了熱情，變成為世故，為阿

8 據統計一九一六年大專學生人數為一千七百二十多人，而一九二五年學生則增加兩倍之多，為三千六百多人，而光一九二五這一年學運就發生了四十八次之多，但其中有四十四次皆是和學校的內部行政有關。見張玉法，《中華民國史稿》，頁一三七、一四二—一四四。

9 郁達夫，〈給一位文學青年的公開狀〉，《晨報副刊》，一九二四年十一月十八日。

訣」，如今的北京只剩下滿地的蕭瑟，就連北大也放棄了昔日進取精神，而在胡適倡導的「國故研究」風潮之下，大學生「把精力向音韻訓詁小學考據方面去發展」，故「大學」與文運分離，也不免難得保守、退化、無生氣、無朝氣。」[10]

寬鬆的大學制度加上北京動蕩不安的政治局勢，使得這些才剛離開故鄉而掙脫了大家庭束縛的青年人，更加散發出一股浪漫不羈的波西米亞人氣質，或是一個從思想到生活都是崇尚清談的無政府主義者，而沈從文便是其中之一。這也說明了為什麼二〇年代青年群中最為風行的是創造社「浪漫頹廢作品」，而不是文學研究會的「莊嚴人生文學」。因為正如沈從文的回憶，在那個「一切皆轉入消沉」的時節，對於年輕人而言影響最深遠的不是魯迅，而是郭沫若、張資平和郁達夫，尤其是「郁達夫式的悲哀」更成了一個「時髦的感覺」，而沈從文以為，郁達夫雖然只寫自己，但他那種「自白的誠懇」，「神經質的人格，混合美惡，揉雜愛憎，不完全處，缺憾處」，反倒才是讓人十分尊敬的地方，也才真正呼應了五四世代所面臨的困境。[11]

一九二四年底沈從文在北京走投無路，只好寫信向他最仰慕的作家郁達夫求救，而郁達夫也慷慨解囊，請這位陌生的青年人吃了一頓酒飯，不過事後，郁達夫卻在報上發表了〈給一個文學青年的公開狀〉勸這位青年放棄讀書的美夢，乾脆把自己的心腸練得硬一點，去做「賊」算了。郁達夫諷刺地指出：當前既然「上位者竊國，中位者竊自黎民百姓」，所以一切人的財產都可以說是「贓物」，那麼復從他人之處取來，又有何不可呢？[12]於是在街頭滿是失業青年或乞丐，偷拐搶騙無恥之事橫行的北京，五四世代面臨的恐怕不只有生存，更有心靈上的道德危機。

就像郁達夫乃是以一個「零餘者」——即十九世紀俄國文學中「多餘的人」，對於社會人世無用的邊緣人自居，沈從文也延續此一形象，以此來自嘲是一個連小學都沒有畢業，從十幾歲開始就四處漂泊而一事無成的「浪人」，整天只能在「淒清，頹喪，無聊，失望，煩惱」之中度過，所以當然攀比不上那些「以改良社會為己任」，「有作有為，尊嚴偉大」最高學府的大學生。[13] 沈從文句句說得嘲諷，也在小說中大膽唱起女性主義的反調，更是延續甚至強化了郁達夫式的敗德書寫，以女性作為男性欲望的客體：

> 女人身上發出的香味芬馥。我心想，是這樣，就正是在鼓勵男子向上的一種工作！這本身，這給男子的興奮，就是詩，就是藝術，就是真理！女人就應作女人的事，女人的事是穿繡花的衣裙，是燙髮，是打扮……一面求知識，一面求美麗，真是女子一種要緊的訓條。[14]

他也挖苦從前的男人喜歡女人裹腳，於是有了小腳，而如今「男人都歡喜女人讀書認字，於是女人

10 沈從文，〈文運的重建〉及〈在湖南吉首大學的講演〉皆指出五四以後文運與人學教育分離的狀況，收於《沈從文全集》第十二卷（太原：北岳文藝出版社，二〇〇九），頁八一—八二、三九二—四〇二。

11 沈從文，〈論中國創作小說〉及〈郁達夫、張資平及其影響〉中從郁達夫和張資平二人，去討論五四運動以後文學風潮的演變。收於《沈從文全集》第十六卷（太原：北岳文藝出版社，二〇〇九），頁一八七—二二二。

12 同註一〇。

13 沈從文，〈致唯剛先生〉，《沈從文全集》第十一卷（太原：北岳文藝出版社，二〇〇九），頁三九。

14 沈從文，〈一件心的罪孽〉，《沈從文全集》第二卷（太原：北岳文藝出版社，二〇〇九），頁一〇八。

就都入大學唸書了。」他還歌頌女人就是「一群裹在粉紅水綠絲綢裡的美麗肉體」，要用「像鴿子的眼睛來宰割一切不幸的人」，在勾引出男人野性欲望的同時，卻也同時充滿了摧毀的魔力。[15]

金介甫（Jeffery Kinkley）以為沈從文小說中這些關於原欲的書寫，乃是深受佛洛依德象徵派的影響，[16]然而與其援引西方的心理分析，不如說他所追隨和模仿的乃是郁達夫，以及來自東方的直觀哲學和湘西少數民族神秘的宗教思維。沈從文自己便曾經定義小說的目的在於：「使一個人消極的從肉體愛憎取予，理解人的神性和魔性，如何相互為緣」，並且以為這正是小說之所以為其他形式的書寫都無法企及之點。[17]

沈從文也進一步認為文學藝術的獨特之「美」，就在於「美」既「不固定」也「無界線」，故無以名之，唯有通過直觀，只要能對一個人「激起情緒引起驚訝感到舒服就是美」，而足以「刺激你過分靈敏的官覺，使你變得真正十分年青」。[18]如此一來，文學藝術沒有真不真實的問題，只有「美和不美」而已，就像浮士德獻身給魔鬼，或是「精衛啣石，杜鵑啼血」，而其事不必真，「情真」就足以成就「美」。但「美」固然有激情可喜的一面，卻也同時是危機四伏的的，也能激盪出野性，甚至是桀傲不馴的魔性，既是重生的契機，卻也蘊含著毀滅的威脅。[19]

沈從文無疑是上述感官美學的實踐者，在他一系列關於北京的城市書寫中，主人翁也是他自己的化身，從「窄而霉小」的公寓走出，到胡同深處乃至公園或大街上漫遊，激發出體內所潛藏的「神性與魔性」，也因此他在小說中所構築出來的北京，並非一座摩登的現代之城，反倒處處洋溢著大自然的原始野性。而他也自認自己和這座城市一樣，是個「有野性的人」，所以特別歡喜的是北京「罩在頭上那塊天，踏在腳下那片地，四面八方捲起黃塵的那陣風，一些無邊無記那種雪，莫不帶點兒野氣。」[20]譬如〈老實人〉一篇就在描寫自寬君的漫遊，而當他走入北海公園的深處，登上了高丘，放眼望去，北京竟被一片滿滿的綠蔭所包覆，全城的煙樹呈現出「一種蕭條的沉靜的美」，讓他不禁讚嘆這樣的「北京城真太偉大了」。[21]

故從野性的北京到野性的自己，沈從文在小說中也往往以「痞子」或「浪人」之姿現身，嘲笑起那些城市文明人流行的戀愛，只不過是一群「謙卑諂媚」、「閹雞似的男子」，在「各處扮演著丑角喜劇」[22]。沈從文更以此來瓦解了政治口號的義正辭嚴，將五四運動「打倒帝國主義」的口號，諧擬為求愛時的喃喃囈語——「打倒那老浪子擁有女人的帝國主義！這口號，我將時時刻刻來低聲的喊。打倒呵，打倒呵。」[23]而對於街上那些「平常就只會收拾得像朵花樣子，來故意誘起中年可憐的男子的悲哀」的女人，也是充滿了詛咒，願自己能夠「更無聊一點，更大膽一點，待你

15 沈從文，〈第二個狒狒〉，《沈從文全集》第一卷（太原：北岳文藝出版社，二〇〇九），頁三七三。
16 見金介甫（Jeffrey C.Kinkley）著，符家欽譯，《沈從文史詩》（台北：幼獅文化，一九九五），頁三八五—三八六、三五〇—三五四，以為沈從文當時讀過佛洛伊德之書，故小說中頗多心理學影響痕跡。
17 沈從文，〈短篇小說〉，《沈從文全集》第十六卷（太原：北岳文藝出版社，二〇〇九），頁四九四。
18 沈從文，〈主婦〉，《沈從文全集》第八卷（太原：北岳文藝出版社，二〇〇九），頁三五八。
19 沈從文，〈水云〉，《沈從文全集》第十二卷（太原：北岳文藝出版社，二〇〇九），頁一二八。
20 沈從文，〈如蕤〉，《沈從文全集》第七卷（太原：北岳文藝出版社，二〇〇九），頁三四五。
21 沈從文，〈老實人〉，《沈從文全集》第二卷（太原：北岳文藝出版社，二〇〇九），頁九二。
22 同註二〇，頁三三八—九。
23 沈從文，〈松子君〉，《沈從文全集》第一卷（太原：北岳文藝出版社，二〇〇九），頁二九七。

們像暗娼，追逐你們的身後，一直到你住處！」[24]

學者大多認為沈從文這些城市小說，目的在批判城市人的敗德、病態與虛偽[25]，但事實卻可能恰恰好相反，沈從文反而是以一個血液之中充滿了「野性」和「魔性」的敗德者，或沉浸於白日夢中的偷窺者自居。不論是〈誘拒〉描寫的美麗小妾和妓女，或〈都市一婦人〉中和男友私奔，或〈紳士的太太〉中沉浸在偷情喜悅的有夫之婦，或一男二女的多角戀愛如〈篁君日記〉，以及〈如蕤〉中向粗野農夫獻吻的女大學生，對於這些出軌不倫的激昂熱情，沈從文並沒有譴責之意，更不在執行道德的審判，他更像延續郁達夫小說「零餘者」視角，試圖以各種色情、意淫、偷窺等話語，以推翻主流「宏大論述」（grand narrative）的義正辭嚴。

三、流氓話語

朱大可《流氓的盛宴》中提出「流氓主義」一詞，以此詮釋中國現代文學中結合了異鄉情結、焦慮心態和反叛立場的意識形態，它不僅可以往上追溯到古代的游俠主義，往下則是延伸到當代的街痞主義、犬儒主義和厚黑主義等各種樣式，因此產生所謂的「流氓話語」，而其典型的特徵就是「含有大量酷語、色語和穢語，並以所謂『反諷話語』體系對抗國家主義的『正諭話語』體系。」[26]而沈從文的城市之作，可以說正是充塞著此類的「流氓話語」。

但頗堪玩味的是，當他回過身去描寫自己的湘西故鄉時，語言風格竟是為之一變，改而出之以抒情典雅、詩意盎然的牧歌。而這是否也在暗示，當沈從文置身在中國權力中心象徵的北京之時，必然會感受到的主流「正論話語」的壓力，以及他作為一個來自湘西邊陲「鄉下人」的格格不入，所以才會不自覺地要起身反抗之？

如果再對照沈從文所處的二〇年代的北京，不也正是一次次的軍閥鬧劇輪番上演，導致中華民國的正當性幾乎蕩然無存？沈從文回憶當時的孫中山已成了人民口中的「孫大砲」，認為他的建國主張全是「一些不切實際的空話」，而整座北京最為市井百姓所津津樂道的竟是不是政治，竟是馮玉祥發動政變，在攻入京城之時抓到了曹錕的「面首」。凡此種種，皆說明了在體制分崩離析的時刻，宏大論述消亡，而街巷之間，只流傳著各種竊竊嘲笑的蜚語和八卦。

尤其在一九二六年段祺瑞下令軍警開槍打死遊行學生的「三一八事件」之後，白色恐怖更是席捲了北京，沈從文住的學生公寓經常遭到警察突如其來的闖入，大肆搜索和逮捕，不時聽到周圍的青年或是自殺，或是病死，或是莫名奇妙地失蹤，讓他在驚駭之餘，更不禁感慨：「雖活在一個四處是擾擾人聲的地方，卻等於蟲豸，甚至於不如蟲豸。要奮鬥，終將為這個無情的社會所戰敗，到

---

24 沈從文，〈怯漢〉，《沈從文全集》第二卷（太原：北岳文藝出版社，二〇〇九），頁二〇〇。

25 如王潤華，《沈從文小說理論與作品新論》，頁九一以為沈從文「對都市人的觀察，依據的是『鄉下人』的標準。他把人類病態精神看作都市文明——外部環境對人性的扭曲，那就是他拒絕的『社會』。這種扭曲的人性與自然相衝突。」凌宇，《從邊城走向世界》（台北：駱駝出版社，一九八七），頁一九九也指出：「沈從文對上流社會、仕紳階級做出的這種價值估量，與三十年代左翼作家對上流社會的暴露與批判，並沒有多大差別。……他是從人性扭曲的角度去觀察上流社會的病態現象。」

26 朱大可，《流氓的盛宴》（北京：新星出版社，二〇〇九），頁一五。

頭是死亡。」[27]

至於昔日和他一起結伴上京的堂弟滿叔遠，在一九二七年得病過世，表弟聶長榮也死於戰爭的砲火，而他在北京學生公寓中所結識的一批朋友，竟也多不得善終，八位同鄉之中有六位在大學畢業後回到湖南，卻在一九二七年共產黨發動的土地改革浪潮中「當上了縣農會主席，過了一陣不易設想充滿希望的興奮熱鬧日子」，卻又沒想到「馬日事變」倏忽而來，蔣介石麾下的國民革命軍倒戈，於是他這六位好友竟全在「軍閥屠刀下一同犧牲了」。[28]就連和沈從文情同手足的好友胡也頻，也在一九三一年因為加入左翼作家聯盟而遭到國民黨槍斃，不久後，胡也頻的妻子丁玲也遭到綁架失蹤，一度謠傳已死。沈從文也提筆寫下了《記胡也頻》和《記丁玲》、《記丁玲續集》等書來悼念來這些年輕的摯友，字裡行間流露出一個大時代下倖存者的心悸與悲哀。

正如普實克（Jaroslav Prusek）在研究中國現代文學時就已指出，五四之所以突出個人主義和主觀主義，乃是出於作家對於個人的存在充滿了悲劇性的感受，以及自我毀滅的傾向，此一傾向其實早在清代就已經萌芽，而那也正是中國封建制度逐步在走向潰散和瓦解的徵兆。[29]換句話說，沈從文北京書寫之中所充斥的「野性」、「浪人」、「痞子」和「流氓話語」，是否也說明了當國家不再具有凝聚集體的力量，而傳統維繫人心的儒家道德體系，也在社會秩序潰散之際，流失了它原本植根的土壤，所導致的以沈從文為代表的五四世代青年所陷入的，恐怕是比晚清文人更加虛無的精神困境？

四、重回會館

誠如本文一開頭所言，「北京」和「湘西」、「城市」和「鄉土」就像沈從文同時擁有的兩副臉孔，也是他在創作生涯之中平行發展、風格卻截然迥異的兩條旋律。不過若是進一步檢視便會發現，沈從文小說中的「北京」和「湘西」竟又是何等的相似？城市之中悖德的情欲追逐，也多可以在沈從文的湘西小說中找到了對應點，只不過背景換成了大自然鄉野，如〈柏子〉和〈丈夫〉的船家妓女、〈蕭蕭〉的婚外情，〈旅店〉的婦人情欲遐想，或是〈三個男子與一個女人〉及《邊城》所鋪陳的多角戀情……。如此一來，不論是城市或鄉土，沈從文其實對於人性原欲的神性和魔性，始終關注如一，而這無關乎道德，其中自然充滿了野性之美。

但沈從文的湘西小說卻又是如此不同於北京，就在於他書寫故鄉時，一洗「浪人」或「痞子」的狂躁魔性，而改出之以優雅的牧歌筆調，或是他自稱的「抒情詩」，因此為大自然中寧靜的花草、河流與山巒，塗上了一層如夢似幻的朦朧詩意，也使得小說中的人物彷彿置身在夢中似的，不

27 沈從文，〈回憶黃村生〉，《沈從文全集》第二十七卷（太原：北岳文藝出版社，二〇〇九），頁四一八—四二八對於一九二五年前後，北京京師警察廳入學生宿舍逮捕有詳細描寫。

28 沈從文，〈憶翔鶴〉，《沈從文全集》第十二卷（太原：北岳文藝出版社，二〇〇九），頁二五四。

29 普實克（Jaroslav Prusek）著，郭建玲譯，〈中國文學中的主觀主義和個人主義〉，《抒情與史詩：現代中國文學論集》（上海：三聯書店，二〇一〇），頁三。

但無從思索，就連愛與憎，也都無法可說，一切都是身不由己。

沈從文也以此來塑造湘西的人物，如《邊城》中形容翠翠的美是渾然天成的，「在風日裡長養者，故把皮膚變得黑黑的，觸目為青山綠水，故眸子清明如水晶」，除此之外，對於她的身體內在的情欲，卻無任何的著墨。〈蕭蕭〉中蕭蕭和花狗發生婚外情，懷了身孕，但蕭蕭卻只感覺自己好像「睜了眼做過一陣夢，楞楞的對日頭出處癡了半天」，一切都是糊裡糊塗。沈從文通過簡化人物心理以及大量留白的手法，使得湘西不像北京充滿了緊張和衝突，反倒是純淨天真，宛如一首小詩，或是撲朔迷離的夢境，而魔性也就因此被昇華成為神性，造就了一座與世隔絕的伊甸園。

於是回到本文一開頭所援引的沈從文〈一個人的自白〉所言，「湘西」和「北京」乃是他在「幻念」和「現實」之間尋求平衡互補的一組概念，所以如果說「湘西」是慰藉心靈的「幻念」，那麼，「北京」就是他必須面對的「現實」。當沈從文體認到人的野性和魔性，乃至於對美的渴望與追求，勢必會引發現實的焦慮和不安時，他所尋求的解脫之道，就是通過文學的創作和虛構，以「幻念」來使之昇華和洗滌。

他在〈水云〉中便曾經自述，自己為什麼要寫作小說？就是因為他想要用一種「溫柔的筆調來寫愛情，寫那種和我目前生活完全相反，然而與我過去情感又十分相近的牧歌，方可望使生命得到平衡」，但又因為自己「害怕明天的事實」甚至「厭惡一切事實」，所以才又極力要去「貼近過去」，甚至「不能不貼近那個抽象的過去，使它成為你穩定生命的碇石。」但他卻又同時深深感悟到，「美」是如此的脆弱和虛幻，「不能在風光中靜止」，於是「人生可憫」。[30]

這些敘述都說明了，沈從文何以在小說中把湘西塑造成一個幻念和夢境，並且將人的魔性全都消解在大自然神性的懷抱裡，因為如此一來，才能夠抒解現實所帶給他的焦慮。陳建忠以為沈從文的小說乃在「回歸鄉土」、「認同鄉土」，所以格外具有強烈的「烏托邦寓意」[31]。然而此一「鄉土」恐怕並非社會寫實主義式的鄉土，因為沈從文小說中的湘西，既沒有魯迅筆下愚昧的庸眾，更沒有左翼革命論述中的土地改革和階級鬥爭，它乃是一個高度抽象化的烏托邦，是為了平衡北京「現實」而來的「幻念」，也因此沒有北京，又何來湘西？

〈如蕤〉是沈從文小說中頗耐人尋味的一篇，他以北京作為背景，塑造了一個完美女神的形象：一個活潑、野性而美麗的燕京大學女生如蕤。她既有良好的出身，又具有自己獨立的個性，鄙夷城市之中已經淪為膚淺公式的愛情，而情願向一個來自鄉野的粗人獻吻，只因這位「驕傲的婦人厭倦輕視了一切柔情，卻能在強暴中得到快感」。在小說的最後，這份愛情無疾而終，因為沈從文認為這是「民族衰老了，為本能推動而做的野蠻事，也不會再發生了」[32]，故沈從文不但關注於人類「野蠻」的本能和原欲，更要以此扣問，中國這一個衰老的國度要如何才能夠重回「野性」，獲得新生？

30 沈從文，〈水云〉，《沈從文全集》第十二卷（太原：北岳文藝出版社，二〇〇九），頁一一〇。

31 陳建忠，〈鄉土即救贖：沈從文與張文環鄉土小說中的烏托邦寓意〉（《文學臺灣》，第四十四期，二〇〇二），頁二八八—三二四以為「人性的淪喪」是沈從文心心念念的主題，道德感之強在三〇年代中國新文學史上格外與眾不同。故身為一個「懷有『道德理想主義』的小說家，採取了回憶過去、想像鄉土的方式，企圖召喚人性烏托邦（神廟）以對抗日益庸俗化、物質化、都市化的文明對人性的侵蝕。」。

32 沈從文，〈如蕤〉，《沈從文全集》第七卷，頁三三九。

一九四六年也就是對日抗戰結束的次年，沈從文終於重返暌違了九年的北京，但他心中充滿感慨，因此寫下了〈北平的印象和感想〉一文，認為如今城市滿街的行人都似昏昏沉沉，所以要如何才能夠重新鼓舞他們，「多有一點生存興趣，能夠正常的哭起來笑起來？」他以為作為中國「文化中心」的北京，此刻正需要人來重新寫作「神話」，而此一「神話不僅是綜合過去人類的抒情幻想與夢，加以現世成分重新處理」，更可以「引誘」和「威脅」出幻想的野心，以及生存活更好的信心，而他以為那才是提升整個民族向上，免於墮落和死亡的原動力。[33]

可惜的是，沈從文歌頌原欲幻念的文學觀，卻讓他一直飽受左翼人士的攻擊，批評他的作品是「文字上的裸體畫」、「春宮」和「桃紅色的異端」。[34] 一九四九年新中國建立後，他更數度瀕臨精神崩潰，最後不得不放棄小說創作，選擇以另外一種形式也就是中國文物研究，去迂迴逼近他的美學核心。他彷彿又再次回到了一九二二年初入北京時的起點，也就是那座曾經被他鄙夷是窮途末路之人的酉陽會館。當他在晚年高齡七十八歲時，應邀赴美國哥倫比亞大學演講，回憶起自己一生之中最重要的轉折，竟然不是他當年所熱衷描寫的「窄而霉小齋」公寓生活，這一回，他反倒是選擇重回楊梅竹斜街上的酉陽會館，以此出發，勾勒出一幅和他青年時截然不同的北京漫遊地圖。

他回憶自己當年從會館往西走，大約十五分鐘後就可以到達中國著名的文物集散地：琉璃廠，而那兒的街道上有「分門別類包羅萬象的古董店，完全是一個中國文化博物館的模樣」，接下來他繼續向東行，約莫二十分鐘就會抵達前門大街，那兒則是北京最熱鬧的貨品集散地，除了有各類的飲食攤販之外，還有「珠寶冠服以及為明清兩朝中上階層階級服務而準備的多種大小店鋪」。在經過前門大街之後，沈從文悠悠晃晃就來到了東騾馬市大街，那是明清時代的騾馬交易市集，商業繁榮盛極一時，即便是在一九二二年，沈從文打這一條大街走過時，都仍然可以看到兩旁的店鋪門前懸掛著「某某鏢局」三尺來長舊金字招牌，彷彿把人引入一個《七俠五義》的世界裡。他再往南一直走，就來到了天橋，那兒是北京庶民底層經濟活動最熱鬧的所在，「就更加令人眼花繚亂，到處地攤上都是舊官紗和過了時的緞匹材料，用比洋布稍貴的價錢叫賣。」沈從文讚嘆著眼前的這一座城市，「處處都在說明延長三百年的清王朝的覆滅」，也因此把「附屬於近八百年建都積累的一切，在加速處理過程中」，而他身為一個「高小都沒畢業的浪人」，可以說來得恰逢其時，幸運的親眼目睹到這座古老帝國的文化光輝，在他面前綻現出日暮途窮的最後一道繽紛。[35]

這是一個讓沈從文直到晚年仍然懷念不已，認為對自己而言「十分得益」、因此打下了他日後文物研究基礎的北京。故從琉璃廠到北京街頭的博物館，沈從文可以說找到了他理想中結合「現實」與「幻念」、「文明」與「野性」的美，那既是一種訴諸感官的直覺，更是穿越了時空考驗的絕對之美，既能勾起人類的欲望，卻又如此的優雅和諧。

33 沈從文，〈北平的印象和感想〉，《沈從文全集》第十二卷（太原：北岳文藝出版社，二〇〇九），頁二八四。
34 郭沫若，〈斥反動文藝〉，《郭沫若全集》第十六卷（北京：人民文學出版社，一九八九），頁二八八。
35 沈從文，〈二十年代的中國新文學〉和〈從新文學轉到歷史文物〉，《沈從文全集》第十二卷（太原：北岳文藝出版社，二〇〇九），頁三六一—三八二詳細描繪北京會館一帶街景，並指出他從小說創作轉向到文物研究，其實並非迫不得已，乃是出於自己「愛美」的天性所然，而此根苗在一九二三年他初到北京之時便已萌芽。

正如段義孚《逃避主義》中對於文化的詮釋，認為「人們逃避的是真實，逃向的是幻想」，而「這也意味著逃離了生活中陳腐和混沌，逃向一種更清澄的生活，並且為生活披上了一種神秘的色彩」[36]。如此一來，沈從文不僅是像蘇雪林所言，是「想借文字的力量，把野蠻人的血液注射到老邁龍鍾頹廢腐敗的中國民族身體去使他興奮起來」，故「把『雄強』、『獷悍』整天掛在嘴邊」[37]，他更要是同時「逃向」中國古老的文明裡，去尋求現實生活的平衡之點，並以此來修飾掉人類野性和魔性的粗礪面。而這「逃向」的過程，也彷彿是沈從文一段自我修練的內向之旅——從一個在湘西邊陲輾轉拔營的小兵，到二〇年代年北漂的「浪人」，乃至於三〇年代的「京派」文人學者，到一九四九年之後的文物研究專家，沈從文的生命之旅，不也正是一步步去除掉內在的焦躁不安，調和了「神性」與「魔性」的衝突，以此來作為二十世紀亂世之中個人的終極救贖？

36 段義孚著，周尚義、張春梅譯，《逃避主義》（台北：立緒文化，二〇〇六），頁二九。
37 蘇雪林，〈沈從文論〉，收於王珞編，《沈從文評說八十年》（北京：中國華僑出版社，二〇〇四），頁二八。

下編　上海

第五章 雙城漫遊：郁達夫小說中的東京與上海

一、現代城市的「零餘者」

郁達夫堪稱是中國現代小說史上城市書寫的先驅者，在一九二〇年代之初，他就將旅居過的東京和上海這兩座大城化為小說的主要場景，也以早熟之姿展露他對於城市現代性敏銳的感受。然而論及郁達夫的出身背景，他其實不是一個城市人，一八九六年他生在浙江富陽一個「破敗的鄉紳家庭」之中，年幼時父親早逝，留下了一屋子孤兒寡母，家境因此陷入到極度的貧困。在郁達夫的回憶之中，他的童年時光可以說是毫無快樂可言，「所經驗到最初的感覺，便是飢餓」，而這種「對於飢餓的恐怖」陰影，直到他長大成人都還揮之不去，一直緊緊跟隨在他的左右。[1]

郁達夫出生的那一年，恰好是甲午戰爭中國戰敗的第二年，他因此以一個「遺民」自居，認為

1 見郁達夫，〈悲劇的出生〉，《郁達夫文集》第三卷（廣州：花城出版社，一九八二），頁二五二—二五七。

在戰敗國之中「初出生」的自己，「當然是畸形的，是有恐怖症的，是神經質的。」[2]。他在〈懷鄉病者〉中也以「遺民之鄉」來描寫富陽，自古以來，這座錢塘江畔的小縣城就是亡國之人避世的所在，而江邊兩岸是「東漢逸民垂釣的地方」，「煙月中間浮蕩的是宋季遺民痛哭的台榭。」[3]在他的眼中，富陽不僅是一座亡國遺民的傷心地，也是一座庸庸碌碌的「蟑螂之窟」，生活其中的小老百姓包括他自己的家人在內，都是「既無恆產，又無恆業，沒有目的，沒有計畫」，只能像蟑螂一樣不斷繁殖下去，毫無意義的出生和死亡。[4]

生在一切皆處於崩毀狀態的世紀末中國，固然值得悲哀，但郁達夫也在無意中受惠不少。一九〇五年科舉考試廢除時，郁達夫年僅十歲，從此告別了曾經短暫唸過幾年的私塾，轉而進入一所由書院改建成的新式洋學堂：富陽縣立高等小學，成為中國接受現代小學教育的第一代。在當時洋學堂仍然是一件非常稀罕的事物，老百姓充滿了驚異和崇拜，當「書院的舊考棚撤去了幾排，一間像鳥籠似的中國洋房造成功的時候，甚至離城有五六十里路遠的鄉下人，都成群結隊，帶了飯包雨傘，走進城來擠看新鮮。」[5]郁達夫在這座新式的小學讀了四年，之後就改往杭州去讀中學，恰巧和來自浙江海寧的徐志摩成為了同班同學。只是家境富裕的徐志摩是中學裡的風雲人物，相形之下，郁達夫就顯得黯淡了許多，他終日戰戰兢兢「同蝸牛似地蜷伏著，連頭都不敢伸一伸出殼來」，還被同學取了一個不甚友善的綽號：「怪物」。[6]

一九一三年底是郁達夫人生的轉捩點，他在政府任職的哥哥郁華被派往日本考察司法制度，決定帶郁達夫一起赴日讀書。他們在上海楊樹浦的碼頭搭船，輾轉經過日本長崎、神戶、大阪、京都，才終於抵達目的地東京，而這時恰是日本最寒冷的冬日，為了準備入學考試，郁達夫每每在風雪大作的深夜，身上穿著僅有的一件外套伏案苦讀，直到破曉時分附近的砲兵工廠的第一聲汽笛響起為止。幸好他的苦心沒有白費，終於在隔年的夏天考取東京第一高等學校，並且獲得官費生的資格，而那也是郁華一年考察期滿，必需回中國復命的時刻。郁達夫親自到火車站為哥哥送行，從此以後，獨自留在異鄉的他就和親人幾乎斷了聯繫，除了後來偶爾返家之外，他四處漂泊，形容自己就好像是「野馬韁弛，風箏線斷，一生中潦倒漂浮，變成了一只沒有舵楫的孤舟」[7]。

郁達夫一九一三年抵達東京，到一九二二年他學成回國為止，這段將近十年的時間恰好就是所謂的大正時期黃金年代，日本在經歷了明治維新的現代化發展後，開始步入經濟發展的繁榮顛峰，而東京也儼然蛻變成為亞洲首屈一指的現代大城，人口逼近三百萬，規模遠大於彼時的上海[8]，在東京求學的郁達夫躬逢其盛，就像中國留學生多是「身在東京，目光卻始終不例外，不但浸淫在日本的現代城市文化，也同時在此轉借吸收了西方如浪漫主義或社會主義等前衛思潮，為日後的寫作打下了良好的基礎。當時東京第一高等預校的日本老師是透過小說來教英文，更讓郁達夫從此一頭

2 同註一。
3 郁達夫，〈懷鄉病者〉，《郁達夫文集》第一卷（廣州：花城出版社，一九八二），頁一四八。
4 郁達夫，〈我的夢，我的青春〉，《郁達夫文集》第二卷（廣州：花城出版社，一九八三），頁一六三。
5 郁達夫，〈書塾與學堂〉，《郁達夫文集》第三卷（廣州：花城出版社，一九八三），頁三七四。
6 郁達夫，〈孤獨者〉，《郁達夫文集》第三卷（廣州：花城出版社，一九八三），頁四〇八。
7 郁達夫，〈海上〉，《郁達夫文集》第四卷（廣州：花城出版社，一九八三），頁八一。
8 蘇良智，〈東亞雙雄：上海，東京的現代化比較〉，收於孫遜編，《全球化進程中的上海與東京》，頁六。

栽入了西方小說的世界裡，讀到入迷之時，索性把學校的功課丟到一旁，於是才不過在短短幾年之間，他竟讀了俄德英日法小說至少千部不止。

郁達夫寫於一九二一年的〈沉淪〉就是一篇融合日本和西方風格的代表作，不但和日本作家佐藤春夫一九一八年〈田園的憂鬱〉相當近似，也受到日本第一次大戰前後反理知主義和私小說潮流的影響甚深[9]，但正如同普實克在論郁達夫時指出的，二十世紀初期日本乃至中國所風行的主觀色彩濃厚，自由表現個人情感和記錄個人經驗的寫作手法，真正的淵源卻是來自於歐洲的浪漫主義，所以郁達夫在小說中經常援引的，並非日本而是西方作家如尼采、拜倫或是華滋華斯，而他最為鍾愛、也自為認受到影響最深的的小說家，其實也是俄國的屠格涅夫。[10]

郁達夫不僅在東京接觸到來自世界各地尤其西方現代思潮，也結交志同道合的朋友，進而激盪出思想上的火花。郁達夫在東京第一高等學校讀書就已結識同學郭沫若，一九一九年他進入東京帝國大學經濟部，住在學校旁不忍池畔的改盛館，和在附近小石川區茗荷谷町就讀東京高等師範的田漢，兩人一見如故，接著又陸續結識了張資平、鄭伯奇等人。這群青年來自於中國的大江南北：郁達夫是浙江人，郭沫若是四川人，田漢是湖南人，張資平是廣東人，鄭伯奇是陝西人，卻因為愛好文藝而結為好友，經常在大正時期北鄉和神樂坂一帶大量興起的咖啡館聚會，從小泉八雲談到 Ernest Dowson，再由 Dowson 談到法國的頹唐派，再談到頹唐派詩人的醇酒婦人的行動，彼此「熱辯唉歌」，展現出「熱烈沉鬱的手姿」。[11]當一九一九年五四運動中國掀起一股青年結社的風潮，他們幾人也就在東京遙相呼應，於一九二一年成立創造社，和北京的文學研究會相互爭雄，竟成為五四時代最受矚目的兩大文學社團。

一九二二年郁達夫又邁入人生的新階段，他結束將近十年的留日生涯返回上海，之後雖曾數度離開，改到武昌、北京、廣州或是安徽等地去教書，最後卻都因為不適應當地環境或是人事鬥爭等因素，而又轉身回到上海。一九三〇年左翼作家聯盟在上海成立，郁達夫名列發起人之一，但不久之後白色恐怖逮捕四起，他在政治高壓的氣氛之下退出左聯，並在日記中吐露自己苦悶的心情：「租界上殺氣橫溢，我蟄居室內，不敢出門一步」[12]，終於在一九三三年他選擇離開上海，避居杭州。一九三二年他出版小說《她是一個弱女子》，遭到當局以「普羅文學」名義查禁，他不得不刪節內容，改名為《饒了她》再次出版，沒想到又遭禁，對他而言當是一記重大的打擊，從此以後，他的寫作和生活都轉入沉寂。

故總括上述郁達夫文學的精華歲月，大致持續二十年左右，而可以分為兩個時期，也就從一九一三年到一九二二年，是他人生中的第一個文學十年，乃是文學思想醞釀到創作起步的前期，生活的場域主要是以東京為主。至於他人生的第二個文學十年，也就是從一九二二年到三二年，則是步

9　見小田岳夫著，李平、閻振宇譯，〈郁達夫傳：他的詩和愛及日本〉，及稻葉昭二，〈郁達夫：他的青春和詩〉，收於《郁達夫傳記兩種》（杭州：浙江文藝出版社，一九八四），頁三四、頁二四九。伊藤虎丸，〈《沉淪》論〉，收於陳子善編，《郁達夫研究資料》（香港：三聯書店，一九八六），頁六一七。

10　普實克，〈論郁達夫〉，收於陳子善編，《郁達夫研究資料》，頁六五〇—六八二。

11　盧敏芝，〈咖啡店的頹廢與革命：論田漢二十年代作品的世界／國際主義與現代性〉，《清華學報》第四十五卷第四期，頁六七二。田漢，〈上海〉，《田漢全集》第十三卷，頁一五。

12　郭文友，《郁達夫年譜長編》（成都：四川人民出版社，一九九六），頁九九六。

入創作的成熟期，大多是在上海度過。換言之，郁達夫的文學人生也可以說是由東京和上海這兩座城市串聯而成的，至於他最重要的代表作，也大多是以這兩座城市作為背景寫成。

二十世紀的現代城市如東京和上海，本就匯聚了全球各地所能搜羅到新奇之物，更是前衛思潮和行動的培養皿，故不但是異鄉人和冒險家的樂園，也是革命家和流亡者的搖籃與避風港，收容了大量如郁達夫等自認為「無家可歸之人」，或是「零餘者」，而這一詞彙乃是借自屠格涅夫《羅亭》和《零餘者日記》，指的是一群十九世紀流浪在莫斯科、聖彼得堡、巴黎等幾大城市，找不到社會定位和自我歸屬的俄國知識青年。[13]

郁達夫也仿效屠格涅夫的「零餘者」形象，從而吸引了許多五四青年的認同，如一九〇二年出生在湘西鳳凰的沈從文，就是他的忠實追隨者之一，深深被「郁達夫式的悲哀」打動。沈從文甚至認為比起魯迅的「故鄉」，郁達夫的憂鬱只有「自己」，才真正打動也貼近五四世代的內心。[14] 而如此城市異鄉人和「零餘者」的形象，也成為五四世代有別於前行世代之處。晚清中國的傳統文人大多以宗族關係紐帶強固的故鄉，作為自己安身立命的根據地[15]，但是五四世代卻不然，他們大多已經離鄉遠行，集中到大城市之中，因此割斷了個人與故鄉的聯繫，也彷彿是從家族體制的環節脫落而下，落入城市而成了一個個孤零零的存在。

離鄉入城，也促使五四世代不再受以家庭為基礎的禮教綑綁，個人的主體性因此獲得了自由的發展。郁達夫曾經指出：「五四運動的一大成就就是個人主義的發現，從前人為『道』，為君主，為父母而生存，直到現在大家才決定要為自己而生存。」[16] 而他本身就是這樣一個「為自己而生存」的先行者，並且付諸於文學的寫作之中，提倡現代小說也都應該寫自己，因為「它就是文學上最有價值的特性的表露：個性。」[17]但若沒有城市的空間作為培養皿，個性又如何得到蓬勃釋放？

故以下本文也將進一步探究，東京和上海這兩座城市又是如何啟蒙一個來自浙江富陽小鎮的青年？郁達夫在城市所經驗到的現代性洗禮，又如何形塑出他獨特的思維和感性，讓他進而成為五四世代心靈的代言人？而城市又為郁達夫帶來何種有別於故鄉的空間體驗？他又如何藉由蒙太奇意識流遊走在城鄉之間，充滿了對於「線／限」（la linea）的挑釁，甚至賦予空間多重的意義？[18]最後本文也將嘗試叩問：郁達夫及創造社初期在東京乃是以浪漫主義為主，但當他回到上海之後的隔年，就突然轉向社會主義階級革命，而這一百八十度的轉向除了個人思想的變化之外，是否也受到兩座城市的截然不同的生活空間密切相關？

---

13 郁達夫，〈屠格涅夫的《羅亭》問世以前〉，《郁達夫文集》第六卷（廣州：花城出版社，一九八三），頁一七六—一八五，全文皆偏重記述屠格涅夫飄零的半生，及在幾大城市輾轉生活的經歷。

14 沈從文，〈郁達夫、張資平及其影響〉，《沈從文文集》第十六卷（太原：北岳文藝出版社，二〇〇二），頁一八七—一九四。他並從郁達夫和張資平二人，去討論五四運動以後文學風潮的演變。

15 近來學者已注意到生活空間對於知識分子的影響，如山口久和，〈近代的預兆與挫折——清代中期一個知識分子的思想和行動〉，收入高瑞泉、山口久和主編，《城市知識分子的二重世界：中國現代性的歷史視域》，頁一—二八便從章學誠的生活形態去推究出乾嘉知識分子的典型，而指：「在前近代的乾嘉時期中國社會支配性意識形態中，最接近近代性（modernity）的是章學誠，卻尚且帶著前近代的渣滓。」

16 郁達夫，〈導言〉，《中國新文學大系．散文二集》（上海：良友圖書公司，一九三六），頁三。

17 郁達夫，〈南遊記〉，《郁達夫文集》第六卷，頁三八。

18 見索雅（Edward W. Soja）著，王志弘等譯，《第三空間》，頁 七三。

二、東京：城市「懷鄉病」

東京雖遠在日本，在中國現代文學史上卻有不可忽略的重要性，不僅許多西方思潮是經由東京而輾轉傳入中國，在五四作家群中更有許多人都曾經留學東京，譬如現代小說的先驅者魯迅和郁達夫，都在留日時期就奠定自己的文學信仰，並且展開文學創作的第一步。不過相形之下，魯迅彷彿心心念念的是故鄉紹興，筆下鮮少觸及東京的生活和城市風景，但是郁達夫卻大不相同，在他剛開始寫作的一九二一到二二年間，共發表七篇小說，除了一篇〈沉淪〉是以N市，也就是他讀中學的名古屋市作為背景，其餘六篇都在描寫東京。而這七篇小說也都清一色具有濃厚自傳性質，不但再現了郁達夫留學異鄉的心路歷程，也勾勒出二十世紀之初一個中國青年如何受到現代城市的啟蒙與洗禮。

不只郁達夫，創造社的成員如張資平、郭沫若、田漢、成仿吾、鄭伯奇也全是留學日本，長年久居海外的結果，使得他們與國內作家有了不同的視野，也因此對祖國產生幻滅而無法認同。郁達夫就經常感歎自己已經無法理解中國的現況，成了格格不入的邊緣人，所以反倒是在異國他鄉的東京，才更像是自己可以安身立命的、「真正的故鄉」。郁達夫還把東京和故鄉浙江富陽相提並論，當離開東京時，也對這一座城市流露出眷戀不捨的「懷鄉病」（Nostaligia）來，他更以為一生之中夢想的最好居處，並不是在中國，而是在東京郊外的武藏野，一個坐電車就可以抵達，有雜樹叢生、依傍清溪的郊野地方。[19] 這種「家非家」（unhomly）的矛盾疏離之感，也造就了這群東京異鄉遊子的悲劇性感受。

在一般人的成見中，多以為創造社的青年作家是一群「為藝術而藝術」、封閉在象牙塔中的「藝術之神」，但身為創造社作家之一的鄭伯奇卻提出嚴正的反駁，認為事實上恰恰好相反，他們反而是對於時代和社會都具有「熱烈的關心」，因為「象牙之塔一點沒有給他們準備著。他們依然是在社會的桎梏之下呻吟著的『時代兒』」。[20]

對於這群「呻吟著的『時代兒』」而言，東京這座城市也提供了一個可以逃逸的去處，正如段義孚《逃避主義》指出，現代城市所特有的綠意盎然的公園、花園或市郊，可以說是在「文化」和「自然」的兩個極端之中形成了所謂的「中間景觀」，從而為人們營造出一種「逃向自然」的錯覺，但「逃進『自然』本身，其實也是逃進文化世界當中，這是一個由『鄉村』，『景觀』，『荒野』之類蘊意豐富的詞語所建構出來的世界。」[21]因此在郁達夫筆下的東京，並沒有所謂現代城市如摩天大樓、百貨公司、時尚精品或霓虹光電等的刻板印象，而反倒是與一座與「自然」相互依存

19 見郁達夫，〈茫茫夜〉，《郁達夫文集》第二卷，頁一一七。小說中質夫在上海邂逅遲生，激起了同性之愛，夢想兩人未來共同的生活：「日本的郊外雜樹叢生的地方，離東京不遠，坐高架電車不過四五十分中可達的地方，我願和你兩個人去租一間草舍兒來住，草舍的前後，要有青青的草地，草地的周圍，要有一條小小的清溪。」張定璜，〈路上〉，收於鄭伯奇編，《中國新文學大系：小說三集》（台北：業強出版社，一九九〇），頁三一九。

20 鄭伯奇，〈導言〉，《中國新文學大系：小說三集》，頁八—九。

21 段義孚著，周尚意、張春梅譯，《逃避主義》，頁二三、一一九。

傍生的所在。郁達夫小說中的主人翁，大多悠遊在城市的公園或是綠樹成蔭的植物園之中，也偏愛從市中心搭著電車去到不遠的郊外，所以在異鄉人或是「零餘者」的哀嘆之餘，竟也出人意外的，洋溢出一股牧歌般的抒情氣息。

郁達夫也喜歡描寫大正時期在東京街頭大量湧現的小酒館或咖啡館，尤其是咖啡館，原本在西方城市中是一具有政治和文化意涵的公共領域，但在二〇年代的東京卻不然，郁達夫更樂於歌頌的，是咖啡館中美麗的女侍所帶來的情慾解放，正如創造社的另一名成員田漢，在詩作〈珈琲店之一角〉也大力歌頌女侍的肉體之美：「流青的瞳，櫻紅的口，墨黑的髮，雪白的手」。這些女侍成了摩登女性的象徵，而不像受禮教束縛的傳統中國婦女，她們開放的兩性態度吸引了許多年輕男子，如遠在九州讀書的郭沫若就為此嚮往不已，到東京拜訪郁達夫時，還指名一定要到咖啡館尋幽探密。[22]

故誠如小田岳夫〈郁達夫傳〉所言，郁達夫在日本生活其實不只有痛苦，也有甜美和歡樂的一面，所謂「大正時代純熟文化的濃郁空氣，國泰民安的和平景象，婀娜多姿的自然風光，含情脈脈的窈窕淑女」，皆使得東京從市中心到郊外皆洋溢著一股迷人的魅力，從而激發郁達夫創作的靈感和美妙遐想。[23] 即便〈沉淪〉的背景是名古屋，其魅力也和東京不相上下，小說中主人翁手捧著 Wordsworth 的詩集、愛美生的《自然論》（*Emerson's On nature*）和沙羅的《逍遙遊》（*Thoreau's Excurison*）在田野之間漫遊，發出浪漫主義的喟嘆吟詠：「這裡就是你的避難所，世間的一般庸人都在那裡妒忌你，輕笑你，愚弄你，只有這大自然，這終古常新的蒼空皎日，這晚夏的微風，這初秋的清氣，還是你的朋友，還是你的慈母，還是你的情人，你也不必再到世上去與那些輕薄的男女共處去，你就在這大自然的懷裡，這純樸的鄉間終老了吧。」[24]而「自然」也在此化為了母親的意象（mother figure），也是詩人得以逃離現實，尋求心靈慰藉的烏托邦。

不僅郁達夫熱愛描寫東京的上野公園和植物園等等，其餘創造社的作家如張資平，也對這些城市「自然」的角落情有獨鍾，如〈木馬〉一篇也在描寫上野公園的漫遊和朋友聚會。至於郁達夫在東京最喜歡的住處，也不在市中心，而是位在東中野的曠野之處，「一幅夏夜的野景橫在星光微明的天蓋下」，一間被「荒田蔓草」所環繞的小屋，可以讓他過起這一種城市隱士一般的生活，但在不耐寂寞之時，他又可以跳上一列電車，輕易就能抵達東京最熱鬧的有樂町，沿街逛到新橋為止，一直到倦了走不動了，他才又再跳上電車，返回郊外的家中。[25]

這便是郁達夫心目中最理想的城市生活，原始自然與現代文明並存，而之所以有此的可能，必須得歸功於東京發達的路面電車系統。從一九〇三年起，第一條電車鐵道就在東京的街頭出現，緊接著大正時期經濟繁榮，都市人口越來越稠密，更加速了一九二〇年大加發展電車系統以及興建地

22 郭沫若，〈創造十年〉，收於《革命春秋：沫若自傳》（上海：新文藝出版社，一九五三），頁一〇七寫道：銀座「『咖啡店情調』這是多麼誘人的一個名詞唷！我聽說那兒有交響曲般的混成酒，有混成酒般的交響曲，有年輕侍女的紅唇，那紅唇尚有眼不可見的吸盤在等待著你的交吻。」

23 見小田岳夫著，李平、閻振宇譯，〈郁達夫傳：他的詩和愛及日本〉，收於《郁達夫傳記兩種》，頁四〇。

24 郁達夫，〈沉淪〉，《郁達夫文集》第一卷（廣州：花城出版社，一九八二），頁一七。

25 郁達夫，〈空虛〉，《郁達夫文集》第一卷（廣州：花城出版社，一九八二），頁一七三。

下鐵。就像絕大多數的東京老百姓一樣，郁達夫正是受惠於當時電車四通八達的網路，以及低廉的票價，才能夠擁有在城市之中自由流動的餘裕，也才能在享有現代商業和資訊便捷的同時，又能夠散居到城郊，過著一種類似田園的生活。於是在郁達夫的小說中，電車和車站也成為不可或缺的重要元素，以此串連起大正時期東京湧現的現代公共空間，如公園、書店、咖啡館、酒館到商店街，而這些都為城市零餘者提供了一個可以恣意漫遊和駐足歇腳的去處。

郁達夫的小說也大多是主人翁的一場東京漫遊所串連而成，路線大抵是從東京大學附近的本鄉三丁目開始，一路走到上野公園，或是熱鬧的有樂町、新橋和東京中央站一帶。小說的主人翁往往就是郁達夫自己的化身，他在城市街頭無目的閒晃之際，同時穿插大量的內心獨白和意識流蒙太奇，來回擺盪在故鄉和東京、昔日和此刻之間，既宣泄了一個異鄉遊子寂寞的內心世界，又流露出他和這座城市和平共處的安適之感。

以一九二二年郁達夫作於東京酒館的〈懷鄉病者〉為例，小說主人翁從東京寓所出來，沿街漫遊過植物園，又在酒館邂逅了一位來自中國上海的女子，最後他走回街上，竟感覺一股出奇的放鬆與自在，彷彿天地之間只剩下了自己：

在沉濁的夜氣中間走了幾步，他就把她忘記了，菜館他也忘記了，今天的散步，他也忘記了，他連自家的身體都忘記了。他一個人只在黑暗中向前的慢慢走去，時間與空間的觀念，世界上一切的還在，在他的腦裡是完全消失了。[26]

郁達夫此時的從容安適，其實很大程度來自於東京帝國大學的公費生身分，為他提供了從經濟到尊嚴一定程度的保障，也使他雖因「支那人」的身分感到自卑，卻仍舊擁有吟哦浪漫主義的餘裕和閒情，在大正時期東京綠化的市容，林立的酒館咖啡館，以及便捷的電車網絡和二十四小時不打烊的火車站之間，以一個「永遠的旅人」之姿東奔西走，而在盡情探索這座文明城市的同時，仍可保有自己原始的感性和野性。

如此一來，東京其實不是以它摩登的一面，反倒是以文明和自然的巧妙並存，為郁達夫——一位從中國傳統道德藩籬之下解放出來的異鄉青年人，提供了情慾、想像力和創造力逃向的去處。

當一九二二年年郁達夫結束留日生活，打包行李回到中國，此時的他必定沒有料想到，就在隔年一場突如其來的關東大地震，將會把這座城市的大半摧毀成廢墟。但東京也因此獲得重建，而電車網絡的重要性從此更是大幅遽增，使得城市版圖的觸角更得以快速向外延伸。只不過這時的郁達夫已經無法再多做體會了，因為他已經回到中國，改而置身在亞洲的另外一座大城市：上海，而他在上海面臨到的，將會是一種截然不同的現代性經驗，昔日在東京可以「逃向自然」的野性自由，以及從容漫遊的安適感，也都將消失不見，取而代之的，卻是一座階級壁壘分明的城市，空間壓縮窘迫，處處瀰漫著尖銳的焦躁、憤懣和衝突。

26　郁達夫，〈懷鄉病者〉，《郁達夫文集》第一卷（廣州：花城出版社，一九八二），頁一五二。

三、上海：不均的異質空間

一九二二年郁達夫獲東京帝國大學經濟學士學位，回上海後住在哈同路民厚里的泰東書局，投身於創造社的事務。他以小說〈血淚〉描寫自己搭輪船從日本回到中國，在黃浦江外灘碼頭一下船，因為腦貧血症昏倒在地，不知過了多久才醒來，卻發現自己口袋的錢已經被小偷扒得精光，只好向在上海的同鄉借了點錢維生。他想要謀職卻處處碰壁，這時才恍然大悟，留日的文憑根本一點用處也沒有，想要在中國社會求生存，非得要靠人脈關係走後門不可。最後身無分文的他流落街頭，憤恨不平之餘，就照著當時文學研究會所提倡的「人道主義」，也依樣畫葫蘆寫了一篇充滿「血淚」的小說投稿，才終於換來了一點微薄的稿費。

〈血淚〉既批判中國社會的現實不公，也在嘲諷文學研究會主張的「人的文學」，只不過是在消費人們對於弱勢階級的憐憫和慈悲，於此可見，創造社和文學研究會這一九二〇年代的兩大文學社團，彼此之間的壁壘分明。不過，與其說他們是文學理念不同——文學研究會主張的是寫實主義，而創造社則是浪漫主義，還不如說這是一場文壇話語權的爭奪戰。

相較於文學研究會集結了當時以北京大學等主流體制為主的文人，而創造社則是以留日學人為主，並且根據地在上海，以南方蓬勃的出版業來另闢戰場。這也凸顯出上海這座城市從晚清以來不同於北京的非主流特質，它更像是一座國中之國，因此那些不見容於體制的夢想家或革命家，大多選擇這一座城市為避風港，而二〇年代之後，上海租界更因經濟繁榮而快速膨脹，也使得郁達夫見證了這座城市的現代化轉型，從而汲取到小說創作的養分。

〈血淚〉寫於一九二二年，也正是上海城市景觀處於蛻變的關鍵性時刻。郁達夫下船的外灘碼頭前方，一整排風格前衛而日後被稱之為「萬國博覽會」建築大樓，不是才剛剛落成，譬如新古典主義式的怡和大樓和文藝復興式的格林郵船大樓，要不然就是還在大動土木興建當中，譬如匯豐銀行和字林大樓。至於雄偉氣派的海關大樓，則是正在改頭換面，還得等到稍晚一九二七年新建築才能真正完工。因此郁達夫所目睹到的，可以說是一個處於翻天覆地改造之中的外灘，而這也無疑象徵英美殖民帝國主義結合資本主義，在上海這座位於遠東的城市之中強勢崛起，通過壯觀巍峨的西式建築，強行占領這座城市的天際線，並且以此彰顯了他們結合權力與知識的話語結構。[27]

相較於三〇年代以後人們對於這排富麗堂皇的外灘建築，多視之為上海現代性的標記而加以頂禮膜拜，一九二二年的郁達夫的感受卻是截然不同。對於眼前這座城市空間權力的不均與傾斜，他感到憤恨難平，反而願意將視線往前再挪移了幾公尺，轉而聚焦在外灘碼頭上的一群苦力、揮汗奔跑而「獰猛的人力車夫」、混雜在人群裡的扒手騙子，以及衣衫襤褸的乞丐，而小說中他描寫自己昏倒在這些人群裡，也似乎成了其中的一份子。這才是一幅郁達夫眼中真實的上海圖象，由底層無產階級老百姓所組合而成，象徵著：「將亡未亡的中國，將滅未滅的人類，茫茫的長夜，耿耿的秋

27 Joanne P. Sharp著，司徒懿譯，《後殖民地理學》（台北：國家教育研究院，二〇一二），頁七六—九三。

星，都是傷心的種子。」[28]

就和置身在東京時一樣，郁達夫也以「零餘者」之姿，展開了一場又一場的上海漫遊，大多不出洋人所掌控的租界範疇，如此一來，他雖然回到了中國，卻同樣是徘徊在城市邊陲的異鄉人，而且因為黑頭髮、黃皮膚的外表，有別於白人，所以在上海反倒更加容易被辨認出來，隔離成為「他者」，而焦慮的程度甚至遠超過在東京之時。譬如以往他在東京時最喜歡漫遊的公園，當場景轉換到上海租界以後，卻因為公園大多是由洋人所建，規定「華人非西裝或日本裝者，不得入內」，所以郁達夫竟往往不得其門而入。[29]〈血淚〉中他走到外白渡橋下的外灘公園，卻只能隔著鐵欄杆，觀看金髮白膚的洋人小孩在園內玩耍。〈蔦蘿行〉他來到位在呂班路和辣斐德路交叉口的法國公園，也不敢進入，只能趁著夜半無人的時分，偷溜到公園坐在草地上痛哭。

他在東京時期小說中所瀰漫的浪漫主義和牧歌情調，以及在城市中「逃向自然」的安適感，在回到上海以後就幾乎消失無蹤，取而代之的，竟是一股無處可逃，只能一再退縮到城市邊緣的焦慮和倉皇。至於他在東京時經常搭乘的電車，也在回到上海以後，竟成了一項不可多得的奢侈。〈落日〉的主人翁Y，也是他自己的化身，住在上海貧民窟「一間同鼠穴似的屋頂房間」，白天無所事事，Y就搭著電車四處閒晃，看著「如流水似的往後退去的兩旁的街市」，然而上海電車有階級的區分，查票員老是對Y「放奇異的眼光」，讓他最後連電車也不敢搭了，只好改靠雙腳走路，還自我安慰這是一場「徒步旅行」，直到連口袋中僅剩的一點錢都花光之後，Y就連白天也不敢再踏出大門一步了，只能趁夜裡「大家睡靜的時候，方敢上馬路去」。[30]

所以誰才是上海這一座城市真正的主人？魏斐德（Fredic E. Wakeman Jr.）曾指出：在一九二

〇、三〇年代的上海，是否已經自生出一種強而有力的市民文化？其證據仍然是十分薄弱的，反倒多是那些帶著強烈認同的集體運動，譬如一九三四年的新生活運動，形成的方式並不是依靠市民自發，而是由國民黨當局從上而下刻意創造出來，所以終歸要走向失敗。[31]這也說明了二〇年代的上海更像是一塊無主之地，或是破碎的馬賽克拼圖，它缺乏整體的城市規劃政策，而多是被動的發展和擴張，如自從十九世紀下半葉以來中國南方戰亂頻繁，從周邊農村鄉鎮流出大量的難民潮，湧入租界尋求庇護，導致資本家或投機客趁機大炒地皮和房價，遂呈現一種「局部有序，全局無序」的亂象。也正是基於這個因素，上海人無法如同西方現代城市或東京的市民一般，逐步告別喧囂的市中心，改往市郊的邊緣去建立起新的住宅區，而是各個階層不管是貧民棚戶，或是洋宅華廈，皆一律簇擠在租界，投入爭相競逐的生存遊戲之中，而組成了一幅天堂與地獄並存的怪異風景。[32]

在〈春風沉醉的晚上〉中郁達夫描寫自己貧無立錐之地，先是住在租界西邊靜安寺路南「一間同鳥籠似的永遠也沒有太陽晒的自由的監房」，而那兒的住客不是兇惡的裁縫，就是可憐的文士，

28　郁達夫，〈茫茫夜〉，《郁達夫文集》第一卷（廣州：花城出版社，一九八二），頁一二一。
29　王敏、魏兵兵等合著，《近代上海城市公共空間（一八四三—一九四九）》（上海：上海世紀出版，二〇一一），頁四八。
30　郁達夫，〈落日〉，《郁達夫文集》第一卷（廣州：花城出版社，一九八二），頁二六三。
31　魏斐德，〈給娛樂發執照：中國國民黨對上海的管制〉，收於葉文心等合著，《上海百年風華》（台北：躍昇文化，二〇〇一），頁二五五。
32　見張濟順，〈上海里弄：論街道基層的生態演變〉討論上海五方雜處有別於歐美現代都市的特色，以及近代里弄結構的成型過程，收於葉文心等合著，《上海百年風華》，頁二九一—三三二。

被他稱之為是一條「yellow Grub Street」——黃種人蝤蟲之街。即使如此，上海的租金還是在二〇年代之初節節飆漲，他連這兒都住不起了，被迫不得不搬到租界邊緣外白渡橋北岸的楊樹浦工廠區，住在「鄧脫路中間，日新里對面的貧民窟」。楊樹浦那一帶住的全是苦力人、工人和流浪漢，入夜之後，「俄國的漂泊少女賣唱的歌聲」從碼頭邊傳來，而工廠煙囪密布，天空照滿了灰白的薄雲，「同腐爛的屍體似的沉沉的蓋在那裡。」[33]然而郁達夫在這篇小說中展現了他難得一見的溫情，住在他貧民窟隔壁房間的是一位年輕的菸廠女工，十多歲時就和父親從蘇州鄉下逃到上海打工，沒想到父親因為工殤死去，只留下了這位可憐的孤女，獨自在異鄉的城市無人可依，不禁引起了郁達夫的無限憐憫和同情，彷彿在楊樹浦貧民窟的女工和流浪漢身上，他才尋找到情感投射與認同的對象，而不再感到自己是一個「生則於世無補，死亦於人無損的零餘者。」[34]

郁達夫可以說是中文現代小說中第一個書寫楊樹浦的作家，事實上，這裡才是上海租界真正的起點：第一條馬路、第一支路燈、第一座自來水廠以及電廠等等都在這兒豎起，直到二〇年代，楊樹浦已經發展為洋人設立菸廠和絲廠的大本營。當一九二一年郭沫若從日本返回中國，搭船沿著黃浦江進入上海時，對於這座摩登城市的第一印象，也就是楊樹浦的外資工廠區：「煤煙，汽笛，起重機，香菸廣告，接客先生」，儼然構成了一幅「未來派」的風景畫，而他和郁達夫的感受大抵雷同，並不歌頌如此的摩登景象，反將視線聚焦於岸上那些和自己一樣「同屬於黃帝子孫」，如今卻在洋人的皮鞭下，淪為「和乞丐相差不遠的苦力兄弟」，因而只感到莫名的悲憤。[35]

從楊樹浦工廠區沿著黃浦江而下，便會來到外灘的貨運和海關碼頭，可以說由上而下串聯成了一條生產線，象徵著西方帝國主義占領這座城市經濟命脈的野心。[36]故郁達夫從滬西的靜安寺路流浪到東北角楊樹浦的貧民窟，彷彿是被中心：一個由大馬路、二馬路、三馬路、四馬路和愛脫亞路等交織而成的地帶，亦即是著名的十里洋場，所驅逐到租界的邊陲地帶。郁達夫更要以此勾勒這座城市所帶來的反差對比，以及城市邊陲地帶的異質性（heterogeneity），讓來自不同背景的人們得以互相邂逅，混居一起而彼此相依[37]。也因此當郁達夫從東京回到上海，或者應該反過來說，當上海這座城市成為他的小說場景之後，他便不復有逃向大自然母親的浪漫歌詠了，也不再如東京時期漫步在街道上或是搭電車閒晃的安適，他反倒是穿梭在貧民窟、工廠區、十里洋場、百貨公司，或是洋人才能進入的公園，以尖銳的階級對立來呈現空間的異質性，並激化了他心底被邊緣化的憤怒和焦慮。

如此看來，創造社在一九二三年從浪漫主義轉向左翼，其實是在東京和上海這兩座城市之中過渡完成的。郁達夫昔日在東京時，對於社會主義仍存有一定程度的懷疑，但一九二三年在上海的他卻發表〈文學上的階級鬥爭〉一文，毫不保留支持馬克思的階級鬥爭理論，開始揮舞起左派的大

33 郁達夫，〈春風沉醉的晚上〉，《郁達夫文集》第一卷（廣州：花城出版社，一九八二），頁三三七。

34 郁達夫，〈蔦蘿行〉，《郁達夫文集》第一卷（廣州：花城出版社，一九八二），頁二一六。

35 郭沫若，《郭沫若全集》第十二卷（北京：人民文學出版社，一九九三），頁八八—八九。

36 魏斐德著，芮傳明譯，《上海歹土：戰時恐怖活動與城市犯罪（一九三七—一九四一）》（北京：人民出版社，二〇一一）指出，滬西處於公共租界，法租界和政府之間的無主三不管地帶，乃是上海歹土犯罪的核心。

37 見Steve Pile著，王志弘譯，〈城市的異質性〉，收於《無法統馭的城市？：秩序／失序》（台北：群學出版，二〇〇九），頁九一—八四的討論。

旗。[38]

普實克研究郁達夫的敘事美學時，曾指出他小說中「包含著一條特別的經驗支流，而這條敘述支流不時被感情的爆發所打斷」，因此充滿了「個人經驗戲劇化」和不穩定感。[39]換言之，相較於客觀的理論，主觀的「個人經驗」恐怕更能對郁達夫的創作發揮關鍵性的作用，故從東京到上海的不同城市經驗，也催化了他的文學觀和風格的轉變。

不只如此，郁達夫對於「家」的想像，也在從東京到上海之後產生了微妙的變化。原本〈茫茫夜〉中他渴望住在東京郊外電車可達之處，幻想要以「家屋庇護著日夢」[40]，然而這種溫馨幻想來到了上海以後，卻已不復存在。郁達夫每每感到自己不見容於上海這座城市，所以他獨自徘徊街頭，情不自己走向位在北四川路的滬杭車站，渴望能夠跳上一列開往故鄉富陽的火車。但等他真正回到了老家時，家中那一位暴戾又嘮叨的老母親，總是淚眼婆娑的妻子，以及窮到填不飽肚皮、神經質而哭鬧不休的孩子，更讓他回家的夢想煙消雲散，只剩下「一層冷漠的情懷和一種沉悶的氛氣，重重的壓上他的心來」[41]，迫使得他又不得不轉身逃回上海。精神上的無「家」可歸，造就了永遠流浪的波西米亞，於是郁達夫佇立在黃浦江邊，注視著一艘開往富陽的輪船時，心中喃喃念的卻是 Housman 的詩：「Come your home a hero, or come not home at all」[42]。他甚至在〈青煙〉中虛構自己的家已破亡，族人流散各方，最後主角選擇跳入錢塘江中自殺，彷彿唯有死亡一途，才能夠將「家」永遠地埋葬。

一九二七年的〈迷羊〉是郁達夫刻畫上海摩登的代表作，故事是「我」從A城帶著女戲子月英展開一場逃亡之旅，一路從蕪湖、南京流浪到了上海，住在四馬路上的旅館，白天就到大馬路（即南京路）購物閒逛。他不但為月英買了生平的第一雙高跟鞋、黑絨法國女帽，還帶她去丹桂第一台看戲，並且登上愛多亞路的「X世界」——也就是當時上海最知名的遊樂場「大世界」，到知名的屋頂花園去欣賞夜景，眺望「S公司」：先施百貨和「W公司」：永安百貨燈火燦爛的尖頂，在夜中閃閃發光。上述這些著名的百貨公司才剛在上海開幕不滿十年，還算是相當的時髦和新鮮，如夢似幻，但在小說的末尾，月英這位傳統的戲曲女伶套上高跟鞋，戴上了法國女帽之後，卻消失在五光十色的街頭，只剩下男主角獨自一人在大馬路和四川路熱鬧的交叉口徘徊，苦苦追尋，也彷彿暗示這座繁華若夢的城市，　如這場短暫的不倫之戀，終究要化為泡影。

最後，我要比較的是郁達夫一九二一年的〈胃病〉和一九二三年的〈落日〉，這兩篇小說的主人翁照例是他自己，也都在描寫他和朋友登上建築物的頂端，眺望腳下的城市風景。〈胃病〉是他帶著醫院的女看護，一起登上了俄國教堂尼哥拉依堂的鐘樓，俯瞰東京，而〈落日〉則是登上了上

---

38 郁達夫，〈南遷〉描寫自己在東京電車上，看到車廂內擁擠憔悴的勞動者，為之不平，嘲笑自己是被「日本的社會主義感染」，一九二二年〈血淚〉也嘲諷北京S公寓中的大學生流行「共產主義」，對此頗不以為然，具可見他在一九二三年以前並非不知社會主義，而是對此保持懷疑。《郁達夫文集》第一卷（廣州：花城出版社，一九八二），頁五八。

39 普實克著、郭建玲譯，《抒情與史詩：現代中國文學論集》，頁六五九。

40 巴舍拉對於「家屋」的描述：「家屋庇護著日夢，家屋保護著做夢者，家屋允許我們安詳入夢」。見加思東．巴舍拉著，龔卓軍等譯，《空間詩學》，頁六八。

41 郁達夫，〈煙影〉，《郁達夫文集》第一卷（廣州：花城出版社，一九八二），頁二六八。

42 郁達夫，〈蔦蘿行〉，《郁達夫文集》第一卷（廣州：花城出版社，一九八二），頁二一七。

海「W公司」也就是永安百貨，而這應是永安百貨自一九一八年開幕以來，第一次被寫入現代小說之中。郁達夫顯然對摩大天樓登高俯瞰的視角有所偏愛。〈胃病〉中他眺望遠方靖國神社的華表，形容「街上電車同小動物一樣，不聲不響的在那裡行走，對面聖堂頂上的十字架，金光燦爛，光耀得很。」而天氣晴朗的時刻，他甚至還可以看到東京灣海上的點點帆檣，如此美麗的風景，竟也讓他興起了和女看護一同從高塔跳下，自殺殉情的衝動浪漫。[43]

然而，當鏡頭轉到兩年後郁達夫回到上海，〈落日〉中他住在貧民窟「一間同鼠穴似的屋頂房間」，在典當夏衣以換得了些錢之後，他帶著有近乎同志情愫的C一起登上了W公司的屋頂，而樓下就是喧鬧的遊樂場和劇院，郁達夫是這樣描寫的：

這一層屋頂上只瀰漫著一片寂靜。天風落處，吹起了一陣細碎的灰塵。屋頂下的市廛的雜噪聲，被風搬到這樣的高處，也帶起幽咽的色調來。在杳無人影的屋頂上盤旋。太陽的餘暉，也完全消失了，灰暗的空氣裡，只有幾排電燈在那裡照耀空處，這正是白天與暗夜交界的時候。[44]

就在這個天與地、宇宙與人群、寂靜與喧囂、暗夜與白天、黑暗與光明的交界之間，郁達夫展現出一種他在東京時期所不見的、游移不定的光和影，若有似無的聲響，以及內斂又曖昧的感性。此時的他彷彿是被夾「白天與暗夜交界」的上海，在一九二〇年代之初，一個令人驚詫又啞口無言的、現代性的魔術時刻。

43 郁達夫，〈胃病〉，《郁達夫文集》第一卷（廣州：花城出版社，一九八二），頁一三。

44 郁達夫，〈落日〉，《郁達夫文集》第一卷（廣州：花城出版社，一九八二），頁二一七〇。

第六章

上海的異質空間：一九二〇年代的左翼小說

一、滬西歹土：大學、工廠和棚戶

一九二四年的夏天，蔣光慈歷經了近三年東方大學的學習，從莫斯科啟程回到上海。在一份旅俄中國社會主義青年團莫斯科地方執行委員會派遣同志回國的報告中，對於蔣光慈記載了如下的評語：「主觀太重，感情太甚。」[1]而從這八個字的評語看來，共產黨對於他作為一名黨員的評價似乎還有所保留，而日後若是再度回顧這份報告，更會發現報告中的評語也確實預言了蔣光慈矛盾的人格特質：一個充滿浪漫感性的社會主義革命者。

蔣光慈回到上海沒多久，就和當時已是名滿文壇的郁達夫見面。對於眼前這一位「還沒有寫過一篇正式的東西」的青年，郁達夫也似乎感到頗不以為然，他形容蔣光慈是：「剛從俄國回來，穿

1 見吳騰凰、徐航，《蔣光慈評傳》（北京：團結出版社，二〇〇〇），頁一一〇—一一二所引一九二四年八月莫斯科地方執行委員會書記王若飛的《六至八月份的工作報告（附回國同志的名單一份）》。

得一身很好的洋服」，「態度談吐，大約是受了西歐的文學家的影響的，說起話來，總有絕大的抱負，不遜的語氣。」[2]但是郁達夫也應當沒能夠預料到，就在一、兩年過後，眼前這一位桀傲不遜的青年，居然在中國的文壇迅速走紅，小說風靡了許多讀者不說，甚至在一九二八年還領導了一班不滿意於創造社並魯迅的青年，另樹一幟，組成了太陽社的團體。

於是從一九二〇年代中葉之後，蔣光慈在中國的文藝青年心目之中，儼然已取代了五四文學的先驅者魯迅和郁達夫，而造成了所謂的「蔣光慈現象」。但學者對於「蔣光慈現象」卻批評有之，以為是一時的膚淺流行，尤其以夏濟安和夏志清兄弟為代表，直言批判蔣光慈根本「不配置身成名作家，只能算個上作文課的高中學生」，至於蔣的小說，也不過是一些「浪漫革命主義的淺薄習作」[3]。姑且不論是否公允，但如此嚴厲的評價，卻仍舊無法說明蔣光慈為何能在當年的文壇名噪一時，並且受到許多年輕讀者的歡迎？或許在令人費解的「蔣光慈現象」背後，正是一則發生在一九二〇年代上海，一位來自異鄉的青年與這座城市相遇的故事，至於蔣光慈個人的命運更彷彿就是一則「後五四世代」的縮影和寫照。[4]

蔣光慈並非城市人，一九〇一年他出生在安徽霍邱的山間小鎮，直到一九一七年才離開故鄉，到省會城市蕪湖去讀中學，中學老師高語罕同是安徽人，也是陳獨秀一生中最重要的摯友，以及《新青年》雜誌的主要撰稿人之一。在老師高語罕的啟蒙和鼓勵之下，蔣光慈不僅在一九一九年五四運動爆發時，就躍為蕪湖當地的學生領袖，更在一九二〇年和幾位同學結伴一同去到上海，加入了陳獨秀所領導的上海共產主義青年團。其實不只蔣光慈，在二〇年代之初和他一樣離鄉進城的青年人可以說是多不勝數，在他們眼中，五光十色的上海充滿了摩登的物質誘惑，是淘金客和冒險家的樂園，更是一座匯聚了各式各樣的前衛思潮，足以激勵一個離鄉遠行的青年，讓他敢於大膽放手一搏，追尋理想和實踐自我[5]。

蔣光慈在上海加入的共產主義青年團，可以說就是一個前衛思想的實驗基地，地址就在法租界霞飛路的新漁陽里，是一幢典型的石庫門房，而隔壁就是在陳獨秀主導之下已經轉向社會主義文學的《新青年》編輯部。陳獨秀也在這裡創辦外國語學社，但所謂的「外國語」只有一種語言，那就是俄語，共青團的青年都必須接受俄語的訓練，以為將來赴俄留學做準備。共青團和外國語學社的第一批成員總共有二十多位，依照籍貫分為三班，其中人數最多的是「湖南班」，有劉少奇、任弼時、羅亦農、彭述之等，還有是「浙江班」如王一飛、汪壽華，以及「安徽班」如蔣光慈等等。

蔣光慈在此開始學習俄語不到一年，自認還不到純熟的時候，就在陳獨秀的安排之下，於一九

2 郁達夫，〈光慈的晚年〉，收入方銘編，《郁達夫研究資料》（北京：知識產權出版社，二〇一〇），頁八三。

3 夏濟安著，莊信正譯，〈蔣光慈現象〉，《印刻文學生活誌》第七卷第十二期，頁一四七。夏志清著，劉紹銘編譯，《中國現代小說史》（台北：傳記文學出版社，一九九一），頁二七九。

4 關於「後五四世代」定義，參見史華慈，〈五四的回顧——五四運動五十週年討論集導言〉，收入周陽山編，《五四與中國》（台北：時報出版公司，一九九〇），頁一七三—四。許紀霖，〈二十世紀中國六代知識分子〉，《中國知識分子十論》，頁五四—六。

5 文安立也指出，中國一向農民過剩，進城市打工雖然環境惡劣，但是「還是有人因為可脫離家庭控制而進城工作」，而「中國的工廠生活艱苦、危險，可是城市的新鮮感打破務農的單調，喪可望打破過去道德教條束縛的人，懷抱可以掙得豐富報酬的憧憬。」見安文立著，陳添貴譯，《躁動的帝國：從乾隆到鄧小平的中國與世界》（台北：八旗文化，二〇一三），頁七一。

二一年的五月，和其餘共青團的同學一起展開了赴俄的旅程。他們在上海搭上輪船，經過日本長崎到海參崴，接著轉搭火車通過沿途不斷的戰火，終於在一九二一年的夏天抵達終點站：莫斯科。他們被安排進入東方大學，接受社會主義革命文學的洗禮，但對於蔣光慈而言，另一重大收穫，就是認識了在東方大學擔任翻譯和助教的瞿秋白，兩人因此結成了好友。一九二四年蔣光慈回到上海之時，也是在已經提前回國、正擔任上海大學教務長的瞿秋白邀請之下，前往上海大學社會系教書。不只如此，蔣光慈和瞿秋白也開始密切合作，其模式往往由瞿秋白提供文學理論和運動資料，而蔣光慈則是負責把它們寫成小說，兩人成為了革命文學道路上並肩的最佳戰友。

上海這座城市乃至於上海大學，都因為租界的存在而享有更多的言論自由，也就成了二〇年代異議分子的避風港，而城市商業繁榮帶動出版業蓬勃發展，更是為文學和思想鋪下了肥沃的土壤。也因此一九二二年成立的上海大學，可以說就是原先共青團的擴大版和體制化，成為左翼知識分子的避風港和活躍基地，而放眼一九二四年的中國，就新文學的表現和人才之濟濟，也似乎只有上海大學可與北京大學相互比擬。

北京大學的前身本為清末的京師大學堂，延續的是中國的國學道統，也形成了一種「以文憑為中心而形成的等級性身分關係」，透過學校的體制來打造出社會金字塔階層最頂尖的知識分子，因此北京這一座集合了當時中國一流大學的城市，形同是提供了「適合溫和的自由主義知識分子生長的、以國家穩定的知識體制為背景的文化空間」。[6] 故北大雖然是五四新文化運動的重鎮，但也從一九二〇年代後有日益學術貴族化的傾向，或是高居學術殿堂的象牙塔，正如受五四啟發因而懷抱大學夢的沈從文，在一九二三年時從湖南去到北京時對於北大所做出的近距離觀察，他失望的指出：距離五四運動雖才不過短短的三年而已，但是大學的校園氣氛卻已經大不相同了，因為「當年五四運動的支持者多已離開學校，離開了真誠，離開了熱情，變成為世故，為阿諛」，而北京大學也「把精力向音韻訓詁小學考據方面去發展」，故「大學」與文運分離，也不免難得保守、退化、無生氣、無朝氣。」[7]

相形之下，一九二二年成立於南方的上海大學，卻是一番截然不同的新氣象。上海大學原本是國共合作下的產物，由國民黨的大老于右任掛名校長，章太炎和陳獨秀擔任董事，但真正的主其事者卻大多是早期的共產黨人如施存統、蔡和森等，而尤其重要的核心人物，便是擔任教務長的瞿秋白。他一心要將上海大學擘畫成一所中國目前還沒有，卻「所當有」的大學，也因此他成立全國的第一所社會學系，和文學系相輔相成，而兩系也就成為上海大學的兩大主幹，以此打造出有別於其他大學的特色，就在於通過「切實社會科學的研究」，以「形成新文藝的系統」。[8]

換言之，北京大學乃是以胡適提倡的「國故整理」為主，強調要通過「音韻訓詁小學考據」等

---

6 見許紀霖，〈都市空間視野中的知識分子研究〉，《天津社會科學》二〇〇四年第三期，頁一二七—八引用布迪厄教育系統理論，指出民國以後現代知識教育體系和出版媒體逐步完善，以都市為中心所形成之中國現代知識分子，以「學校的出身」為實現自我認同，相互肯認的第一層關係。

7 沈從文，〈文運的重建〉，《沈從文全集》第十二卷（太原：北岳文藝出版社，二〇〇九），頁八一—八二指出五四以後文運與教育分離的狀況，以及〈在湖南吉首大學的講演〉，《沈從文全集》第十二卷（太原：北岳文藝出版社，二〇〇二），頁三九二—四〇一。

8 瞿秋白，〈現代中國所當有的「上海大學」〉，收於黃美真等編，《上海大學史料》（上海：復旦大學出版社，一九八四），頁一—一三。

方法來研究傳統的古籍和文獻，但上海大學卻是截然不同，重視的是社會的現實，認為文學應該以社會科學的分析和田野調查為本，以建構起新文學的系統和創作，所以特別提倡和鼓勵學生應該走出教室和研究室，去街頭和社會上「讀活的書」，也自詡於學生「沒有一個是只讀書不做事的。」[9]

上海大學既然沒有北大沉重的學術傳統包袱，校門也就更樂意為一些沒有文憑或背景的年輕人所敞開。但即使如此，上海大學站在講台上授課的老師，卻多是當時的一時之選，既年輕又充滿了活力。根據一九二三年進入上海大學讀書的丁玲回憶，當時的教授群就有「陳望道講古典文學，沈雁冰講希臘神話，田漢講外國詩歌，俞平伯講宋詞，邵力子講易經」，而丁玲尤其喜歡的課是沈雁冰講的《伊里亞德》和《奧德賽》，而王劍虹則喜歡俞平伯的「宋詞」。不過在這些老師之中，大家公認最好的仍是瞿秋白，他的年紀和學生差不了多少，只比丁玲大四歲，但不僅課講得好，下課之後也常和學生打成一片，聚在宿舍中聊天，而且「談話的面很寬，他講希臘、羅馬，講文藝復興，也講唐宋元明。他不但講死人，而且也講活人」。丁玲和她的閨蜜好友王劍虹就因此和瞿秋白熟識，往來熱絡，瞿秋白不但和她們談文學，還用普希金的詩來教他們俄文，甚至愛情也逐漸在師生之間萌芽，不久後，王劍虹就成為了瞿秋白的妻子。[10]

上海大學的老師也多能創作，而學生更多在日後成為知名的作家，例如丁玲，以及和她同班的詩人戴望舒、小說家施蟄存和劇作家陽翰笙（華漢）等等。施蟄存對於上海大學尤其充滿了情感，把它視之為是文學的啟蒙地。他在為曾於上海大學任教的劉大白之《劉大白選集》做序時回憶，當時他和好友戴望舒一起從杭州來到上海時，考入了上海大學中文系，而自己就在這一所「新辦的貌不驚人的弄堂大學，在非常簡陋的教室裡，聽過當時最新湧現的文學家和社會科學家的講課。田漢講雨果的讓．華爾讓，講梅里美的嘉爾曼，講歌德的迷。」[11]也因為五四世代的創作者多雲集在此，上海大學竟在有意無意之間也成為現代小說經常出現的背景。譬如沈雁冰在一九二八年以筆名「茅盾」寫作的小說《幻滅》，主角抱素和靜女士就是「S大學」——上海大學的學生。至於身為上海大學教務長的瞿秋白，自己雖然不寫作小說，但他卻成為革命文學中兩部重要之作核心主角的靈感來源：蔣光慈一九二七年《短褲黨》的主角「楊質夫」，以及丁玲一九二九年《韋護》的「韋護」。

上海大學不僅匯聚了新文學的青年人才，學校本身所在的地理位置，其實也令人頗堪玩味，它是幾幢租來的石庫門房所組成，大多坐落在租界西陲西摩路和南洋路的交叉口一帶，由此往南走便是靜安寺路，而再往南沿著一條金神父路繼續下行，就是聚集了左派藝術家的新華藝術大學，以及由田漢在一九二六年創立南國電影劇社的所在地。這兒也有「滬西歹土」[12]的俗稱，正位於法租界與華界地權不清的曖昧交界之處，時有越界築地的事情發生，故多是文人、藝術家、下階層的販夫

9 張士韻，〈中國民族運動史的上海大學〉，收於黃美真等編，《上海大學史料》，頁三二一—三二六。
10 見丁玲，〈我所認識的瞿秋白同志〉，收於《丁玲全集》第六卷，頁三一—五八，及〈片斷回憶〉，收於《丁玲全集》第十卷，頁三〇四—三〇六。
11 劉大白著，蕭斌如編，《劉大白》（香港：三聯書店，一九九四），頁三。
12 詳見魏斐德著，芮傳明譯，《上海歹土：戰時恐怖活動與城市犯罪（一九三七—一九四一）》，此「歹土」便特別指租界邊緣滬西無主一帶，這裡向來便是犯罪者出沒之處。

走卒，以及棚戶貧民魚龍混雜的區域。

郁達夫小說〈春風沉醉的晚上〉描寫的就是附近一帶的貧民窟，住客不是「兇惡的裁縫」就是「可憐的文士」，被他戲稱為是一條「Yellow Grub Street」：黃種人蛆蟲之街。而蔣光慈的妻子吳似鴻是田漢南國社的成員，也曾經回憶過那一帶的景象，有「小工廠，和許多以爛鐵皮搭起來的低矮棚戶，裡面住著工人、黃包車夫、擺小攤的攤販，以及失業者」，一大清早天剛亮，「清道夫也穿著紅色的號衣，推著垃圾車來掃馬路了。小販們都擺出了魚蝦和蔬菜，提高了嗓子叫賣。賣洋蔥牛肉餅的，響亮地敲起了鐵鍋，香味熱氣充滿街道。等到天一亮透，已人群濟濟，大有水洩不通之勢。而穿著西裝的大學生，養著長頭髮的，打著藝術大領結的，或是穿著畫衣的美術教授和藝術學生，也都出來買早點，或是泡開水，……叮咚叮咚的鋼琴聲、嘎嘎嘎的高音低音的練習嗓子聲、同時也有大小提琴聲，所有一切聲音，隨著一天的開始，纏繞在這個區域的上空。」[13]然而就在幾條街以外，卻是一個乾淨又美麗的洋人租界，住的都是些「高等華人和外國僑民」，如宋家花園宅邸和猶太富商為愛女打造的馬勒別墅，也都和上海大學座落在同一條西摩路上。這更彰顯出上海缺乏西方的現代城市規劃，所以它的空間發展乃多因為地皮投機炒作之下，形成了一幅雜亂馬賽克拼圖，而反差強烈的貧富對比，更教這些被擠壓到城市底層的知識青年如何不感到心有戚戚焉？

至於緊鄰在上海大學西邊的一條小沙渡路，更是朝北延伸出一大片工業區，從十九世紀末就吸引了大量的外資湧入，特別是以日資的棉紡企業占絕大多數，光是內外棉會社一家就在這兒設立了十一間工廠之多，因此「小沙渡」一詞甚至就成為了日本紡織廠的專用代名詞。[14]在小沙渡工廠做工的，更是絕大多數都是從外地如蘇北農村來到上海打工，或是因為飢荒和戰亂從鄉下逃出的難民，他們就落腳在滬西的棚戶區裡，估計至少有上萬戶，並且還在不時快速的增加當中。[15] 這些棚戶貧民窟也成了租界邊緣的三不管地帶，沒有鋪設柏油道路也沒有電燈，垃圾四處堆積，一到了下雨天就滿地泥濘，而晴天太陽一照，灰塵就四處飛揚，入夜裡漆黑難行，這兒更沒有下水道等衛生設施，所以到了夏天水溝腥臭難聞，疫病流行，冬天一來，那些餓死或凍死的孩子屍體，就被大人用草蓆一包，隨意丟棄在路邊了事[16]。

但也正是在這一塊由大學、工廠、棚戶和貧民所組成的斑駁空間之中，五四青年因此有了和工人無產階級交流的機會。其實早從一九二〇年起，陳獨秀就委託共產主義小組到小沙渡開辦工人補習學校，而之後的上海大學更是因此得到地利之便，從此擴而大之，不單在小沙渡設立工人補校和上大附中，更深入棚戶和工廠區去建立工人俱樂部，透過這些管道來串聯工人，從而鼓動並組織罷工行動。

13 吳似鴻，〈蔣光慈回憶錄〉，收於方銘編，《蔣光慈研究資料》（北京：知識產權出版社，二〇一〇），頁九二。

14 從一九一一年到一九三六年，日本內外棉光在小沙渡就建立了十一家工廠，投資規模相當龐大，詳見胡銀平，《滬西小沙渡研究》（上海：上海師範大學碩士論文，二〇〇八）一書。陳祖恩，《尋訪東洋人：近代上海的日本居留民（一八六八－一九四五）》（上海：上海社會科學院出版，二〇〇七），頁一七四。

15 安克強，《一九二七－一九三七年的上海：市政權、地方性和現代化》（上海：上海古籍出版社，二〇〇四），頁一六三。

16 見《上海市滬西地區城市貧民革命鬥爭史資料》（上海：中共上海市靜安區委黨史資料徵集委員會辦公室編印，一九八八），頁七。

值得玩味的是，起初上海大學到工廠區的行動似乎是由單方面去開展的，也就是以位居上層的知識分子去啟蒙下層的工人，不過日後的演變，卻是恰好顛倒過來，當青年學生走出了教室的圍牆和學術的象牙塔，接觸到來自農村的農民和工廠底層和工人之後，竟是知識分子意識到自己的思想需要改造和洗禮，於是五四的個人啟蒙竟還不夠，還需要再來一次徹底的啟蒙。一九二五的年五卅運動，就是在這一片由大學和棚戶所組成的滬西邊陲點燃了革命的火花，而這火花並非一閃即逝的流星，它甚至一直持續在小沙渡燃燒著，直到一九四九年更成為共產黨解放上海這座城市的前哨站[17]。

二、城市邊陲的「少年漂泊者」

一九二五年初，小沙渡的日本內外棉紗廠因為虐待童工——自從清末以來，童工和女工就是上海工人的大宗[18]，因此引發了一連串的罷工和示威運動，終至釀成延燒了全國的五卅慘案。在這場罷工運動之中，上海大學的師生們扮演不可或缺的重要角色，從串聯工人到領導罷工，到組織講演隊走上街頭，多人在市中心南京路（大馬路）遭到英國巡捕房逮捕，甚至死於鎮壓的槍彈底下，全國的輿論一時譁然，也在各地掀起了反帝國主義的狂潮[19]。

當時在上海大學任教的沈雁冰，就置身在五卅示威遊行的隊伍之中，他親眼目睹街頭流血的慘況，憤而在當天晚上寫下了〈五月三十日的下午〉一文，嚴厲批判南京路上那些「太太們的樂園」——這個詞彙乃是借用自法國左拉的小說，以來諷刺那些專供上流社會貴婦血拼的高檔百貨門前之處，才剛剛流過了被英國巡捕開槍打死的青年們的鮮血，然而在一轉眼之間，竟已被這些冷漠的富人階級給遺忘冷卻了，又回復到原先太平盛世般的「歌吹作樂」。於是沈雁冰不禁「詛咒」著上海：「這污穢無恥的都市，這虎狼在上而豕鹿在下的都市！我祈求熱血來洗刷這一切的強橫暴虐，同時也洗刷這卑賤無恥呀！」並且吶喊著：自己將來必定要「以眼還眼，以牙還牙！」[20]

「血」的鮮明意象，也讓人不免聯想到魯迅的名篇〈藥〉，同樣是在描寫革命青年的熱血，只是這一回那些噬血的「庸眾」，已經不再是魯迅筆下「魯鎮」裡的村民了，而是那些主宰著上海政商命脈的洋人，以及依靠攀附權貴而發跡致富的上等華人。上海城市霓虹燦爛的街景，也因此具有雙重的指涉意義：它既是一個商業與物質的現代性象徵，然而此一繁華的表象，卻是透過壓榨底層社會，由老百姓的鮮血所流淌而成。因此五卅慘案對於中國現代作家的政治神經的影響無疑是巨大的，也成為文學史上至關重要的轉折點，從此以後，一九一七年的五四文學革命，就轉向了革命文

17 共產黨如何在滬西棚戶區發展，透過設立實驗民眾學校吸收培養幹部，進行革命，其過程詳見《上海市滬西地區城市貧民革命鬥爭史資料》一書，同註一六。

18 據統計，清末以來上海一地的工人，就幾乎占了全中國工人的半數，而其中又以童工和女工為多，如光緒二十五年統計上海的工廠僱用三萬多名工人，其中女工就有兩萬名，童工七千名。詳見吳圳義，《清末上海租界社會》（台北：文史哲出版社，一九七八），頁一一五。

19 馬凌山，〈本校同學三年來的奮鬥工作〉，收於《上海大學史料》，頁二〇—二一。

20 茅盾，〈五月三十日的下午〉，收於《茅盾全集》第十一卷（北京：人民文學出版社，一九八四），頁一六—七。

學。[21]

如果說五四文學革命是以北京大學的知識分子群為首，那麼一九二五年的革命文學便是由上海大學作為先鋒，而第一個將五卅事件付諸小說書寫的先行者，正是在上大教書的蔣光慈。蔣光慈原以寫詩為主，一九二六年他推出第一本小說《少年漂泊者》，故事的主角汪中來自安徽鄉下，是一個佃農的兒子，因為父母雙亡淪為孤兒，只好離鄉四處漂泊，他先是經歷了五四學生運動的啟蒙，之後又捲入一九二三年的平漢鐵路罷工，繼之流浪到上海，成為小沙渡紗廠的工人，在五卅的罷工運動之中再次受到啟蒙，最後他決定南下廣州，投身黃埔軍校加入北伐，終而戰死在沙場上。蔣光慈透過汪中——他將之命名為「少年漂泊者」短暫的一生，呈現出現代中國從五四到五卅的轉折歷程，而且這一「少年漂泊者」的形象並不是出於虛構，在現實當中應有所本，也就是以上海大學附中的學生劉華。

劉華只比蔣光慈大一歲，一八九九年他出生在四川一個貧窮的農村家庭，從小既做過工也當過兵，後來一路流浪到上海，先是成為中華書局的印刷工人，又進入上大附中半工半讀，因此和當時也在附中教書的蔣光慈私交甚篤。個性積極活躍的他，在五卅罷工時成為工人運動的領袖，但卻不幸在一九二五年底遭到租界的工部局逮捕，被送往松滬戒嚴司令部處以死刑。當劉華的死訊傳出時，上海大學的師生一片哀悼，蔣光慈更是既悲又憤，為他寫下了一首哀悼的長詩〈在黑夜裡〉，詩以：「你曾為我述自己漂泊的歷史」一句作為開頭，也點出了劉華「少年漂泊者」的身分。[22]

如此一來，我們也不妨把《少年漂泊者》視為一首獻給那些年輕無名的「漂泊者」的輓歌，而這或許也說明了蔣光慈的小說為什麼大受讀者歡迎的緣故？因為論起反映時事的有效性，似乎沒有哪一個作家可以與他比擬，而對於許多漂泊城市的異鄉青年人而言，更能夠在他的小說之中，辨認出自己一路從一九一九年五四到一九二五年五卅運動之間的成長身影。蔣光慈也從此奠定了他寫作小說的基本模式，那就是把社會當下的政治事件如革命或運動等，立刻轉為小說的形式，而這種急於反映時事的焦慮感，也瀰漫在他的字裡行間——語言明快俐落，卻失之急躁和粗糙，也缺乏藝術上更多的醞釀和沉澱，更缺乏對於人物性格和內在心理的細膩描摹。不過，蔣光慈卻大方坦承這是一種他刻意為之的風格：雖然「粗糙」，但畢竟是為「中國革命史」留下了「一個證據」。[23]

《少年漂泊者》另一個值得注意的特點，就是在蔣光慈所選取的敘事聲音。早從五四的現代文學以來，「旅行」和「漂泊」的動詞就已經大量出現，屢見不鮮，譬如郁達夫就自認是一個「永遠的旅人」[24]，瞿秋白在《餓鄉記程》中也說自己熱愛「冒險好奇的旅行」，甚至是「寧死亦當一行」[25]，而魯迅在小說集《徬徨》的卷首也引用屈原〈離騷〉的詩句：「路漫漫其修遠兮，吾將上下而求索」。蔣光慈也說自己「幼時愛讀游俠」，「愛幻游」[26]，然而《少年漂泊者》的敘事主角卻和他們大不相同，蔣光慈把他做了一個身分上的置換，也就是這位「漂泊者」是佃農出身，更是

21 李歐梵，《現代性的追求》，頁三〇二。
22 吳騰凰、徐航，《蔣光慈評傳》，頁一六九—一七〇。
23 蔣光慈，〈寫在本書的前面〉，《短褲黨》（上海：泰東書局，一九二七），頁一。
24 郁達夫，〈懺餘獨白〉，《郁達夫文集》第七卷，頁二五〇。
25 瞿秋白，《餓鄉紀程》，頁六九。
26 蔣光慈，〈鴨綠江上〉，《蔣光慈文集》第一卷（上海：上海文藝出版社，一九八二），頁八六。

在社會底層打滾過的小沙渡工人，而不是一個如同魯迅或郁達夫的知識青年。

換句話，從郁達夫開始而充斥於五四現代小說中的「零餘者」，或是十九世紀俄國知識分子「多餘的人」（лишний человек）的形象，從此要被蔣光慈的「少年漂泊者」所取代，而這位「少年漂泊者」不僅不再消極虛無，自哀自憐，更是一位積極的社會行動者，他要以自己的血肉之軀去實踐理念，要在一次又一次的罷工和革命之中，不斷浴火重生。於是《少年漂泊者》完成了現代小說視角從知識分子到工人階級的轉換，也是中國小說美學從抒情（lyrical）到史詩（epic）的轉換。當敘述者的視角從以往的注視自身，轉而面向社會大眾，由內而外之時，原先孤獨的個人也就取得了與庸眾結合的橋樑。

由此觀之，以上海大學為地標的滬西邊緣也因此饒負空間上的象徵意義，它彷彿將上海城市劃分成為兩個對立的區域，以東是租界的繁華地帶，以西則是下層階級聚集的工廠和貧民窟，而夾雜在這兩個區域之中的大學青年，他所認同的乃是邊陲，並且要以此來回望和挑釁城市中心所代表的資本主義和現代性。故這一東、西交界的曖昧地帶也宛如是傅柯（Michel Foucault）提出的「異質空間」（heterotopias）：我們有關世界的經驗，已形成一種連結各點並相互交錯的複雜網絡，亦即活在一組描劃了位址（site）的關係裡，然而在每個文化、文明裡，都有一種像是「反位址」（counter-site）的真實地方，即使我們有可能在現實之中標明它們的位置，但這種地方也同時是位居在一切地方之外，而成為一種有效啟動的烏托邦，就宛如照鏡一般——我在那兒，那兒卻又非我之所在，而這影像將我自身的可見性賦予我，使我在缺席之處看見自己，並從這個指向我的凝視（gaze）、從鏡面彼端的虛像空間，我回到我自身；我再次地注視自己，也同時在我所在之處重構我自己。[27]索雅（Edward Soja）則借用傅柯「異質空間」的概念，進一步闡提出「第三空間」（Thirdplace）概念，亦即存在於中心與邊陲交界的曖昧地帶，具有不斷位移、游走的「中介」（liminal）性格，也因此容許相互衝突的異質共存，其潛在的爆發性力量足以顛覆常規。

三、閘北：城市碎裂的巨翼

一九二五年五卅慘案爆發之後不久，上海由萬國商團成立的武裝巡捕隊就在六月四日進駐上海大學，大肆搜索逮捕，上海大學因此損失慘重，被迫閉校，一時之間師生們走投無路，好不容易經校長于右任的奔走募款，幾個月之後上大又移到閘北的青雲路上重新開張，在新的招生公告上，校方特別聲明：凡是全國各地因為五卅學潮而被開除退學的學生，「若有相當證明，准予免考錄取」。如此一來形同是廣開大門，上海大學一下子從原有的四百多位學生，迅速成長為八百多人，而革命的色彩也就更加鮮明。[28]

上海大學新的校區所在的閘北，指的是蘇州河上的兩閘：「老閘」與「新閘」以北，乃是由華

27 詳見索雅（Edward W. Soja）著，王志弘等譯，《第三空間》，頁二〇七—二一九。馮品佳，〈創造異質空間：《無禮》的抗拒與歸屬政治〉，收於劉紀蕙主編，《他者之域：文化身分與再現策略》（台北：麥田出版社，二〇〇一），頁四一二〇—四三一〇。

28 過程詳參見〈英國海軍陸戰隊〉、〈學校被封后的應急措施〉等文，收於《上海大學史料》，頁一五〇—一五八。

人所掌控的華界。十九世紀末二十世紀初，上海租界湧入大量從周圍農村逃出的難民，造成諸多的居住問題，警方因此大規模驅趕違法的棚戶，而傳統華人聚居的「南市」，也就是舊縣城俗稱「老城廂」地帶早已呈現飽和狀態，於是這些人口只好越過蘇州河往租界的北方遷徙，而閘北人口也就隨之暴增起來，直到一九二〇年代已經一改原先的荒涼，搖身一變成為上海人口最為密集、商業活動也最興盛的區域。閘北的崛起和發展，更儼然就是一頁二十世紀西方與華人勢力在上海拔河的歷史，而民族主義也以空間爭奪戰的方式，在蘇州河的北岸突起，試圖和南岸的租界較勁抗衡[29]。

相較於租界都是洋人和日人的工廠，閘北則被讚譽為是華人民族工業的大本營，而其中最重要的就是紡織業，其次是印刷業。當時中國最大的出版集團商務印書館原本位於租界，就在一九〇七年遷到閘北的寶山路上，旗下員工有四千多人，幾乎囊括了當時中國一批最活躍的年輕知識分子，如沈雁冰、鄭振鐸和葉聖陶等人都是商務印書館的編輯，還共享同一間辦公室[30]。又因為文人聚集，閘北以商務印書館所在的寶山路為核心，連同附近的青雲路、北四川路和竇樂安路（今做多倫路）等，儼然形成了上海重要的文化空間。這兒不但書店林立——大名鼎鼎的內山書店就在北四川路上，是魯迅幾乎每天都必定造訪的地方[31]，也吸引了許多文人前來居住，如蔡元培、鄭振鐸、魯迅、茅盾、葉聖陶、陳望道、馮雪峰和柔石等多住在竇樂安路旁的景雲里，而瞿秋白則是住在隔壁的順泰里，一九三〇年左翼作家聯盟也就是在竇樂安路上的公啡咖啡館成立。[32]

上海大學所在的青雲路也離寶山路不到百米，一九二六年上海大學的姊妹校中華藝術大學也一旁成立，校長和教務長都是原本上大的教授陳望道和夏衍。閘北因為藝術家雲集，也在二〇年代成為上海國產電影最重要的基地，根據統計在一九二四到一九三五年之間，就有將近三十間電影公司集中在此地。[33]

一九二八年小說家巴金從法國回到上海，也選擇住在寶山路上，他每天吃過晚飯後常穿越橫濱橋，到北四川路去散步，而小說《新生》描寫的就是在這一條他稱為「秘密之街」的所見所聞。[34]在巴金的眼中，北四川路是一條混合著東、西洋風味的古怪大街，街上人車川流不息，而酒吧中有美國水兵在調戲妓女，酒吧外的人行道上有小販徘徊，發出兜售貨物的喊叫，還有乞丐倚著牆壁討飯，而牆上張貼的是電影院的色情廣告。這也是閘北一條穿流不息的熱鬧幹道，貧血的黃包車大在路上沒命的奔跑。但同時白色恐怖的陰影卻也無所不在，電車的車廂裡不時有巡警來回穿梭，對每一個可疑的乘客進行搜查。閘北彷彿成了租界十里洋場的反面，而巴金是這樣形容閘北的：「在這樣大的S市裡，每一張臉上都帶著蠢然的笑或哭，每一件衣服都裹著遊魂似的影子，每一間房屋都

---

29 見張笑川，《近代上海閘北居民社會生活》（上海：上海辭書出版社，二〇〇九），第一章〈閘北華界的崛起與演變〉，頁一〇—一二。

30 同上註，頁九三。

31 魯迅與內山完造之間的密切友誼，乃至中共文化支部也經常出入書店之中，詳見許紀霖，〈分歧與底線：一九二〇年代知識分子的交往網絡〉，《近代中國知識分子的公共交往》（上海：上海人民出版社，二〇〇八），頁二〇八—二一八。

32 同註二九，頁二五八。

33 同註二九，頁二五七。

34 巴金，《巴金自傳》（江蘇：江蘇文藝，一九九五），頁一四一。

像一個活葬的墳墓。」[35]

一九二七年的春天，彼時從廣東起兵的國民政府北伐軍，正取得節節勝利而朝向上海逼近，國共合作下的共產黨為了與北伐軍響應，以推翻掌控上海的軍閥，故先是發動了八十萬的工人罷工，繼之又在三月二十一日轉為武裝暴動，投入暴動的人數高達了全市工人總數的三分之二，可以想見牽涉層面之廣大。這次暴動的指揮總部就在北四川路巷子中一棟不起眼的石庫門房，也是共產黨人彭述之的家，而以陳獨秀為首，帶領了一群年紀才三十歲不到的年輕知識分子，他們不是出自於莫斯科東方大學，如彭述之、羅亦農和汪壽華，就是曾到法國去「勤工儉學」，如趙世炎，一起密謀起義。就在縝密的策劃之下，這次暴動獲得了出奇的成功，共產黨在不到三十小時以內就取得了全面的勝利，不僅順利掌控了上海的華界，甚至成立了屬於自己的市政府[36]。

暴動成功不到兩星期之後，蔣介石率領的北伐軍進入大上海，他忌憚共產黨的勢力將會因此坐大，故在秘密取得黑社會首領杜月笙和白崇禧軍隊的支援下，立刻宣布上海進入戒嚴狀態，並在四月十二日發動清共，以血腥的方式鎮壓左派人士。[37]上海的政局於是在短短的二十天之內，竟出現了戲劇性地轉變，而閘北也一再淪為血腥的戰場，尤其是從寶山路到虬江路一帶巷戰激烈，到處都是死屍，宛如人間煉獄的翻版。一九二七年七月，由國民黨所主導的上海特別市政府成立，為了扭轉上海向來以租界為核心的局面，特別擬訂了「大上海計畫」，試圖發展江灣也就是閘北的東北方一帶，以作為新的上海市政中心，然而這份恢弘的城市計劃卻沒有能夠付諸實現，因為在接下來的十年之中，江灣和閘北又數度被戰火所炸毀，連市政府建築也都淪為一片斷井殘垣[38]。

從此閘北留給人們的，竟多是遭到侵略和屠殺的屈辱記憶。郁達夫《日記九種》中記錄下三月二十二日「暴動工人搶劫巡警局的武器之後，在閘北和魯軍力鬥」，「小孩女子在哀哭號叫」，「北面向空中望去，只見火光煙絳，在烈光裡盤旋」，而四月清共時，又被前來強迫工人繳械的軍隊砲火所淹沒，打得「落花流水」，而郁達夫也只能棄下原在閘北的出版社，趁亂之中趕緊逃亡，而杭滬火車停開，他只得趕往招商內河輪船碼頭搭船逃往杭州，而「一船逃難者，擠得同蒸籠裡的饅頭一樣」。[39]

一九三一年日本侵占瀋陽，閘北爆發抗日的示威遊行，卻遭到官方強力鎮壓，丁玲把鎮壓的過程寫成了小說〈多事之秋〉，描寫當時寶山路和虬江路一帶悲慘的景象：「馬路上，留下一些屍體。有些沒有死，還在呻吟，有些掙扎起來，含著悲憤和仇恨，咬緊了牙，跛著走去。血在馬路上流著，風吹著一些沙子，一些灰塵掃過去。」[40] 一九三二年初日軍又發動人軍侵略上海，是為「一二八事變」，裝甲坦克車沿著北四川路和橫濱路而下，點燃了處處烽火，而巴金長篇小說《新生》的初稿，也在這場戰火中遭到波及，全數付之一炬。

35 巴金，《新生》（上海：開明書店，一九三三），頁二六七。
36 陳永發，《中國共產革命七十年（上冊）》（新北：聯經出版事業公司，二〇〇一），頁一八六—一八七。
37 據資料在四天內有三百多位工人和黨員被殺，五百多人被捕，五千多人下落不明，而實際數目可能更多，見陳永發，《中國共產革命七十年（上冊）》，頁一八八。
38 安克強，《一九二七—一九三七年的上海：市政權、地方性和現代化》，頁八—九，一七二。
39 郁達夫，《日記九種》（上海：北新書局，一九三三），頁一三七、一六三。
40 丁玲，〈多事之秋〉，收於《丁玲全集》第三卷，頁四六一—四六二。

一九三七年八月十三日，日本又再次發動侵華的松滬會戰，軍隊沿著寶山路長驅直入，閘北烈焰沖天，而當時年僅十七歲的張愛玲住在租界，正因為和後母的一場爭吵，而被父親囚禁在家中的閣樓上。戰火在閘北延燒之時，張愛玲和她的保母何干一起站在閣樓的窗前，從租界隔著蘇州河目睹到對岸慘烈的戰況，所受到的震撼之深，直到多年以後她還在自傳小說《雷峰塔》中，留下了一段關於當時的生動描寫。從小就生長在租界的張愛其實從未去過閘北，而在保母何干的口中，那裡全是一些工廠和房租便宜的貧民窟，當日軍的砲火在閘北轟然落下時，「窗外一片墨黑。遠處立著一排金色的骨架，犬牙交錯，烈焰沖天，倒映在底下漆黑的河面」，而年輕的張愛玲發了瘋似地抓起蠟筆，急於畫下這一幅「似乎是發生在遙遠的歷史裡」，神秘又令人激動的、「從過去來的一幕」。[41]

張愛玲用一種毫不帶感情的客觀審美角度，把閘北的戰火形容成一幅超現實的圖畫，像是「元宵節一盞燈籠著火了，焚毀了上林苑。」卻也流露出一個生活在租界的年輕女子，對於閘北這個區域是何等的陌生？甚至連她的保母也沒去過那兒，覺得每次只要一過外白渡橋，就會覺得全身「毛骨悚然」[42]。於是一條蘇州河隔出了上海的兩個世界，而閘北像是河上的倒影，映現出來卻是上海作為「東方巴黎」紙醉金迷表象之下的，千瘡百孔的另外一面。

四、城市漫遊者／革命家

對於共產黨而言，一九二七年三月二十一日工人暴動的成功，可以說是「十月革命以來最光輝的一頁」。於是蔣光慈在瞿秋白的建議之下，僅僅花不到兩個禮拜就迅速完成長篇小說《短褲黨》，以記載這次光榮的勝利。《短褲黨》的命名也是出於瞿秋白，乃是借自法國大革命中一群極左也極窮的革命黨人，而所謂的「短褲黨」Des Sans-culottes，指的就是工人階級所穿的襤褸套褲[43]。

蔣光慈寫作《短褲黨》不只為了「紀史」，其實背負了一項更為重要的任務，那就是宣揚瞿秋白以無產階級工人為革命主體的理念。也因此，他巧妙地把故事的時間提前，也就是從一九二七年三月暴動之前的二月，一場由瞿秋白親自坐鎮指揮的上海工人二月暴動開始。這一次的革命雖然以失敗收尾，但卻奠定了日後三月工人暴動之所以成功的路線。也因此蔣光慈將《短褲黨》的核心人物設定為主角「楊質夫」——也就是瞿秋白的化身，並且從他的視角去再現幾位當時共產黨的主要領導者，小說中「老頭子鄭仲德」就是陳獨秀，做事總是缺乏魄力，猶豫不決；「魯德甫」就是彭述之，說起話來咬文嚼字，性格懦弱，「史兆炎」就是趙世炎，和蔣光慈都一樣年僅二十六歲，曾留學法國和莫斯科，他和「楊質夫」一樣患有肺病不停咳嗽，後來死於蔣介石的清共殺戮中。「林鶴生」是長期從事工人運動的汪壽華，和杜月笙頗有私交，卻在清共中被杜月笙設局，成為第一個犧牲的革命亡魂。

---

41 張愛玲，《雷峰塔》（台北：皇冠出版社，二〇一〇），頁三〇〇—三〇一。

42 同上註，頁二七六。

43 蔣光慈，〈寫在這本書的前面〉，《短褲黨》，頁一。

「楊質夫」也就是瞿秋白無疑是《短褲黨》的主導者，當上述的幾位主角齊聚在二月工人暴動的指揮中心：法租界「T路W里S號」，也就是辣斐德路華冠里四號，為了罷工之後的下一步到底應該怎麼走？而喋喋不休激烈爭論時，「老頭子鄭仲德」始終在寄望蔣介石的北伐軍前來支援，卻只有「楊質夫」主張革命要以無產階級工人為主，必須從罷工立刻轉型成為「武裝暴動」。「楊質夫」在小說中手捧著一本列寧《多數派的策略》，更是在暗示革命的主導權，應該交給「多數派」的無產階級才對。[44]

就在這樣的論述之下，《短褲黨》中的知識分子不是空談議論滔滔不絕，如「鄭仲德」或「魯德甫」，要不就是患了肺病而奄奄一息，如「楊質夫」或「史兆炎」，相較之下，反倒是幾個工人角色生氣蓬勃，如閘北的絲廠女工刑翠英和李金貴，才真正是這一場城市游擊戰中的行動者，他們在大街小巷之中遊走和戰鬥，以自己「無辜的紅血濺滿了南市，濺滿了閘北，濺滿了浦東，濺滿了小沙渡」，滲透到這座城市的土壤之中，從而使得「一座繁華富麗的上海變成了死氣沉沉的死城，變成了陰風慘慘的鬼國，變成了腥羶的血海!」[45]

如果說《短褲黨》是在歌頌無產階級工人如何以自己的血肉之軀，去染紅並且進而占領這座城市的話，那麼，法國小說家馬爾羅（Andre Malraux, 1901-1976）同樣以一九二七年上海工人三月暴動為題材的小說《人的境遇》，則是對於革命提出了一種哲學式的內在省思與逼問，而獲得一九三三年龔固爾文學大獎的殊榮。《人的境遇》主角之一吉索爾，也就是陳獨秀的化身，他是一個北京大學社會學教授，因為思想左翼而被張作霖驅逐到上海，為中國共產黨培養了許多優秀的青年幹部。馬爾羅在小說中通過吉索爾之口，告訴那些準備為中國革命獻身的熱血青年：「馬克思主義與其說是一種學說，不如說是一種意志」，是一種「自我認識的意志，如實地自我感覺和奪取勝利的意志」，也是要在『凡人堆裡做超人』，甚至要「掙脫人的境遇」的意志。

在馬爾羅的眼中，這種因為「自我認識意志」而爆發的左翼革命運動，正是二十世紀在亞洲個人主義覺醒的一種方式。也因此他在《人的境遇》中一再用宗教的救贖，或是最後的審判來比擬革命，甚至把孕育中國左翼革命的溫床，也就是閘北的工廠區比擬為是一座「大教堂」，而「人們理應從中看到的不再是諸神，而是正在與地球搏鬥的人的力量。」[46]在他筆下一九二七年初春的上海，是一座處於革命暴動前夕的城市，也充滿悲劇的詩意，沸騰著來自各方彼此鬥爭的勢力：

> 租界、富戶、連同暴雨衝過的這些街尾鐵柵欄都不復存在，存在的唯有它們所象徵的威脅，唯有路障和無窗的監獄長牆；相反的，在這些窮街區（即突擊隊最多的街區）卻驚動著群眾的脈搏：他們正伺機進擊。

所謂「窮街區」指的正是上海的閘北和浦東，馬爾羅形容它們彷彿是這座城市「碎裂的兩葉巨翼，

44 蔣光慈，《短褲黨》，頁三〇—三三。
45 同上註，頁一四五。
46 馬爾羅（André Malraux）著，丁世中譯，《人的境遇》（北京：外國文學出版社，一九九八），頁五五、一九〇。

在那兒遍布著工廠和苦難，它們將摧毀市中心強大的神經中樞。看不見的人群為這最後的審判之夜注滿活力。」[47]

事實上，馬爾羅自己也無異於這樣一個「與地球搏鬥」的傳奇人物。他既是法國的文學家、哲學家，更是一位左翼的革命家，在一九二〇年代不但從歐洲深入到亞洲的柬埔寨和越南，甚至來到中國的廣州等地，也把這些奇特的革命閱歷，寫成兩部以中國為題材的小說：一九二七年的《征服者》以及一九三三年的《人的境遇》。一九三〇年代馬爾羅又從亞洲轉戰西班牙，參加共和軍對抗法西斯政權，之後又加入法國裝甲部隊，直到二次世界大戰結束之後，他還在戴高樂政府中出任新聞部長和文化部長。馬爾羅對於法國文化界的影響力，可以說從二十世紀一直延伸到如今，哲學家李歐塔（Jean-Francois Lyotard）甚至破例只為他一人寫傳。李歐塔在《馬爾羅傳》中試圖通過馬爾羅和中國革命之間的辯證關係，指出東西方不同卻又互為交響的現代性：二十世紀初可以說是一個衰敗的歐洲，在和「智慧基礎被蛀蝕」的中國相互對鏡，而「西方和東方注視著它們的差異，並且投身於鏡中誘惑的遊戲」，也因此「革命被認為適於在中國造成一種使人擦亮眼睛的現代敏銳性」。李歐塔也引用馬爾羅的說法，認為「東方要轉向個人主義」，然而這「個人主義」的定義，並不是一種西方自由主義式的「個人」，而是一種「每個人都有可能戰勝不幸的人所過的共同生活，從而實踐個人的單獨的生活」[48]。

換言之，馬爾羅把中國二十世紀初的共產革命，視為是現代中國在追尋「個人主義」的結果，通過革命，「苦力意識到自我的存在，起碼意識到自己是活著的」，而這使得整個黃色亞洲都因此陷入了一種行動的狂熱之中，而成為馬爾羅所說的：「行動的獵物」。通過這些「極端的暴力」，無產階級看見了「自己的尊嚴」，更「凸顯個人重要的可能性」，並進一步「看到自己成了征服者」。馬爾羅也一再以宗教來比喻工人的革命，認為革命的動機「不是出於虛榮，而是要得到一種真實的人的存在感，擁有一個獨特的人生，在上帝眼中與眾不同，基督教的力量難道和這不是一種相似的情感嗎？」[49]。所以李歐塔通過馬爾羅來詮釋二十世紀之初的革命家，所打造出來的是「一個『冒險家的肖像』，但是，這是現代人的真實形象：不相信，然而行動。這是一種沒有天國、大膽敢幹的禁慾主義者。」[50]

以《人的境遇》和蔣光慈《短褲黨》相互比較，更能夠看出馬爾羅不同於中國現代作家的視野。他們兩人都偏愛描寫上海的黑夜，而處在革命激情下的城市，也彷彿始終混雜著濃稠的黑暗，以及末日救贖的陰鬱、悲壯和狂喜，而化成了一個革命者用本能與之融合的，充滿了血腥殺戮的世界，但馬爾羅卻更傾向於用一種神的視角，俯瞰注視著上海的全景，在暴動之夜瀰漫的惶惶不安，以及令人窒息的靜寂，而「這種靜寂不論遠近都充滿生命的躍動，宛如遍布昆蟲的森林裡的靜

---

47 同上註，頁一五—一六。

48 李歐塔（Jean-Francois Lyotard）著，蒲北溟譯，《馬爾羅傳》（上海：東方出版中心，二〇〇〇），頁一六一—一七七。

49 馬爾羅著（André Malraux），寧虹譯，《征服者》（上海：上海人民出版社，二〇一〇），頁一〇—一一，九七。

50 同上註，頁九。

寂。」彷彿有人位在看不見的制高點上，拿槍屏息注視，而「整個城市已成為被瞄準的獵物。」[51]這樣神（或英雄）的視角，可說是主導了《人的境遇》對於上海以及第三次工人起義的再現，卻這也卻成為馬爾羅和蔣光慈，乃至於其他於中國作家的根本歧異點。

一九三三年，曾經就讀上海大學的詩人戴望舒，在巴黎參與一場反德國法西斯及反法國帝國主義的大會，而馬爾羅應大會邀請出席演講，慷慨陳詞批判納粹。這時戴望舒特別委託友人，到台前向馬爾羅表達自己對於《人的境遇》的欽佩之意，不過，他同時也不忘提出自己的批評，那就是他認為《人的境遇》中的主角幾乎都是「個人主義」的知識分子，而「他們把革命視為擺脫人類境遇的手段，沒有一個無產階級的人物扮演重要的腳色。」戴望舒覺得馬爾羅對中國的描寫是「不真實的」，使得左翼的革命者看起來「有些可笑」，因此他的結論是，馬爾羅「不敢直面上海的無產階級，因為他對他們了解得還不夠。」[52]

戴望舒無疑展現了當時中國作家尤其左翼普遍的文學觀。如果說法國作家馬爾羅是要將小說的敘事視角拉高，試圖採取一種神的位置，去俯瞰這一場地球上人類的悲劇，並且把革命的行動宗教化，那麼中國作家的意圖卻是恰恰好相反，他們反而是要將自己的視角放低，好去貼近底層無產階級百姓的目光，並且以此來巡視自己所在城市的大街小巷。

蔣光慈一九二八年〈最後的微笑〉，便是一篇以無產階級視角出發的佳作，小說同樣是在一個陰鬱又悶燥的黑夜開展，而主角王阿貴原本是城南絲廠的工人，卻因為參加一九二七年的上海三月工人革命，而遭到工廠開除，失業的他走投無路，憤恨之餘遂起了復仇的心，他從貧民窟的家中走出來，一直走過四馬路上集茶樓、雜耍、唱曲和攤販於一體的知名遊樂場「青蓮閣」，走過了N路

（南京路）的「S公司」（先施百貨），他從昔日的工廠同事那兒偷來了一把手槍，槍殺了出賣他的工頭以後，又繼續在上海的大街上遊蕩，走過「大世界」京戲場，然後轉向W路，殺了凌虐工人的張金魁之後，王阿貴投宿在旅館，最後死於一陣混亂的槍下。

蔣光慈在〈最後的微笑〉中展現了他過去小說所缺乏的心理鋪陳，引領著讀者跟隨著一個工人的視角，在城市之中茫然地穿街走巷，串聯起城市象徵資本主義的符碼：「青蓮閣」、「先施百貨」和「大世界」，而他對於這個世界既疏離又陌生，瀰漫著一股惶惶的焦灼、癲狂與不安，他既不從容悠閒，更不客觀的置身事外，絕非一個華特·班雅明（Walter Benjamin）所說的資本主義時代下的城市「遊手好閒者」。[53] 阿貴更不像一九三〇年代上海新感覺派如劉吶鷗等的「摩登」作家，沉醉於都市的五光十色之中，而是恰恰相反，蔣光慈筆下的這位城市漫遊者，既是一個底層邊緣之人，更是反體制的革命者，而五四以來那些漂泊零餘的知識青年，也在這城市的邊緣異質空間中和他們邂逅結合。

原本在上海大學教書的沈雁冰，在清共之中被列入通緝的黑名單，不得不隱居在閘北的景雲

51 同註四七，頁七三。

52 引自張寅德，〈上海的誘惑：馬爾羅空間與中國異位性〉，《馬爾羅與中國》（上海：上海人民出版社，二〇〇八），頁九四—九五。

53 在班雅明《發達資本主義時代的抒情詩人》中定義「漫遊者」為「遊手好閒者」，他超然又疏離地注視著他們身邊的世界。但顯然類似此種超然又疏離的漫遊姿態，鮮少出現在上海的書寫中，見李歐梵著，毛尖譯，《上海摩登》，頁三六—四三的討論。

里，依靠寫作維生。他以筆名「茅盾」寫於一九二七、二八年的的小說《蝕》三部曲〈幻滅〉、〈動搖〉和〈追求〉，就書寫五四世代在經歷了一九二五年的五卅，到一九二七年的大革命之後，如何在上海城市的底層尋找認同，終於從「個人」走向一條「集體」的道路。茅盾筆下的上海一如蔣光慈小說般陰沉，始終浸透在揮之不散的霧氣中：

> 一切物件都是濕漉漉的膩著手指，在那些汙穢的小巷裡，所有的用舊了的家具，臭蟲大本營的板壁，以及多年積存的應該早在垃圾堆裡的廢物，都在聯合著喘氣：一種使人心悸的似腥又似腐的惡氣。[54]

〈幻滅〉的女主角慧女士和靜女士都是「S大學」也就是上海大學的學生，一九二七年大革命失敗，上大遭到查封，大學生流離四散，理想破滅，既有「幻滅的悲哀」，也有「向善的焦灼和頹廢的衝動」，而沉浮在一種茅盾稱之為「中國式的世紀末苦悶」中。[55]但「幻滅的悲哀」終究沒有打擊這些青年人的信心，反倒更促使他們走向一條通往底層大眾的道路。

於是茅盾又在一九二九年《虹》塑造了「梅女士」：一個受到五四個人主義啟蒙的女子，她逃脫四川故鄉令她厭惡的「群」，也就是傳統的大家族以及學校的人事鬥爭，而獨自一人來到上海，當她加入南京路、天津路、四馬路街頭的遊行示威時，她又重新找到了「個人」和「群」連結的鎖鏈，而體認到「真正的上海的血脈是在小沙渡，楊樹浦，爛泥渡，閘北，這些地方的蜂窩樣的矮房子裡跳躍！」[56]如此一來，為了個人自由而離鄉漂泊的五四青年，終於在二〇年代中葉後的城市的邊緣，尋回並打造出他／她可以認同而投身的「群」。

《虹》的「梅女士」靈感來源之一，是茅盾當時流亡日本途中結識，進而相戀的女子秦德君，但「梅女士」卻也宛如是女作家丁玲命運的翻版。丁玲在一九二二年離鄉漂泊上海、南京、北京等城市，最後在一九二七年以一篇大膽描寫情慾的〈莎菲女士的日記〉走紅文壇，在一九三一年卻因丈夫胡也頻加入左翼作家聯盟，而遭到國民黨逮捕槍斃，從此以後便毅然決然轉向左翼的道路。

在〈一天〉這篇小說中，丁玲透過主角陸祥：一個離開大學來到小沙渡工廠區和貧民窟，尋求自我改造的青年人的心路歷程，曲折投射出她在向「左」轉之時，內心幽微的掙扎與矛盾。她在小說中刻畫一幅滬西的悲慘景象，「路兩旁全是一堆一堆的人糞」，「東倒西歪的舊式的瓦房，住著一些在附近廠裡做工的人家。一些髒得怕人的小孩，蹲在那裏，玩著積滯在小潭裡的汙水。」而「像鴿子籠似的房子密密排著，這是那些廠主們修的工人宿舍，租給這些窮人住的，地基小，人太多，空氣都弄壞了，這裡常常散播出一些傳染病症。」小說主角陸祥穿梭在這些人間煉獄一般的巷弄中，看到「一些愚頑的臉，輪流在他眼前映過，沒有一絲可愛的意念在他心中」，而丁玲更進一步真實解剖這些五四青年的內心矛盾：「他起著一種反感，他掙著，想離開這裡。」57

54 茅盾，〈幻滅〉，收於《蝕》（北京：人民文學出版社，一九五四），頁三一一。
55 茅盾，〈追求〉，收於《蝕》，頁二六六。
56 茅盾，《虹》，收於《茅盾全集》第二卷（北京：人民文學出版社，一九八五），頁二五一。
57 丁玲，〈一天〉，《丁玲全集》第三卷，頁三四八—三五七。

但這些青年卻終究沒有選擇離開，他們反倒更加堅定走向一條革命的道路。巴金一九二七年的《滅亡》，主角杜大心也歷經類似的覺醒，他原本住在法租界海格路，後來改搬到楊樹浦貧民窟亭子間，和無產階級工人一起從事革命。在杜大心的眼中，南京路雖然時髦又繁華，但卻唯有楊樹浦才能帶給他新生：一種以鮮血革命換來的新生。一九三一年巴金又在小說《新生》再次塑造女主角靜，也是在楊浦區工廠的亭子間，找到了回歸與認同。也因此在巴金的小說裡，上海彷彿是一座分隔為天堂與地獄的城市，一方面「在大賭場、在妓院裡、在跑狗場裡，紳士和名媛們正在一擲萬金地縱慾狂歡」，但一方面「在工廠裡，機器狂怒般地動著，工人們疲倦地站在機器旁邊呻吟受苦。」[58]而五四世代的「零餘」青年在這兩個世界之中徘徊，終而選擇落腳在後者：滬西、閘北，甚至浦東、楊樹浦的棚戶區，以此回歸到群體之中，正如茅盾一九三二年的小說《子夜》，以宏大的企圖心去勾勒上海全局，而其中閘北的絲廠是不可或缺的重要場景，因為這裡「悲慘的草棚群體」，卻一直「散發出不甘屈服的氣息：敘述者更加強調反抗，而非災難，這些工地和窩棚是真正的革命者活動的蜂巢。」[59]

毫無疑問，這種不否定「群」的個人主義，解決了中國五四世代從魯迅以來，身為一個提早清醒過來的知識分子，在面對仍然昏睡之中的大眾或庸眾時，內心所湧現而出的焦慮、緊張、衝突與無力感。從此以後，主觀的抒情便要在現代小說中逐漸退位，而無產階級大眾的面孔與話語開始浮現，而這轉變正是完成於一九二〇年代的上海。這無疑標誌了一個舊時代和舊思維的逝去，而一個新的時代崛起，不管它的結果是一齣涕淚飄零的悲劇呢？或是荒腔走板的政治荒謬劇？都不容忽視的是，一個以集體大眾為基礎的「現代中國」即將來臨。

58 巴金，《新生》，頁一六九。

59 張寅德，〈上海的誘惑：馬爾羅空間與中國異位性〉，《馬爾羅與中國》，頁一〇八。

第七章
從《倪煥之》看「上海工人三月暴動」

一、一九二七年．上海：從「大革命」到「工人暴動」

葉聖陶一九二八年出版的《倪煥之》，向來被譽為是中國五四新文學以來第一部扛鼎的長篇之作，然而學者關於《倪煥之》的研究卻多半是從教育和啟蒙論述的角度出發，點出了葉聖陶雖然關懷教育，但是這本小說最後卻是以悲劇收尾，彷彿是在否定教育，對教育提出了不信任和懷疑，如梅家玲〈孩童，還是青年？葉聖陶教育小說與二〇年代青春／啟蒙論述的折變〉文中就指出：《倪煥之》「以自身的困頓挫折、英年早逝，質疑了曾被寄予厚望的新興教育事業，以及小說本身的教育功能。」故「『青春』不再，『啟蒙』失敗，以『教育』為目的，導致的卻是『反教育』的結果，這真不能不說是一大反諷」。[1]

1 見梅家玲，〈孩童，還是青年？──葉聖陶教育小說與二〇年代青春／啟蒙論述的折變〉，《台灣文學研究集刊》第二期，頁七九－一〇四。

不過，葉聖陶畢竟投注自己一生的心力於教育，而《倪煥之》小說主角倪煥之也對教育工作念茲在茲，所以這本小說果真是在「反教育」嗎？或是葉聖陶對於「教育」二字其實另有詮解？若《倪煥之》如學者所言，似乎呈現出以「教育」去「反教育」的弔詭論述，但所謂「教育」二字究竟要如何定義？或是葉聖陶對於教育的方法、目的和效用的思辨，早已經走得更遠，不再侷限於我們所慣常接受的概念：透過學校機構，由老師灌輸客觀知識去啟蒙年幼的學生？如此一來，葉聖陶又是否對於「教育」二字確實別有懷抱？甚至他已進一步將教育和啟蒙之路的探索，和五四知識分子的自我追尋，乃至於救國的革命大業相互結合在一起？

《倪煥之》的後半部描寫倪煥之辭去了鄉間小學的教職，改而前往上海教書，因此在上海經歷了一九二五年的五卅運動，他不但走上街頭，加入抗議的隊伍，接下來又於一九二七年被捲入「上海工人三月暴動」之中，而這次「暴動」在小說中則是以「大革命」來稱呼之，乃至於倪煥之又受到國民黨所發動的清共波及，知識分子因此陷入悲劇，尤其是他的好友王樂山因此被捕，慘死槍下，而倪煥之也因此精神崩潰，最後病死。

所以倪煥之從鄉村來到上海，無疑是他生命以及價值觀、教育觀產生重大轉折的關鍵點，而且他在上海的工作仍然是以教書為主，但是他到底在教些什麼？又是在哪兒教呢？葉聖陶在《倪煥之》中顯然有所保留，故意寫得含糊隱諱，只有寥寥的數語帶過，但卻也成為全書最跳躍、最具有爭議性的部分。

我們可以合理的推測，《倪煥之》乃是一本自傳性質濃厚的小說，因為倪煥之的經歷其實和葉聖陶本人相當近似。葉聖陶生於一八九四年的江蘇蘇州，原本在江蘇鄉鎮的小學教書，後來一九二三年到上海，在商務印書館擔任編輯，也在上海大學及景賢女中等革命色彩鮮明的學校教書。葉聖陶在《倪煥之》的前半部對於鄉村小學的教育，描寫得相當仔細深入，但是當後半部場景轉換到上海後，卻幾乎沒有描述這些人學或中學的教育狀況，這極可能足出於以下的兩個原因：第一、在一九二七年清共的白色恐怖下，上海大學等遭到當局勒令關閉，所以為了避免政治審查，葉聖陶刻意略去校名不提；第二、葉聖陶在後半部刻意把教育的焦點從校園和教室移出，轉向了在街頭熱烈上演的學生運動。

如此一來，《倪煥之》下半部更著重的是五四青年從學校走向街頭的過程，但這也在日後引起了不少批評的聲浪，而這些批評大致可以分成以下兩類：一是認為小說的下半部寫得十分潦草和粗疏，譬如漢學家安敏成就認為，這是因為葉聖陶無法超出自己身為一個知識分子的文人視野，所以才避免直接描寫一九二七年的「大革命」，只好改以片段的回憶出現在主人翁的腦海之中[2]。至於第二種批評則更加嚴苛，是來自於和葉聖陶立場相近的左翼陣營，其中以葉聖陶的好友茅盾的評論最具有代表性，他認為《倪煥之》雖然是中國現代文學史上的第一部長篇小說，描述「一個富有革命性的小資產階級知識分子，怎樣地受十年來時代的壯潮所激盪，怎樣地從鄉村到都市，從埋頭教育到群眾運動，從自由主義到集團主義」的歷程，然而小說中的人物革命立場並不堅定，流於消沉

2　安敏成，《現實主義的限制——革命時代的中國小說》（南京：江蘇人民出版社，二〇〇一），頁九九—一〇〇。

和消極。[3]而太陽社的錢杏邨更是從革命文學的角度，抨擊葉聖陶所能表現的多半是一些「小資產階級的人物」，所以「黑暗暴露的多，沒有充實的生命的力的人物多」。[4]而上述的這些爭議也使得人民文學出版社在一九五三年重印《倪煥之》一書時，乾脆把小說後半部關於一九二五年的五卅事件到一九二七年的「大革命」的八章刪去，認為這幾章是整部小說的敗筆[5]。

值得注意的是，從一九二五年五卅到一九二七年的大革命，以及隨之而來的清共，不但是《倪煥之》小說中不容忽視的重大轉變：倪煥之從一個致力於鄉村國民教育的知識分子，轉而成為上海大革命浪潮之下的一份子，也是葉聖陶個人生涯和創作歷程之中不可忽略的重要轉折。蘇雪林在研究葉聖陶作品及其為人時，就指出他的作品可以分為兩個時期：第一個時期是從一九一九年的五四到一九二五年的五卅，而這個時期是屬於「五四時代的思想反應」，至於第二個時期是從一九二五年的五卅到一九四九年的中共建國為止，而這段時期的葉聖陶「一半是受新文壇潮流的鼓蕩，一半是由於他朋友茅盾的感染，而有左傾色彩」。[6]

所謂「新文壇潮流的鼓蕩」，更具體來說，應就是指一九二五年後的上海文壇的變化，至於茅盾之所以對葉聖陶產生如此巨大的影響，也是源於一九二三年葉聖陶到上海商務印書館工作，才因此結識了同為商務編輯的同事茅盾和楊賢江，而他們兩人當時都已經加入共產黨，也同時在上海大學教書。比起茅盾，在商務負責編輯《學生雜誌》的楊賢江，只比葉聖陶大上一歲，兩人的成長背景尤其相似，恐怕對於葉聖陶的影響還要來得更加深遠。楊賢江畢業於浙江師範，也當過小學老師，一九二三年他加入共產黨並在上海大學教書，成為中國馬克思教育理論的先驅者，一九二七年他流亡日本時寫的《教育ＡＢＣ》，就是中國最早從馬克思主義出發，全盤探究人類社會與教育的經典之作。就在好友楊賢江的潛移默化和介紹下，葉聖陶的教育理念也開始從五四轉向了左翼，並且到幾所革命色彩濃厚的學校如上海大學、神州女學以及景賢女中等兼課，甚至也讓自己的妻子胡墨林進入上海大學讀書。[7]

故從鄉村到城市上海，可以說是葉聖陶個人也同時是《倪煥之》故事的關鍵點。顧彬（Wolfgang Kubin）在研究《倪煥之》時，便敏銳提醒讀者這本小說的「現代性」意義被低估，而指出「關於現代性的關鍵問題，就是要在相關的語境中揭示它的基本特徵。在這個闡釋工作中，使用地名是一個有效的區分手段」，譬如「柏林的現代性」、「北京的現代性」等等[8]，所以如果借用顧彬的觀點，也從地理環境的相關語境去考察《倪煥之》的話，就會發現這本具有時代意義的小說，也應該置放在「上海的現代性」語境之下去觀察，可以發現當時大環境影響葉聖陶一輩五四青

3 茅盾，〈讀《倪煥之》〉，收入劉增人編，《葉聖陶研究資料》（北京：十月文藝出版社，二〇一〇），頁三七三。

4 參看錢杏邨〈葉紹鈞的創作的考察〉及〈關於《倪煥之》問題〉，收入劉增人編，《葉聖陶研究資料》，頁三七七。

5 謝國冰，〈也談《倪煥之》人民文學出版社一九五三版〉，《海南師範大學學報》第二十一期，頁一一八－一二〇。

6 蘇雪林，〈葉紹鈞的作品及其為人〉，收入劉增人編，《葉聖陶研究資料》，頁一五一。

7 劉增人，《葉聖陶傳》（北京：東方出版社，二〇〇九），頁四六。

8 顧彬，〈德國的憂鬱和中國的徬徨：葉聖陶的小說《倪煥之》〉，《清華大學學報》二〇〇二年第二期第十七卷，頁九。

年，有以下兩個重要的因素：其一是以商務印書館為首的出版媒體，幾乎掌控了主流的話語權；另一則是具有革命色彩的學校，如葉聖陶曾兼職教書的上海大學、神州女學以及景賢女子中學的上海分校等等。

尤其是葉聖陶在上海曾執教過的幾所學校，看似面目繁多，有大學、中學也有女學，但基本的性質卻是大抵相通，那就是不同於傳統學校旨在傳授知識或技能，這些學校卻都富有革命的色彩，著重社會實踐，而主其事者也大多是左翼的相關人士，如上海大學就是由瞿秋白、鄧中夏等主導以培育共產黨幹部的大學，而清末就已成立的神州女學和景賢女中，更一向是培養女性革命家的搖籃，而景賢女中的校長侯紹裘，生於一八九六年，比葉聖陶還小兩歲，就同時就身兼共產黨員、上海大學附中主任，以及五卅罷工運動領導者的多重身分。

如此一來，在葉聖陶的上海生涯之中，左翼文人、商務印書館以及上海大學等帶有濃厚革命色彩的學校，這三者之間幾乎形成了環環相扣的組合，而且身在其中的人士，也彼此多有互相重疊。換言之，左翼、商務印書館和上海大學這三大環節不但是葉聖陶，也儼然成了許多五四世代革命青年的共通經驗。根據茅盾的回憶，中國共產黨在一九二三年舉行第三次全國代表大會，會議中把上海的黨員分成四組，而其中第一組就是「上海大學組」，計有瞿秋白、鄧中夏等十一人，而第二組就是「商務印書館組」，計有茅盾（沈雁冰）、楊賢江、沈澤民等十三人[9]，而光是「上海大學組」和「商務印書館組」這兩組的成員相加，就幾乎占了上海共產黨員的三分之二強。所以葉聖陶雖然沒有真正加入共產黨，但他在商務印書館工作又在上海大學等校教書，環繞在他周圍的朋友也大抵都有類似的背景，而這些元素相乘就組合成了《倪煥之》中的倪煥之：一個上海左翼知識分子的典型。

那麼《倪煥之》小說後半部描寫一九二五年五卅運動到一九二七年的大革命，共計有八章之多，究竟是不是全書應該抹去的敗筆呢？如果這就是葉聖陶以及當時上海知識青年大多走上的一條道路的話，那麼這八章的重要性，絕對不亞於小說前半部所刻畫的鄉村小學教育才對，但葉聖陶又為什麼把如此重要的八章，寫得隱晦、飄忽和跳躍呢？是否真如同學者所言，他因為對於教育感到懷疑，更對革命不了解，所以才力有未逮嗎？推敲他當時所處的環境和行事作為，恐怕不然，極有可能是出於當時政治肅殺，白色恐怖的緣故，所以他下筆之時，才處處語帶保留。畢竟當他在寫作《倪煥之》時，才剛剛經歷了一九二七年的清共大屠殺，上海大學也因此被軍隊強行封閉，而葉聖陶居然能夠勇敢突破禁忌，用小說來處理如此敏感的政治議題，在當時可以說是身先士卒，除了《倪煥之》之外別無其他。

就連和葉聖陶私交甚篤，學經歷也相當類似的茅盾，同樣也在一九二七年底寫作小說《幻滅》，以「S大學」也就是上海大學的學生為主角，但對於大革命卻也只是點到為止而已，把它化成了小說中模糊的背景，筆法可以說是更為飄忽和跳躍。至於當時激進的左派人士如錢杏邨，在批評《倪煥之》「充滿消極」時，不也正流露出在一九二七年大革命的慘敗之後，左翼知識分子在面臨革命路線之爭時的徬徨、搖擺和不定，一如茅盾的筆名原本寫為「矛盾」，但葉聖陶卻認為「矛

9　茅盾，《我走過的道路》（北京：人民文學出版社，一九九七），頁一六七。

盾」這兩個字的政治意涵太明顯，怕引起注意暴露身分，故才建議改為「茅盾」。葉聖陶若連取筆名都如此的謹慎小心，更何況是對於小說的寫作呢？

所以《倪煥之》的後八章不但不該刪去，反倒才是這本小說可貴的所在，正如同顧彬所指出的：「作為一個作家，葉聖陶得到了不公正的忽視」，《倪煥之》中不僅有對於「革命與憂鬱關係的偉大發現」，也大膽呈現了中國現代知識分子在遭逢「人存在的碎片化」之際，無家可歸的流浪和徬徨，尤其是「希望已經惡化成為致命的無聊空虛」的心靈症狀。[10] 一九二七年上海的大革命，也就是「上海工人三月暴動」成功之後，隨之而來的清共殺戮，乃是讓這些知識青年的「希望」惡化成為「無聊空虛」的重要關鍵，而葉聖陶雖然不是共產黨員，但他卻不能夠算是這一場大革命的局外人，因為就連他的妻子胡墨林也被列入清共通緝的黑名單之中，而他周遭的幾位好友更是直接受到革命的波及：楊賢江不得不逃亡到日本，而原來在商務印書館主編《小說月報》的鄭振鐸，也在遭通緝之列，而把《小說月報》的編務託付給葉聖陶，自己遠走歐洲避難，至於沈雁冰即茅盾也被通緝，只能隱居在閘北景雲里的三樓住家，而唯一和他有往來的，就是住在隔鄰的葉聖陶。沈雁冰在隱居期間完成了小說《幻滅》，就是交給葉聖陶發表在《小說月報》上，他也因此成了《幻滅》的第一個讀者，也極有可能因此激發了他創作《倪煥之》的靈感。[11]

上述幾位葉聖陶的文人親友，雖然在大革命之後僥倖的逃過了一劫，但卻也不得不中斷原來的文學或教育事業，從此潛入地下，匿名寫作，茅盾後來甚至在楊賢江的安排之下，也流亡日本一段時間。不過，景賢女中的校長侯紹裘卻沒有如此的幸運了，他慘遭蔣介石政府逮捕，被裝在麻布袋中活活的捅死，死時年僅三十一歲。侯紹裘悲慘的遭遇，讓與他熟識的葉聖陶為之震驚，也成為《倪煥之》小說主角之一王樂山的原型，而他在小說中是這樣描寫王樂山的死——「樂山是被裝在盛米的麻布袋裡，始而用亂刀周圍刺戳，直到熱血差不多流完了的時候，才被投在什麼河裡的。」而倪煥之聽到這個消息，「要勉強表現剛強也辦不到了，竟然發聲而號」，他把樂山認為是「尋常交誼以上的唯一的朋友，而這樣的朋友的死，更讓他無時不想哭，心頭沸騰著火樣的恨，手心常常捏緊，彷彿還感到樂山的手掌的熱！」[12]可見在葉聖陶心中，侯紹裘這位非比尋常的朋友所代表的意義之深。

二、上海大學：從教室走向社會

《倪煥之》中的「大革命」是故事轉折的重要關鍵，但事實上，在當時多數左翼革命領導者的口中，這場「大革命」卻是以「工人三月暴動」名之，而這尤其可從趙世炎的〈上海工人三月暴動紀實〉一文中可以一窺究竟。

趙世炎是四川人，生於一九〇一年，一九一五年他考入北京師範附中，在參與五四運動的過程中，受到陳獨秀和李大釗的影響尤其深，他因此在一九二〇年選擇留法「勤工儉學」，在巴黎和同

10 同註八，頁一〇。
11 同註九，頁一七五。
12 葉聖陶，《倪煥之》（北京：人民文學出版社，一九七八），頁二〇一。

學周恩來等發起成立了旅歐中國共產黨，又在一九二三年留學莫斯科東方大學，學經歷豐富的他在一九二四年回到中國，也成為一九二五年五卅和一九二七年大革命的核心領導者。蔣光慈描寫上海工人暴動的小說《短褲黨》中的主角之一「史兆炎」，就是趙世炎，但不同於小說中的他身染肺疾，現實中他不但全程參與一九二七年的大革命，而且還身在街頭戰場的最前線負責指揮，當大革命在三月二十二日成功落幕之後，他也立刻提筆撰寫〈上海工人三月暴動紀實〉一文，應是最具有代表性而且可信度也最高的一篇紀錄。

趙世炎刻意以「暴動」一詞來代替「革命」，以此定義在他眼中自俄國十月革命以來，共產黨歷史上最為光輝的這一頁。[13] 然而趙世炎為什麼要捨「革命」一詞而言「暴動」？他其實更在強調這乃是一場由下而上的，以工人階級為主體的革命行動，也同時呼應毛澤東一九二七年《湖南農民運動考察報告》一書中的「秋收暴動」，也同樣是以「暴動」一詞來形容當地發起的一連串農民土改。不只如此，瞿秋白建議蔣光慈寫作的《短褲黨》，也同樣用「暴動」一詞來稱呼一九二七年的大革命，都在點出了這是一場由無產階級工人主導的行動。也因此本文接下來也將繼續沿用「暴動」一詞，來對照《倪煥之》小說中所言的「大革命」，以之凸顯出了從一九一一年辛亥革命，到一九一七年五四的文學革命，乃至於一九二七年的大革命，後者與前兩者本質上的不同，就在於這是一場由無產階級所發動的革命，也是一場知識分子轉向底層大眾的學習，而這無疑也是葉聖陶《倪煥之》對於這場大革命的基本立場：那就是以工人「暴動」來取代了知識分子的「革命」，或者更準確的說，「革命」的本質其實就是「暴動」。

換言之，從葉聖陶《倪煥之》的上半部到下半部，知識分子由五四到五卅之後的轉折可以說是清晰可見。原本倪煥之在鄉村小學教書時，他受到五四主流的觀點影響，崇尚的是胡適所推崇的杜威實用主義以及教育哲學，認為學校不應該只是傳授客觀的知識而已，也應該將生活和勞動融入到教育的體系之中，才能締造出一個健全而且完整的人格。不過，置身在小學教育現場的倪煥之，卻在實踐的過程之中遭遇到一連串的挫敗，他不禁開始對於這樣的教育理念感到懷疑和動搖，甚至最後不得不承認，這是一條失敗道路。倪煥之因此體會到五四教育哲學的侷限，在於「眼界太窄，只看見一個學校，一批學生」，所以光是談學校的教育，目的也只在打造個人健全的人格，但卻忘了「社會才是真正的容器」。《倪煥之》尤其透過主角之一王樂山，也就是以清共的犧牲者侯紹裘為原型的左翼教育家，對於杜威的教育哲學提出了一針見血的批評：

> 他們（學生）進了社會，參加了各種業務，結果是同樣的讓社會給吞沒了，一毫也看不出什麼特殊的地方。要知道社會是個有組織的東西，而你們交給學生的只是比較好看的枝節，給了這一點兒，就希望他們有所表現，不能不說是一種奢望。[14]

於是在王樂山的鼓勵和啟發下，倪煥之才深深體會到「為教育而教育，只是毫無意義的玄語，目前

13　上海檔案史料叢編，《上海工人三次武裝起義》（上海：上海人民出版社，一九八三），頁四一七—四二三。

14　同註一二，頁一七四。

的教育應該從革命出發，教育者如果不知革命，一切努力全是圖勞，而革命者不顧教育，也將空洞地少所憑藉」[15]。

因此根據倪煥之的定義，「教育」和「革命」其實就是一體的兩面，所以他並不是否定教育，而是試圖賦予教育一個新的意義：社會革命。倪煥之也因此在小說的下半部選擇離開了鄉村，來到城市上海，一邊繼續在學校裡教書，一邊卻經歷著從五卅以後一連串的革命洗禮，尤其是置身在街頭的示威遊行和演講之中，他竟感受到了一股前所未有的巨大感動和震撼，也才體會到身為一個知識分子的侷限，而自己如果可以「用他們（指工人）的眼光看世界，世界將另外成個樣子吧？」《倪煥之》的第二十三章可以說是倪煥之教育觀念轉變的關鍵。當他走上街頭，深入工廠區之後，才見識到那些穿著青布短服工人們的堅強毅力，而當他親自到工人補校去教書時，也才發現自己的嚴重不足，而不禁反省：「自己比他們（工人）究竟多知道一些麼？自己告訴他們的究竟有一些兒益處麼？……」[16]而他也才開始意識到，工人群眾只是缺乏了「宣傳的工具——文字」而已，除此之外，工人們所知道的，絕對不會亞於一個空有文憑的知識分子。從此以後，倪煥之決定自己應該走出知識分子的框架，改而向周遭的工人去學習：「學習他們那種樸實，那種勁健，那種不待多說而用行為來表現的活力。」[17]

於是《倪煥之》的下半部消弭了知識分子和工人階級的差異，也使得他們在相互交流的過程之中，不但教育彼此，更是互為啟蒙的對象，而這樣的教育思維模式，更是與以北京為主流的大學菁英教育截然不同。《倪煥之》中的王樂山和葉聖陶本人的經歷一樣，都曾在北京就讀北大預科，因此對於五四運動有了第一手的近身參與，但如今他改在上海從事革命活動，而小說就藉由他的視角，比較北京和上海這兩座城市的大學生差異，那便是：北京「每個公寓聚集著一簇青年，開口是思想問題，人生觀念，閉口是結個團體，辦個刊物。」相形之下，上海卻是大不相同，雖然表面上也像是由十幾個學生共同租下的「石庫門」或「亭子間」，但他們不像北京公寓全仰賴夥計提供伙食，而是大家「分工作事，料理每天的灑掃飲食，不用一個僕役」，而「他們在寓所裡盡讀些哲學和社會主義的書，幾天必得讀完一本，讀完之後又得向大家報告讀書心得。」

大學生們一同生活、勞動和讀書，儼然過著一種「公社」般的集體生活模式，並不是《倪煥之》小說的虛構，而是果真出現在上海的現實社會之中，也就是葉聖陶、茅盾和楊賢江都任教過的上海大學，而在茅盾《幻滅》中則以「S大學」名之，而茅盾之所以在避開校名不提，只以「S」來代替，極有可能是因為一九二七年清共白色恐怖，所引發政治思想上寒蟬效應的結果。其實不只上海大學具有濃厚的社會主義色彩，葉聖陶在上海執教過的幾間學校，如侯紹裘擔任校長的景賢女中，也大抵非常近似而師生多是左翼的革命家，故葉聖陶在上海時期的教育主張，大抵可以通過上海大學來一窺究竟。

上海大學成立於一九二二年，原是國共合作之下的產物，校長是于右任，而董事有章太炎和陳獨秀等人，不過學校真正的主其事者如教務長瞿秋白、總務長鄧中夏，以及教授施存統、蔡和森等

15 同上註，頁一八二。
16 同上註，頁一八七。
17 同上註，頁一八九。

人，大多都是中共早期的重要領導人。當時的北大在胡適的提倡之下，正步入以學術研究為主的「國故整理」道路，但是上海大學的方向卻恰好相反，反倒是要帶領學生走出研究室和教室，走上街頭，甚至於是走入社會。瞿秋白在〈現代中國所當有的「上海大學」〉一文就指出上海大學的鮮明特色，在於：「切實社會科學的研究及形成新文藝的系統」[18]，換言之，上海大學特別著重的是社會科學的方法，所以比起以「音韻訓詁小學考據」從事「國故整理」的北京大學，上海大學更在強調文學與社會現實的結合，也正呼應了葉聖陶《倪煥之》中，認為教育不能只侷限於個人的人格，還必須重視「社會」改造的主張。

將文學與社會現實相互結合，並不只是上海大學的教育理想而已，在教務長瞿秋白和總務長鄧中夏等人的帶領下，上海大學的師生也果真走出校園，走入上海的工廠區，透過開辦工人補校和組織工會的方式，讓大學知識青年有機會和工人相互接觸，甚至一起勞動，一如《倪煥之》小說中所描寫的，倪煥之正是在走入工廠，親自教育工人的過程中，才恍然大悟自己原來的視野有多麼狹窄和侷限。所以從學校跨界到工廠，也就成為了知識分子和工人階級相互交流的重要一步。

上海大學之所以能帶領學生走入工廠，還有其特殊的地緣因素。上海大學的校址位在英、法租界邊緣的西摩路上，而西邊緊鄰的就是一條小沙渡路，由此往北延伸而出一大片上海十九世紀末以來最重要的外資工業區，尤其以日本人經營的紡織工廠為大宗。根據鄧中夏的統計，一九二五年日本在中國的紗廠有四十一家之多，而其中就有二十七家都集中在上海的小沙渡。在這些日本紡織廠中工作的工人，絕大多數都是童工和女工，因為他們工資低廉又較容易服從，所以資方甚至還會特別專門培養一批男女幼童，稱之為「養成工」，好等他們長大之後，就可以去替換那些不聽話的成年男工。[19] 也因為工廠眾多，小沙渡吸引了大量的外來人口，其中絕大多數都是從蘇北逃難到上海的貧民，就住在所謂的「棚戶」也就是貧民窟之中。而這一帶貧民窟屬於租界邊陲的三不管地帶，故有「滬西歹土」的俗稱，不但道路多是一些爛泥小路，還四處遍布著賭臺、妓院和鴉片館，黑道橫行，導致工廠中的工人十之八九都必須加入幫會以求自保，才能夠在這一塊城市的邊陲地帶勉強生存[20]。

上海大學就緊鄰著這一大片「滬西歹土」，而如此特殊的地理位置，也恰正符合瞿秋白對於大學教育的理想，得以鼓勵大學生走入工人群眾之中。於是他們延續一九二〇年陳獨秀在上海開辦平民夜校，以及李大釗在北京長辛店辦勞動補習學校的模式，也在工人密集的小沙渡創辦了勞工夜校以及上大附中，由瞿秋白等人親自前往授課，而上海大學的另外一位靈魂人物總務長鄧中夏，也因此成了小沙渡工人運動的重要推手。

鄧中夏是一八九四年出生於湖南宜章，一九一七年他考入北京大學之後，就成為李大釗的得意門生和助手，一九二〇年在李大釗的指派下，他和張國燾等人到長辛店去創立工人補校，分為收工人子弟的日校和專屬工人的夜校，並在一九二二年八月發動中國史上第一次的大罷工，繼之又在一

18 瞿秋白，〈現代中國所當有的「上海大學」〉，收於黃美真等編，《上海大學史料》，頁一—一三。

19 鄧中夏，《中國職工運動簡史》（北京：中國人民大學出版社，一九五二），頁一三〇。一書。陳祖恩，《尋訪東洋人：近代上海的日本居留民（一八六八—一九四五）》，頁一七四。

20 胡銀平，《滬西小沙渡研究》，頁八七—八九。

九二三年二月，成為震驚中外的「京漢鐵路大罷工」指揮總部。一九二三年夏天，鄧中夏出任上海大學總務長，也著手將長辛店成功的經驗移植到小沙渡來，在那兒成立工人日夜補校，而報名的學生居然出乎意料的踴躍，最高時多達了四百六十多人[21]。在鄧中夏撰寫的《中國職工運動簡史（一九一九—一九二六）》中，便詳細記錄從長辛店、京漢鐵路罷工、五卅運動到一九二六年廣州省港大罷工的歷程，而認為北京的「長辛店」和上海的「小沙渡」尤其意義重大，象徵了中國職工運動的兩大起點。也正因為有了工人補校和工會的根基，蓄積能量，一九二五年小沙渡內外棉紗廠引爆一連串工人抗爭事件時，共產黨人才能順勢而起，將五卅的罷工運動推到了最高峰。

如此一來，工人日夜補校的成立至關重要，而上海大學也未等閒視之，從老師如瞿秋白、蔣光慈，到學生如茅盾的妻子孔德沚、瞿秋白的妻子楊之華、葉聖陶的妻子胡墨林等，幾乎全體動員投入，紛紛改換成一身工人的裝扮，輪流到夜校去教書。根據楊之華的回憶，瞿秋白也特別喜歡她身穿一襲工人服裝，到群眾去工作的模樣，甚至以為這是奠定他們兩人之間愛情最甜蜜的基石。[22]又因為他們授課的對象，多是一些沒有受過太多教育的工人，「資本主義」這些專有名詞未免太過艱澀，所以為了力求淺白易懂，他們摸索出一個嶄新的教育方式，那便是顛倒過來，不是由老師去講授，而是讓工人學生自己去說。於是這些上海大學的知識青年從這些工人，有些甚至只是十一、二歲的童工身上，竟聽到了活生生被資本家剝削的悲慘故事，也才真正體認到馬克思主義的真諦，而抽象的理論方能落實到生活之中，彼此有了呼應。

葉聖陶《倪煥之》中倪煥之正是透過這樣由下而上的歷程，才恍然大悟到所謂的教育，原來不光是在體制內的學校去教育兒童，而是對象也可以擴大到成人以及勞工，甚至進一步推入社會的底層民眾之中。倪煥之的醒悟，一如當時在上海大學讀書的劇作家陽翰笙，他認為自己也是在進入上海大學之後，才真正有機會參與社會活動，尤其更因五卅運動而接觸到了上海各個階層的人士，從資本家、買辦到中小企業乃至底層勞工，也才「了解了社會人生的一部分情況」，受到啟發甚多，絕不亞於課堂。陽翰笙也認為到工人夜校教書更是自己啟蒙的關鍵，因為「不僅是我們去教育工人，而且也是工人教育我們」，而「講堂上的東西變活了，理論聯繫實際，一下子就融會貫通了。」[23]如此一來，原本是由知識分子去教育工人，如今卻顛倒過來，變成了是工人由下而上在教育知識分子，而五四青年也就從此走出知識的象牙塔，在和工人互動的過程中再次接受啟蒙。

三、商務印書館及其周遭文化圈

《倪煥之》中以倪煥之為主的一批上海左翼知識分子，主要的活動區域卻不是在租界，而是在屬於華界的閘北，尤其以葉聖陶所工作的商務印書館作為聚集的中心。商務印書館位在閘北的寶山路上，是當時全中國勢力最龐大也最具有影響力的出版集團，因此集合了一批充滿活力的年輕菁

21 同註一九，頁一一五—六。

22 劉小中、丁言謨等編，《瞿秋白年譜詳編》（北京：中央文獻出版社，二〇〇八）頁一七六所引楊之華〈憶秋白〉。

23 陽翰笙，《風雨五十年》（北京：人民文學出版社，一九八六），頁八〇。

英，他們不僅一起工作，也往往比鄰而居或住在宿舍裡，所以商務印書館不僅是一個工作場所而已，更像是一個相濡以沫的大家庭，足以串聯起這些知識青年，激發思想和創意。[24]

至於環繞在商務印書館周遭的，更是許多左翼文人經常出沒的地點，例如：北四川路的內山書店，書店主人內山完造與魯迅有著深厚的友誼[25]；竇樂安路（現為多倫路）的公啡咖啡館，乃是一九三〇年左翼作家聯盟成立的地點；以及從一九二五年後從法租界搬到閘北青雲路的上海大學，以及同樣位在青雲路上於一九二六年成立的中華藝術大學。中華藝術大學形同是上海大學的姊妹校，校長陳望道和教務長夏衍，乃至許多老師都是來自上海大學，彼此之間多有重疊。[26]如此一來，閘北由青雲路、寶山路、北四川路和竇樂安路交織而成的一小塊區域，儼然形成了上海知識分子最為密集的空間，如鄭振鐸、魯迅、茅盾、葉聖陶、陳望道、馮雪峰和柔石等就住在橫濱路景雲里，而隔鄰便是瞿秋白住的順泰里，皆距離竇樂安路和寶山路才不到五十米遠。[27]

閘北商務印書館周遭區域，在一九二七年「上海工人三月暴動」中也扮演了關鍵性的重要角色。陳永發《中國共產革命七十年》曾指出：上海工人三月暴動與先前暴動最大的不同點在於：「這次暴動的指揮者除了顧順章是工人以外，其餘都是知識分子，而當時響應中共總罷工號召的工人多達八十餘萬人，幾乎占全市工人總數的三分之二，可見知識分子的功不可沒」。[28]譬如擔任暴動領導人之一的趙世炎，就是曾經留法勤工儉學，又留學莫斯科東方大學的知識菁英，在〈上海工人三月暴動紀實〉一文中他詳細記錄暴動的七個區域，有：南市、虹口、浦東、吳淞、滬東、滬西與閘北，而其中作戰時間最長也最激烈的，就屬閘北，而作戰的工人指揮總部也正設在商務印書館的職工醫院內，從二十一日正午起到翌日午後六時止，統計激戰了三十小時才終於獲得解決。

《倪煥之》小說的最後三章，葉聖陶正是以隱晦跳躍的筆法描寫「上海工人三月暴動」，而暴動結果出奇的成功，共產黨不僅取得全面勝利，順利控制了上海的華界，還成立了臨時的市政府，而當時被選為臨時市政府委員之一，並且派任為上海市教育局長的丁曉先，正也是葉聖陶的好友和商務印書館的編輯。於是暴動過後，在丁曉先的帶領之下，葉聖陶和胡墨林都一起投入接管上海各級學校的任務，一一進行名單上的清點，而葉聖陶也把整個接管的過程全寫在《倪煥之》的第二十八章裡，流露出革命在一夕之間忽然成功，眾人歡天喜地之餘，雖然興奮，但在面對成立政府的實際行政事務時，也難免感到有一些手足無措的憂慮。

倪煥之在負責接管清點學校時，不禁產生革命會不會流於「圖謀鑽營，純為個己」的疑慮？不過悲哀的是，這種疑慮卻還來不及得到化解，緊接著，他就立刻被更大的革命洪流所淹沒。四月初，蔣介石領導的北伐軍順利進入上海，在秘密取得黑社會首領杜月笙和白崇禧軍隊的支援下，無預警發動一連串清共的血腥殺戮，共計有五百多人遭到處死，五千多人下落不明，然而實際上死亡

24 李家駒，《商務印書館與近代知識文化的傳播》（香港：香港中文大學，二〇〇七），頁七五—七六。
25 魯迅與內山完造之間的密切友誼，乃至中共文化支部也經常出入書店之中，詳見許紀霖，〈分歧與底線：一九二〇年代知識分子的交往網絡〉，《近代中國知識分子的公共交往》，頁二〇八—二一八。
26 張笑川，《近代上海閘北居民社會生活》，頁二五七。
27 同上註，頁二五八。
28 陳永發，《中國共產革命七十年（上冊）》，頁一八六。

的人數可能還要更多。[29]於是從三月二十二日的工人暴動成功，到四月的清共屠殺，前後相隔不過短短的二十天之中，革命的局勢竟然出現了如此戲劇性的大轉變，而閘北也再一次淪為血腥的戰場，於是《倪煥之》第二十九章也才會忽然跳至這一場慘烈的殺戮，以及青年人的浴血犧牲。

如此看來，葉聖陶《倪煥之》關於一九二七年「上海工人三月暴動」的後幾章，確實是緊扣住他自己個人的親身經歷來寫。夏志清《中國現代小說史》中雖然肯定《倪煥之》是中國優秀的長篇小說之一，但是對於結尾的數章卻感到頗不以為然，認為「這部書寫得十分坦誠，但是作者和書中主角的關係過分密切，以致無法產生像作者其他比較優秀的短篇小說所具有的那種帶有諷刺意味的客觀性。」[30]不過，不也正是因為葉聖陶和《倪煥之》的角色「關係過分密切」，有了如此貼近的體悟，所以才更能深切而且真實地流露出一個五四世代知識青年，置身革命幻滅、同志浴血的悲哀和憤恨？就像葉聖陶在《倪煥之》中屢次形容眼前的時代就像是一只「巨大的輪子」，正快速地轉動，把所有的人都不由自主捲入其中，因此當他從鄉下來到上海任職於商務印書館，接著又在上海大學等校教書，深入工廠區去教育工人，因而再次獲得啟蒙之後，他既經歷了一夕之間革命成功的喜悅，更又突如其來遭遇一場腥風血雨的殺戮，而如此戲劇化的轉變，更使得葉聖陶或倪煥之，體驗到了一種顧彬所謂「人存在的碎片化」的憂鬱和徬徨。

所以《倪煥之》的重點恐怕不在於客觀諷刺，反倒是主觀的抒情，才使得整本小說宛如一面五四知識分子的投影和照鏡，更是一首青春殘酷的輓歌。如果我們拿《倪煥之》和同樣描寫一九二七年「上海工人三月暴動」的蔣光慈《短褲黨》相比，則兩者恰好形成了強烈的互補：《倪煥之》是以知識分子作為抒情的主體，而蔣光慈《短褲黨》卻是以工人作為「暴動」的敘事者，而知識分子雖然貴為思想上的領導，但卻是蒼白無力身染肺病，這都足以說明當時的知識分子徒有革命論述的話語權，但卻失去了實際行動力的困境。而葉聖陶《倪煥之》也很可拿來與他的好友、同為商務印書館編輯的茅盾小說《幻滅》相互對照，《幻滅》塑造了S大學（上海大學）的學生慧女士和靜女士，在一九二七年革命失敗後，學校被迫關上大門，以致這群大學生們流離四散，沉浮在一種所謂「中國式的世紀末苦悶」之中，既有「幻滅的悲哀」，同時也有著「向善的焦灼和頹廢的衝動」[31]。這種悲劇性的氛圍，一如《倪煥之》終章所描寫的黑暗現實：「間隙與私仇像燎原的火，這裡那裡蔓延開來，誰碰到它就是死亡」，而「恐怖像日暮的烏鴉，展開了烏黑的翅膀，橫空而飛，越聚越多。」

倪煥之在死之前，陷入一場詭譎、血腥卻又瑰麗無比的夢境，而我們也不妨把這場夢境視為是一首天鵝之歌，一首葉聖陶獻給那些為革命獻身的摯友（如侯紹裘）的安魂曲，更是一場倖存者的自我審判與尋求救贖。就在經歷一九二七年「上海工人三月暴動」之後，倪煥之的死，彷彿是為五四以來知識分子的自我探索之路畫上了一道休止符，然而眼前這條漫漫的長路還沒有走到底，從在學校體制中啟蒙幼童，到走出學校去面對街頭大眾，乃至和社會底層工人階級對話，從一個秉持西

29　據資料在四天內有三百多工人和黨員被殺，五百多人被捕，五千人下落不明，而實際數目可能更多，同註二八，頁一八八。

30　夏志清，《中國現代小說史》（香港：中文大學出版社，二〇〇一），頁五〇。

31　茅盾，〈追求〉，收於《蝕》，頁二六六。

化理念去「教育」他人，到自身接受這整個社會和時代的殘酷「教育」洗禮，《倪煥之》小說一剛開始的樂觀理想已不再，而混雜著更多的是徬徨、悲哀、懷疑和憤怒。五四青年的鮮血，或許只是一場超現實的夢魘，不過倪煥之的死並非徒勞，換來的是妻子佩璋的幡然醒悟，也或許留下了一絲浴火重生的契機，即使在一九二八年年僅三十四歲的葉聖陶看來，那希望卻是如此的渺茫而不可企及。

第八章
現代小說的返「鄉」之路：從上海再出發

一、重回上海

一九二八年，以蔣光慈、錢杏邨等共產黨員為首組成的太陽社，在上海創辦了《太陽》月刊，而同一時間剛從日本回國的創造社新成員李初梨、馮乃超和彭康等也隨之創辦《文化批判》，至於創造社的主要刊物《創造月刊》第一卷第八號，也在這時轉型成為馬克思主義的積極鼓吹者，從此吹響了「革命文學」的號角。曾經是五四文學運動健將的郭沫若，在《創造月刊》發表〈英雄樹〉一文宣稱：「個人主義的文藝老早過去了。而代之而起的，則必定是『無產階級文藝』。」[1]從此以後，中國一九二〇年代以來的五四文學革命似乎已步入尾聲，而革命文學則儼然成為一九三〇年代之後文壇的主流，影響力日趨強大，其美學觀可說在爾後的數十年之間被奉為規臬，至於五四的

1　麥克昂（郭沫若），〈英雄樹〉，《創造月刊》第一卷第八號，引自錢理群等，《現代文學三十年》（北京：北京大學出版社，一九九八），頁一九一。

文化遺產則彷彿漸漸為人所淡忘。[2]

因此如何評價從一九二〇年代中葉之後、現代知識分子從文學革命到革命文學的轉向？這乃是一個在研究文學史時不容迴避的重要課題，否則我們將無從說明並此一盤據二十世紀現代中國的主流思維，究竟將文學推入什麼樣的位置？[3] 李歐梵以「現代性」評騭二十世紀中國與西方文學藝術之不同，便指出中國「到二〇年代，在精神和物質的所有層面上，人們就普遍把『現代性』等同於『西方文明』」，而「中國的現代性於是被展望和製造為一種文化的啟蒙事業」，換言之，中國對於現代性的想像乃是與船堅砲利、富國強兵的渴望緊密的結合在一起，但是反觀西方的現代性，卻是一種超越現實的美學藝術概念：「它是反傳統的，反功利的，反人文主義的」，故李歐梵又援引盧卡奇的小說理論來進一步說明：「現代主義對人類歷史感到絕望，它拋棄了線性歷史發展這種觀念」，而「這種絕望感，乃是對實證主義的發展觀念和啟蒙時期的理性觀念的一種幻滅的結果，這種絕望感使現代主義作家和藝術家們對外部世界失去了興趣，現在他們認為這個世界乃是毫無希望、不可駕馭和正在異化的世界，而且，他們開始以一種極端的主觀主義和反傳統的姿態，通過他們自己的藝術創作來重新確立現實概念。」[4]

上述定義其實更近於西方現代主義的美學觀，也就是一種源於對十九世紀以來布爾喬亞價值觀、資產階級重商主義、城市文明以及世俗的功利主義等的批判。然而，我們若是以此來回視中國從晚清到一九四九年的發展，社會型態才剛脫離封建不久，恐怕就連前現代都還算不上，而文學更是和所謂的「現代」距離遙遠，所以中國作家與他們同時代的西方作家處境根本不同，如李歐梵便指出：「他們不能夠否棄現實，」所以「現代性從未在中國文學史上真正勝利過」，尤其是一九三七年中日戰爭爆發以後，「這種現代追求中的藝術性方面更被政治的緊迫需要所排擠。」[5]又「由於毛澤東的《在延安文藝座談會上的講話》被視為教規，藝術真實這一概念就受到了政治思想的控制；因此，當中國現代文學進入到當代階段以後，不論是在西方的含義中還是在中國的含義中，現代性這一概念都不再是中國共產黨文學的一個中心特點了。」[6]

換言之，從三〇年代革命文學到四〇年代的延安文藝座談會，中國現代文學的發展軌跡，亦即標示著中國現代性——一項尚未萌芽、便已挫敗的事業的終點。而劉紀蕙也試圖從現代主義精神分析的角度出發，指出二〇年代中期以後現代文學朝向革命的道路前進，排斥精神分析論述和「頹廢」等現代美學，導致了中國在二十世紀現代化的過程中，「心」脫離了流變萬端的活潑狀態，從此黏著於國家，甚至以國家為戀物的對象，「故各種文化論述急速朝向同質化發展，依循巨大的歷

2　究竟五四文學革命何時結束？一般以一九二五年五卅慘案，作為「文學革命」和「革命文學」的分界點，但對此學者迭有爭議，如侯健，《從文學革命到革命文學》（台北：中外文學月刊社，一九七四），頁五〇，以為一九二六年徐志摩編晨報副刊為分界。但可確定在一九二七年清黨之後，「革命文學」則已成為文壇主要口號。

3　如夏志清，《中國現代小說史》（台北：傳記文學出版社，一九九二）或侯健等皆是支持胡適、梁實秋等自由派之文學主張，而認為「梁實秋的文藝理論，自然也是曲高和寡，在囂張的浪漫主義裡眾醉獨醒」云云。同前註，頁一三一。

4　見李歐梵，〈追求現代性（一八九五—一九二七）〉，《現代性的追求》，頁二八六。

5　同前註，頁二九一。

6　同上註，頁二九〇—二九一。

史吸納系統開始組織屬於『我』的同質物，也因而壓抑『非我』的異質物」[7]。如此一來，中國現代文學也從強調「我」、「主體」與「異質」，轉向了「非我」、「集體」與「同質」，從此開啟了一條日後集權與法西斯主義的道路。

王德威則側重晚清小說所展現的想像活力，從後現代主義眾聲喧嘩角度，讚許其「求新求變的努力因其全球意義（global relavancy）及其當下緊迫感，得以成為『現代』的發端。」他以晚清小說的四個文類：狎邪、俠義公案、譴責、科幻等為例，說明「彼時文人豐沛的創造力，已使他們在西潮湧至之前，大有斬獲。而這四個文類其實已預告了二十世紀中國『正宗』現代文學的四個方向：對欲望、正義、價值、知識範疇的批判性思考，以及對如何敘述欲望、政治、價值、知識的形式性琢磨。」相形之下，五四文學革命後的現代作家「卻往往遏制了晚清前驅嘻笑怒罵的精神」，也因此壓抑了創作的多元活力，「從為人生而文學到為革命而文學，五四的作家別有懷抱，但卻將前此五花八門的題材及風格，逐漸壓抑，化約為寫實、現實主義的金科玉律。」故王德威以「被壓抑的現代性」一詞來為之總結，認為：「五四其實是晚清以來對中國現代追求的收煞：極倉促而窄化的收煞，而非開端。沒有晚清，何來五四？」[8]

綜上所論，從現代主義到追求多元的後現代主義，與崇尚寫實主義和以社會人生為目的的革命文學，儼然形成了兩條平行對立的美學道路，而學者對於後者則是大多持有貶意。楊聯芬《晚清至五四：中國文學現代性的發生》也從啟蒙主義的角度詮釋中國的現代性，以為「從『現代性』的角度看晚清及五四以前的文學，大抵可以避免因價值判斷的單一而出現文學史敘述的『空白』或『盲區』」。[9] 言下之意，也隱約有將「現代性」和五四、以及三〇年代後主張社會寫實的革命文學，相互切割開來之意。安敏成（Marston Anderson）《寫實主義的限制》更指出：中國五四以後的寫實主義小說試圖以文學介入現實，以期形成知識啟蒙的說教格局，但卻也造成了美學上的教條和限制[10]。而楊小濱在《中國後現代：先鋒小說中的精神創傷和反諷》也從「啟蒙」去批判中國二十世紀初強調「宏大歷史」和「絕對主體」的文學範式，也就是夏志清在《中國現代小說史》中所言「感時憂國」的「中國情結」（obsession with China），或者更加確切地說，是「贖救中國的情結」。

楊小濱進一步指出：正是因為具有如此強烈的主觀意識，故現代小說的作者擁有了將客觀世界文本化和歷史化的強大權能，而這種主觀傾向不僅存在於那些與煽情浪漫的主體性有直接關連的作品當中（比如郭沫若的詩歌或郁達夫的短篇小說），而且還存在於被納入現實主義範疇的那些作品當中（比如茅盾、老舍和巴金的小說），而這樣的敘事範式，或明或暗地遭到了敘事者的干預或操縱。[11]故楊小濱在〈啟蒙主體理性的興衰〉論及中國的現代性時，便認為中國現代性語境下的理性

7 見劉紀蕙，《心的變異：現代性的精神形式》（台北：麥田出版社，二〇〇四），頁一六。

8 見王德威，《被壓抑的現代性：晚清小說新論》（台北：麥田出版社，二〇〇三），頁七二—七三。

9 楊聯芬，《晚清至五四：中國文學現代性的發生》，頁一二—一三。

10 Anderson, Marston, *The Limits of Realism: Chinese Fiction in the Revolutionary Period* (Berkely: University of Califirnia Press, 1990), pp. 27-37.

11 楊小濱，《中國後現代：先鋒小說中的精神創傷與反諷》（台北：中央研究院中國文哲研究所，二〇〇九），頁四—一三。

主體，可以看做是訴諸社會歷史普遍性的一種超驗主體，而作者的意圖被直接明顯地輸入到作品的語言操作的表層，成為語言工具的最終執行者和意義的嚮導[12]。

上述學者皆指出中國現代文學的特質，並且試圖以現代性為標準而做出褒貶，然而由於現代性所牽涉的範疇相當廣泛，人言人殊，具有高度「液化」（liquefaction）的特質，以致於千姿百態，不一而足，任何的定義都難免會以偏蓋全，無法掌握住它與時俱進、甚至是因地而制宜的特色。[13]再者，現代性乃是在西方孕育而成的概念，為工業革命、資本主義與大航海時代下的產物，而它又是如何從西方向東方傳播而來，迫使中國這一座古老的國度在短時間之內，匆匆踏上現代的舞台？而東西方社會文化的差異，以及政治經濟地位的貧富強弱懸殊，都使得現代性在中國勢必衍生成為一個曖昧矛盾，又揉合了民族自尊與自卑的複雜概念，而個人主義也始終與民族主義之間有著千絲萬縷的關連。

劉禾提出「翻譯中生成的現代性」一詞，便試圖說明這是一個中國在邁入二十世紀現代化過程中，跨文化和跨語際實踐（translingual practice）交流的過程。[14]現代性至此也變成了一種仰望「新中國」的想像藍圖，在最初，它可能是出之於一種對於西方文明的嚮往以及「維新」的渴望，如從晚清到五四所大量湧現的求「新」思潮，如梁啟超的「新小說」、康有為的「大同論」到五四的《新青年》，然而當我們繼續觀察一九二〇年代以後文學的轉折和演變，卻可以發現此時現代性的想像出現了微妙的變化，恐怕已超越了新／舊、西方／東方、現代／傳統、進步／落後、甚至個人／集體等等的二分法，而呈現出更為複雜的糾葛與辯證。

故以下本文將嘗試借用文化史學家卡爾・休斯克（Carl Schorske）《世紀末的維也納》的研究

方法，試圖將兩條路線結合起來：一是「歷時性」：也就是將文本或思想系統跟其同屬一個分支，但時間上卻較前的文化活動如繪畫、政治等相互聯繫；另一則是「共時性」：評估一個思想內容跟它同時的其他文化分支的關係是什麼，而試圖避免預設一個抽象的範疇作為分析的工具，以免流於一元化、概念化、理論化和標籤化的危險，如此一來，希望可以對歷時性或共時性的多元現象予以觀察，尤其是細心捕捉那些不屬於科學範疇的文化創造者的內心世界，並且基於這些觀察再來建構起文化的形貌[15]。故本文以下也將試圖透過幾位出生於一九〇〇年前後的重要小說家：茅盾、蔣光慈和丁玲的討論，探究中國現代五四文學革命到革命文學的轉折。他們三位都屬於革命文學的代表

12　楊小濱，〈啟蒙主體理性的興衰〉，《思想》第十三期（二〇〇九年十一月），頁三九－四一。

13　奇格蒙特．鮑曼（Zygmunt Bauman）著，歐陽景根譯，《流動的現代性》（上海：三聯書店，二〇〇二），頁五－六以「液態」和「氣體」生動地比擬「現代性話語」（Modern discourse）的複雜，正在於「難道現代性不是一個從起點就已開始『液化』的過程嗎？」而『從現代性的萌芽時期起，難道它不是一直是『流動性』的嗎？」

14　見劉禾著，宋偉杰譯，《跨語際實踐：文學、民族文化與被譯介的現代性（中國，一九〇〇－一九三七）》（北京：生活．讀書．新知三聯書店，二〇〇二），頁一二三，在中國，個人主義並不總是構成民族主義的對立話語，啟蒙運動也並非是民族救亡的反面。這種總話語中間的張力產生於各自歷史性內涵的不穩定性，同時也源於它們之間的相互滲透，互相盤結。

15　如卡爾．休斯克（Carl Schorske）著，黃煜文譯，《世紀末的維也納》（台北：麥田出版社，二〇〇二），頁三七－三八，而他特別強調：「史家目前必須要放棄的——尤其在面對現代性這個問題的狀況下，就是預先接受一個抽象的範疇來作為分析的工具，如黑格爾的『時代精神』或是彌爾的『時代特質』。」

作家，而生命歷程也有頗多的相通之處，都是來自中國南方的傳統鄉鎮，茅盾的故鄉是浙江烏鎮，蔣光慈來自安徽霍邱，丁玲則是出身湖北臨澧一座沒落的書香門第，也都成長在晚清覆亡辛亥革命的巨變年代裡，而舊的世界已經崩毀，新的秩序卻遲遲沒有誕生，也都在青少年時期受到了五四思想的啟蒙，因此離開故鄉前往上海，並在一九二〇年代末期走上了一條革命文學的道路。

茅盾、蔣光慈和丁玲三人，也可以說是「後五四世代」——指出生於一八九五年到一九〇五年間的代表人物[16]，他們和前行的晚清文人：如出生於一八八〇到一八九五年間的魯迅、錢玄同，乃至於更早一代出生於一八六五到一八八〇年間的文人，如章太炎、梁啟超等人最大的不同之處，就在於「後五四世代」在成長的過程中，已然經歷了三次不同的現代啟蒙洗禮，那便是：辛亥革命所締造的「現代中國」，五四所引進的「現代思潮」，以及本文所將討論的關鍵「現代城市」，尤其是上海一地。而這三次「現代」的洗禮，分別是從「制度面」、「思想面」以及「經驗面」為這批出生在二十世紀之交的青年帶來了巨大的衝擊，而其中又以上海城市的現代「經驗面」，可以說是結合了「制度面」的現代中國與「思想面」的現代思潮，不僅促使這批「後五四世代」青年走出了一條迥異於前輩文人的傳統道路，從此不再以宗族關係紐帶強固的小城鎮作為根據地，[17]也主導了他們日後對於文學創作、個人乃至國族的想像藍圖。

故本文以下也將追蹤茅盾、蔣光慈與丁玲這一世代的腳步，跟隨他們離鄉的漂泊行旅以及書寫，重新回到一九二〇年代前後的上海，試圖建構其內在幽微的心靈圖景，去目睹一群不幸或言是詩家之幸，成長在一個內憂外患分崩離析時刻的青年們，如何藉由文字來驅遣內心的掙扎、困惑和徬徨？而透過如此貼近的檢視，我們或將發現原來各式喧騰一時的「主義」，恐怕並不能夠說明彼時「個人」與「集體」、「主體」與「客體」、「我」與「非我」、「浪漫」與「寫實」、「頹廢」與「革命」等等之間，其實並非涇渭分明的二元對立，而是彼此之間相互交融又排斥，矛盾之中相生相成，從而在心靈構築成巨大的衝突、拉扯與張力。而此一張力乃自五四以來就已經存在，但到了一九二〇年代以後更持續深化，以致驅動了後五四世代朝向革命文學的道路前進。

二、少年漂泊者：青春、猝死和愛欲

一九二〇年，曾經是五四運動的激進派學生代表之一蔣光慈，在中學老師也是陳獨秀好友的高語罕介紹下，離開了他心目中守舊的故鄉而去到上海，加入了社會主義青年團，而在同一時間，二十四歲的沈雁冰人也在上海，接掌商務印書館發行的《小說月報》主編，並將這份原本是鴛鴦蝴蝶派的刊物，順利轉型成為五四新文學最重要的園地，從此《小說月報》不但成為文學研究會同仁創

16 見許紀霖，〈二〇世紀中國六代知識分子〉，《中國知識分子十論》（上海：復旦大學出版社，二〇〇四），頁七九—八九中將出生於一八九五到一九〇五年之間知識分子，用殷海光說法稱為「後五四」世代，指出他們皆有留學歐美的經歷和專業訓練，如馮友蘭、傅斯年、朱自清等。但許文之中卻沒有論及本文所討論的，另一批出身背景截然不同「後五四」世代作家群。

17 近來學者已注意到生活空間對於知識分子的影響，如山口久和，〈近代的預兆與挫折——清代中期一個知識分子的思想和行動〉，收入高瑞泉、山口久和主編，《城市知識分子的二重世界：中國現代性的歷史視域》，頁一—一八便從章學誠的生活形態去推究出乾嘉知識分子的典型，而指：「在前近代的乾嘉時期中國社會支配性意識形態中，最接近近代性（modernity）的是章學誠，卻尚且帶著前近代的渣滓。」

作發表的核心刊物，宣揚「為人生」的寫實主義和人道主義理念，也多介紹和翻譯俄國、東歐和波蘭等地的作品。茅盾的想法其實和魯迅以及當時絕大多數的五四作家一樣，認為中國和上述這些國家同屬於被壓迫的民族，因此他們奮鬥的經驗與勇氣，必然可以讓中國獲益不淺，並且效法學習。[18]

蔣光慈在一九二〇年加入社會主義青年團，在接受不到半年的俄語訓練後，就和同期的同學如劉少奇、任弼時等人一同從上海出發，前往莫斯科東方勞動者共產主義大學、簡稱為「東方大學」就讀，直到一九二四年才結束學業回到上海，之後蔣光慈在瞿秋白的邀請下到上海大學社會系教書，並且在瞿秋白主編的《新青年》上發表如〈無產階級革命與文化〉等一系列文章，因此成為左翼文學理論早期重要的代表人物之一。

同樣也是一九二〇年，茅盾也在上海加入了陳獨秀成立的共產主義小組，而成為最早的成員之一，他後來也同樣在上海大學的文學系教書，一九二五年五卅慘案以及一九二七年的清共白色恐怖中，因此被名列在政府通緝的黑名單之中，而不得不遠走日本避難，但政治肅殺的氣氛，不但沒有消磨反倒更加堅定了茅盾的左翼信仰，甚至在三〇年代之後他還成為左聯的靈魂人物。

至於丁玲，則是在湖南常德讀中學時就深受《新青年》等五四刊物的影響，因此一九二二年她和同學王劍虹結伴前往上海，先是進入陳獨秀和李達創辦的平民女校而成為最早的一批學生，後來又在瞿秋白的介紹之下到上海大學讀書，瞿秋白也因此成為她人生之中一位重要的啟蒙老師。一九三〇年丁玲的丈夫胡也頻在上海加入左翼作家聯盟，並在隔年遭到政府逮捕槍決，成為「左聯五烈士」之一，更使得原本就偏向於無政府主義者的丁玲，從此堅決向左轉，進而變成革命文學女作家的先鋒。

故若就上述三位作家的生命歷程而言，從五四文學革命所帶來的個人意識的覺醒，乃至一九二〇年代中葉以後轉向革命文學，他們的基本立場和思想其實大抵都是一致的，並沒有出現斷裂或是一百八十度的轉變。不只如此，他們的生命歷程也彷彿呈現出一種類似的模式，那就是從五四的個人到革命文學的大眾（或無產階級），或是清末戊戌六君子之一的譚嗣同所熱切討論的「己」與「群」的之間，都同樣徘徊著一個遠離家鄉，獨自漂泊四方，焦慮疏離而在不停朝向未知探索的「我」。也因此，「後五四世代」作家尤其偏愛使用「游」一詞來形容自己的成長歷程，譬如蔣光慈自稱從小就「愛讀游俠」，而魯迅《徬徨》及茅盾小說《幻滅》的扉頁，都同樣引用屈原《離騷》中的兩句：「路漫漫其脩遠兮，吾將上下而索求」，而如此踽踽獨行，上下求索的姿態，更是被五四一代的年輕作家們所大量仿效或沿用[19]。

值得注意的是，這一處在漫遊之中，自憐、自卑又自傲的「我」或「個人」，並不是和「群」或「大眾」截然對峙的，恰恰相反的是，「我」與「群」之間竟是存在一種「皮之不存，毛將焉附」的相互依存關係，就像沈雁冰主編《小說月報》所宣揚的人道主義和寫實主義，或是周作人所提出「人的文學」，不也都是一再地指出：「個人」必須保持一顆獨立運作的良心，但也同時必須

18 見夏志清，《中國現代小說史》（台北：傳記文學出版社，一九九二），頁八八。

19 譬如茅盾，〈幻滅〉，《茅盾全集》第一卷（北京：人民文學出版社，一九八四）頁六在小說的開頭，便是引用屈原〈離騷〉：「吾令羲和弭節兮，望崦嵫而勿迫。路曼曼其脩遠兮，吾將上下而求索。」

要負擔起社會群體的道德責任，「利己而又利他」，因此「我要顧慮我的運命，便同時須顧慮人類共同的運命」。而在這樣的前提之下，五四的「個人」從來就不是一個獨立的存在，反而是與「大眾」緊密連結在一起，於是「己」與「群」、「個人」與「集體」也就形成了一組不可分割的概念。從這個角度看來，「後五四世代」作家一再自我表述的「游」、「漂泊」和「上下索求」，其實都在表明了一個處於崩潰的社會秩序之下，遭到放逐的「個人」如何解決孤獨的生命困境，以重新找到一條回歸「集體」的道路，好讓「己」能夠再一次回歸到「群」裡。

然而這條道路又會是什麼？若以文學史的現成術語來說，那便是「革命加戀愛」。革命與戀愛都是主體生命熱情的一種展現，彷彿是一體之兩面，既是當下社會「煩悶的反映」，也是對於「神聖的解嘲」[20]，更是銜接起「我」和「非我」的一種途徑，而正因為「我」不可能脫離「非我」而存在，所以「我」一方面具有強烈叛逃的欲望，另一方面卻又要不斷和「非我」進行對話，如此一個徘徊游移在兩個極端中間的「我」，心中便恆常充滿了不安的拉扯與焦慮，便成為小說敘事的主要推動力。

蔣光慈的「革命加戀愛」小說可以說是最好的例證，但若是進一步仔細探究，蔣光慈小說中的「戀愛」固然煽情有餘，卻也往往只是「革命」的襯托品而已，因為不管是「戀愛」也好，或者是「革命」也好，其實都是一個孤獨漂泊的「我」嘗試和「非我」連結在一起，以完成自已生命存在價值的一種方式[21]。郁達夫曾經認為：「五四文學的第一個成就，就在個人的發現。」所以「後五四世代」作家所追尋的「個人」，果真是在追尋一種獨立自主的價值觀？或是一個挺身挑戰威權，而甘願被世人所放逐的盜火者普羅米修斯？恐怕這兩者都不是，因為正如前所述，五四文學中的個人往往不能夠脫離群體而存在，而他們的浪漫不管是在追尋自由「戀愛」，或是獻身於「革命」，都不能單單光靠「我」一個人即可，而是必須建立在與「非我」的連結之上方能完成。正如夏志清《中國現代小說史》所指出的：「早期中國現代文學的浪漫作品是非常現世的，很少有在心理上或哲理上對人生作有深度的探討。事實上，所謂『浪漫主義』也者，不過是社會改革者因著科學實證論（scientific positivism）之名而發出的一股除舊布新的破壞力量。」[22]而這也正呼應了蔣光慈所言的：「惟真正的羅曼蒂克才能捉得住革命的心靈，才能在革命中尋出美妙的詩意」，而「浪漫」必須與「革命」合而為一。[23]

蔣光慈一九二六年出版的短篇小說集《鴨綠江上》，收有〈自序詩〉，言他自己「幼時愛讀游俠」也「愛幻游」，[24]而這種對於「游俠」的崇拜可以往上追溯到晚清時期的文人，例如梁啟超

20 同前註，頁七一，茅盾透過「靜」對當時流行的戀愛，做出如下解釋：「半年來的所見所聞，都表示人生之矛盾。一方面是緊張的革命空間，一方面卻又有普遍的疲倦和煩悶」。故「戀愛」成了流行病，在緊張中追求感官刺激，在煩悶中頹喪消極。

21 尚呂克．儂曦（Jean-Luc Nancy）著，蘇哲安譯，《解構共同體》（台北：桂冠圖書，二〇〇三），頁二九討論愛情與革命之間的關連時，指出：正如基督教聖體式的團契是情熱戀愛的理想，而愛情同樣也就充當共同體的思想原則，黑格爾所描寫的國家便是一個實例，雖然愛情不是建國的基礎，但它的實現就是國家的原理，也就是說，「他者當中就有自我實存的契機。」

22 同註一八，頁四八。

23 蔣光慈，〈革命與羅曼蒂克——布洛克（BLOK）〉，《蔣光慈文集》第四卷（上海：上海文藝出版社，一九八二），頁七一。

24 蔣光慈，〈鴨綠江上〉，《蔣光慈文集》第一卷，頁八六。

《中國武士道》中就大力鼓吹「俠刺」，譚嗣同也說自己「少好任俠」，這無疑也暗示了中國傳統以親族協作的社會模式與道德規範過度強大，所導致個人自由被剝奪消失的危機，因此當社會動盪不安、秩序瓦解之際，有識的青年才會轉而對於「游俠」這種不循正軌、獨行天下，卻又同時關懷蒼生，甘願捨身忘己的熱情之人，給予道德上的高度肯定[25]。這種崇拜「游俠」的心態，或許也可以說明，蔣光慈的小說之所以一九二〇年代中葉後暢銷一時，大受年輕讀者歡迎的原因。

學者如夏濟安、夏志清兄弟對於蔣光慈的評價一向頗低，認為他「才疏學淺」、「膚淺濫情」，即便和蔣光慈同時代的作家們，也多對他提出毫不客氣的嚴厲批評。[26]但若暫時拋開作品的美學和政治立場不論，蔣光慈的一生其實頗堪玩味，他出生在一九〇一年，死時年僅三十歲，才剛而立，卻已經把他人一生之中所該有、甚至不該有的經歷，從離鄉背井、留俄、成名、革命、流亡日本、戀愛、鬥爭、喪妻、再娶、白色恐怖、作品遭禁、染上結核病……，全都濃縮在他短暫的一生裡，並也釋放出「游俠」者流的叛逆與激情。

蔣光慈的人生看似充滿了戲劇化的元素，但其實置之「後五四世代」作家群中，卻並不算是罕見。譬如茅盾和丁玲，他們雖然沒有英年早逝，但在三十歲以前的命運起伏之大，竟也和蔣光慈相差無幾。他們同樣都是年少父親早逝，被迫少小離鄉，日後又經歷革命、戀愛和鬥爭等等的打擊，也都因為白色恐怖通緝而流亡……，丁玲更是在丈夫胡也頻遭到槍決後，又被國民黨綁架軟禁，讓外界人士包括她的好友沈從文在內，都誤以為她早就已經成了槍下的亡魂。故相較之下，不管是二十世紀之前或是之後的世代，恐怕都遠遠不及五四世代成長過程的動盪，以及面對社會變遷之劇烈，而這恐怕也才是蔣光慈小說之所以能夠引起青年人共鳴的最大原因。

正如王德威認為《少年漂泊者》這本小說的力量，來自於「蔣光慈能在『中國革命』這一嶄新的架構裡，加入『青春』與『猝死』的傳統浪漫母題。」[27]而若再對照蔣光慈的個人經歷，便曾發現所謂的「青春」與「猝死」，並不單純只是一個文藝青年濫情又浪漫的修辭而已，反而是一則五四世代生命情境的真實反映。

《少年漂泊者》也和許多五四小說一樣，以主角「離鄉」作為開場，這不但象徵著「個人」與家族「集體」的決裂，更是絕大多數作家的親身經驗。《少年漂泊者》將主角汪中的故鄉形容成是一個如同「獸的世界」，土匪橫行濫殺，處處是「無依的野魂」、「墳墓累累」，而汪中的父親橫死，母親也用一把利剪刺喉自殺，只留下了他獨自一人在荒郊野嶺送葬，幻想著自己為雙親復仇，拿刀殺死鄉中的惡霸：

---

25 關於游俠分析見汪涌豪，《中國游俠史》（上海：復旦大學出版社，二〇〇一），頁三五七—三五八。及龔鵬程，〈俠骨與柔情：近代知識分子的生命型態〉，《中國文人階層史論》（宜蘭：佛光人文社會學院，二〇〇二），頁四五三。

26 其中以夏濟安批評尤為激烈，見T.A. Hsia, *The Gate of Darkeness: Studies on the Leftist Literary Movement in China*（Seattle: University of Washington Press. 1968）, p. 63。王德威，〈革命加戀愛〉，《歷史與怪獸：歷史、暴力、敘事》（台北：麥田出版社，二〇〇四），頁五一則以為：蔣的乏善可陳，「如果對我們還有教育意義，則不在於他的作品好壞如何，而在於他甚至不曾有機會為自己的作品辯護。」不只如此，與蔣同時代作家也對他提出嚴厲批判，尤其針對《麗莎的哀怨》書，後來甚至造成了蔣的退黨，見錢理群、溫儒敏、吳福輝，《中國現代文學三十年》，頁二九六。

27 見王德威，〈革命加戀愛〉，《歷史與怪獸：歷史、暴力、敘事》，頁四〇。

> 大廳中所遺留的是死屍，血跡，狼籍的背盤，一個染了兩手鮮血的我。我對著一切狂笑，我得著了最後的勝利……。[28]

鮮血、殺戮與狂笑，組合成了一幅詭譎的鄉土意象，而汪中也從此展開了一趟漂泊異鄉的旅程，他一路輾轉來到上海，在一九二五年五卅罷工運動中受到啟發，於是決定南下廣州參加革命北伐，最後戰死在沙場上。於是《少年漂泊者》以死亡開頭，也以死亡作結，而汪中並沒有因為來到城市就獲得倖免，反倒更加見證了死亡幽靈的無所不在。

在蔣光慈另外兩本小說《短褲黨》和《衝出雲圍的月亮》中，上海這座城市依然是暗影幢幢，歷經一九二七年大革命失敗和清共的血洗殺戮，而小說主角徘徊在城市底層的邊緣而格格不入，故蔣光慈一再透過「漂泊」或「衝出」這些充滿了「突圍而出」意涵的動詞，凸顯主人翁在城市所經驗到的閉鎖空間，以及「我」與「非我」之間那道無可跨越的高牆。蔣光慈可以說是將自己離鄉入城的經驗化入小說之中，而《短褲黨》更是從無產階級的工人視角出發，描述一九二七年「上海工人三月暴動」中，一群在城市神出鬼沒的共產黨人士，乃至在街頭堡壘浴血抗戰的無產階級工人，而通過他們的相互爭辯及不安的內心獨白，以及街頭巷尾上演的血腥殺戮，一再使得上海這座城市湧動著陰暗的暴力、欲望和魔力。

因此從蔣光慈《少年漂泊者》、《短褲黨》到《衝出雲圍的月亮》，小說中的主角漂泊城市，無法安身立命，以致青春猝死，遂化成了現代性的創傷。而這也彷彿是許多「後五四世代」作家們的身世寫照，他們來自南方沒落的鄉鎮，多是傳統禮教吃人的根據地，卻也同時是自己血液的源頭，一心想要叛逃的原罪，於是他們不得不離家出走，但城市的人際網路和體制又將這群「異鄉人」排斥在邊緣——他們是上海街頭的「他者」，卻不是一個自在又自得的主人，更沒有華特・班雅明（Walter Benjamin）所謂資本主義時代波特萊爾式的悠閒從容。[29]

三、疾病：從「個人」、「庸眾」到「集體」

魯迅寫於一九二五年的小說〈傷逝〉，刻畫了一個關在房內，被「四圍是廣大的空虛，還有死的寂靜」所包圍的青年涓生，彷彿是他早已敏銳預言了「後五四世代」青年的困境——一個置身在昏昏沉睡的庸眾之中，卻提早清醒過來的個人，只能獨自一人迎向注定來臨的死亡。

魯迅小說中「個人」意識到自己與「庸眾」的不同，卻又明明白白置身在「庸眾」之間無可抽

---

28 見蔣光慈，《蔣光慈文集》第一卷，頁一六。

29 譬如李歐梵著，毛尖譯，《上海摩登》，頁三六—四三引班雅明「都市漫遊者」，認為這些「遊手好閒者」以超然又疏離的漫遊姿態，注視著他們身邊的世界，但此種姿態卻鮮少出現在三〇年代上海的書寫中。董玥，〈國家視角與本土文化——民國文學中的北京〉，收於王德威、陳平原編，《北京：都市想像與文化記憶》，頁二四九指出：在上海知識分子會有做「他者」的感覺，在北京他們則不會，因為在北京他們是主人，而北京的本地人才是他們眼中的「他者」。故董玥結論說：北京城中的「新知識分子」並不是像班雅明眼中的波特萊爾那樣的漫遊者，或城市閒人，因為他們不是人群中的詩人，他們甚至根本就不在人群中。換言之，班雅明「漫遊者」的理論是否適用在北京或上海的書寫中，值得商榷。

離的悲哀，遂構築成深沉的悲劇性張力。[30]而這種「個人」與「庸眾」之間的對峙，也被「後五四世代」作家所繼承下來，只不過對於他們而言，「庸眾」的意義已經發生了轉化。如果說魯迅的「庸眾」就是故鄉紹興的父老，但如今場景已經從紹興轉換到了上海，當「後五四世代」青年以異鄉人、邊緣人之姿，面對城市街頭的「庸眾」時，又將會是什麼樣的感受？以一九二五年五卅慘案為例，當時小說家茅盾跟隨著抗議遊行的隊伍，走上租界最繁華的一條南京路，而路旁是最時髦的百貨公司，他不禁痛批起這些「貴婦的樂園」冷血無情：

我開始詛咒這都市，這污穢無恥的都市，這虎狼在上而豕鹿在下的都市！我祈求熱血來洗刷這一切的強暴橫虐，同時也洗刷這卑賤無恥！[31]

於是「個人」所面對的「庸眾」，從魯迅筆下的故鄉父老轉變成城市的權貴階級，因而形成了貧富階級上的尖銳對立。

蔣光慈《衝出雲圍的月亮》也以此宣洩自己對於上海的愛恨交織之情，而既然貧富階級的對立無法扭轉，那麼不如就玉石俱焚，將它和自己都一起毀滅吧。於是這把革命之火在一九二七年「工人三月暴動」中蔓延了整座大上海，直到四月的清共屠殺，也把身為共產黨員的蔣光慈和茅盾都深深捲入了其中，迫使他們不得不隱姓埋名躲藏起來，只能依靠寫作小說維生。茅盾於是在短短一個月內就完成了小說《幻滅》，原本署名「矛盾」，交給好友也是當時《小說月報》的主編葉聖陶，但葉聖陶覺得「矛盾」二字太過敏感，怕會引起當局注意，故將之改為「茅盾」二字，從此就有了小說家「茅盾」的誕生[32]。他緊接著又發表《動搖》和《追求》，以及一九二九年流亡日本又寫下了《虹》，刻畫五四的新女性如「靜女士」和「慧女士」，如何以異鄉人之姿來到了上海這一座城市，卻遭到邊緣化的挫敗與困頓，她們彷彿陷落在城市和故鄉的夾縫之中，而愛欲，也就成為她們嘗試與城市發生連結之時的一種互動。

丁玲寫於一九二七到二八年間的〈夢珂〉和〈莎菲女士的日記〉，更將這些離鄉入城的女性愛欲推到極致，尺度之大膽，因此名噪文壇一時。但其實丁玲自己的生命歷程，就儼然是茅盾小說中「慧女士」和「靜女士」的真實版本，而處女作〈夢珂〉的自傳性質也相當濃厚，描述女主角「夢珂」獨自一人離家來到大上海，從此邂逅了各式各樣洋派的人物，如法國留學回來的表哥、無政府主義者中國的蘇菲亞女士、義大利女人，以及城市中各種奢華物質如歌劇院、香菸、咖啡、貂皮大衣、絲襪……，這才恍然大悟：「這欣賞，這趣味，都是一種『高尚』的、細膩的享樂。」[33]然而夢珂並不樂在其中，她反倒逃出了暫時借住的洋房，去電影公司應徵演員沒有成功之後，獨自惶惶行走在街頭，深陷在這一「純肉感的社會」，陌生的都市叢林夢魘中。

30　見李歐梵，《鐵屋子的吶喊》（台北：風雲時代出版社，一九九五）第四章〈「獨異個人」和「庸眾」〉的分析。

31　茅盾：〈五月三十日的下午〉，《茅盾全集》第十一卷，頁一六一—一七。

32　見茅盾，〈寫在《蝕》的新版的後面〉，《茅盾全集》第一卷（北京：人民文學出版社，一九八四），頁三五五，說明他之所以取名為「矛盾」，實為反映時代內部、包括自己內心之中的種種矛盾。

33　丁玲，〈夢珂〉，《丁玲全集》第三卷，頁二五。

丁玲在這這一階段的作品都形同是她個人經驗的投射，而來到一座現代化城市之中的女主角，彷彿被有形或無形的圍牆所困，一直掙扎著想要突圍而出。不論是從〈莎菲女士的日記〉的「莎菲」、〈韋護〉的「麗嘉」、〈日〉的「伊賽」到〈一九三〇年春上海〉（之一）中的「美琳」等等，這些女性角色幾乎清一色有著相當洋化的名字，思想既前衛又叛逆，然而卻只能關在公寓的小房間之中，病懨懨躺在床上，而丁玲是這樣形容她們的：「一個二十歲上下，早就失去了天真的女人，臉色因為太缺少陽光的緣故，已由黃轉成白，簡直是病態的顏色了。」[34]她們的外表蒼白虛弱，但是內在卻高漲著非理性的激情，時而爆發出美杜莎（Medusa）式的狂笑[35]。

因此我們閱讀上海，假若只看到百貨公司、摩天大樓、電影院、咖啡館或商場，那麼只能閱讀到城市霓虹閃爍的表面，卻忽略了上海之所以不同於其他的現代城市如東京、巴黎、倫敦或紐約，就在於上海並不是一座在時間長河中自然生成的城市，它乃是西方帝國主義在中國粗暴擴張的結果，以經濟侵略為本質而速成催生的產物。這座年輕的城市組成分子既有外商巨賈、政客和知識分子，也有黑幫、買辦和投機客，更有大量盤據在底層的波希米亞青年和無產階級，以及從鄰近農村湧入的失業難民、打工者、革命家、乞丐和妓女等等。在西方現代城市的書寫中，經常會出現兩組矛盾的修辭模式：其一、是誇大城市的多樣性、混雜性和碎裂性；其二、則是因為城市生活的過度刺激，故反而強調因此油然而生的一種厭倦與麻木感[36]，然而類似的修辭模式，雖然也同樣出現在上海的書寫之中，但是卻添入了「中心」與「邊緣」的變數，而這兩者不僅相互並存，也相互衝突。

茅盾對於二〇年代的上海便有驚人的透視，他將彼時上海舞場的勃興，比擬為一次世界大戰後戰敗的柏林，當時德國「表現主義的狂飆，是幻滅動搖的人心在陰沉痲木的圈子裡的爆發。」[37]他批評上海對於未來主義的崇拜只是為了追求強烈刺激的滿足，結果卻反倒造成了情感上的痲木與空洞[38]。於是茅盾在《追求》中以「病」來詮釋，認為這是一個集體患病的時代，而「個人」被攪入一種「中國式的世紀末的苦悶」之中，但這種「中國式的世紀末」卻又和十九世紀末的西方世界大不相同，因為中國的五四青年「苦悶的成分是幻滅的悲哀，向善的焦灼，和頹廢的衝動。」[39]換言之，他們都是沉浮在「向善」與「頹廢」、「中心」與「邊緣」、「個人」與「集體」、「我」與「庸眾」衝突的兩極之間，而陷入到一種上海所帶來「中國化」的「都市病」裡。[40]

---

34 丁玲，〈日〉，《丁玲全集》第三卷，頁二四二。

35 見簡瑛瑛，〈中國現代文學中的新女性形象〉，收入張小虹編，《性／別研究讀本》（台北：麥田出版社，一九九八），頁一五一。

36 見余君偉，〈都市意象、空間與現代性：試論浪漫時期至維多利亞前期幾位作家的倫敦遊記〉，《中外文學》，第三十四卷第二期（二〇〇五），頁二六—二八討論一七九一年華滋華斯等的倫敦遊記，認為都市書寫中的痲木感來自於大都會過度刺激而出現意識過度強化（intensification of consciousness）的問題，故無法敏銳對於外在事物做出反映。

37 見茅盾，〈追求〉，《茅盾全集》第一卷（北京：人民文學出版社，一九八四），頁三〇二。

38 茅盾在〈幻滅〉中塑造了強連長一角色，以他代表「崇拜藝術上的未來主義，讚美炸彈、大砲、革命——一切劇烈的破壞的力的表現」，而不無嘲諷地說：「這個未來主義者以強烈的刺激為生命，他的戀愛，大概也是滿足自己的刺激罷了。」同前註一五，頁八四、九五。

39 同註三一，頁二六五、三〇二。

40 蕭同慶，《世紀末思潮與中國現代文學》（安徽：安徽教育出版社，二〇〇〇），頁二〇一，指出上海培養出了中國第一批迥異於傳統式大夫的知識分子，孕育中國的近現代文學和文化，但同樣，西方世紀末的「都市病」也在這個城市得以「中國化」的發生。

蔣光慈、茅盾和丁玲小說中的主角便幾乎大多是這種「都市病」患者，他們與大眾疏離隔絕，產生了憂鬱、狂躁和酗酒等癥狀，也往往沉溺在自殺的幻想之中。他們不但心理上患了病，就連生理也多患有傳染性的疾病，如蔣光慈《衝出重圍的月亮》的曼英及茅盾《追求》的章秋柳等女性是患有梅毒，而男性角色則大多患有肺結核。肺結核向來就是西方文學的重要隱喻，蘇桑・桑塔格（Susan Sontag）認為尤其在浪漫主義文學中，肺結核更被視為一種「愛病」，而患者的發燒是「內在的燃燒的標誌」，象徵著「被熱情『燃燒』的人，該熱情導致身體消亡。」[41]不過，對於中國的「後五四世代」而言，上述這些疾病恐怕不單純只是文學上的隱喻和修辭而已，更是他們生命中最真實的、血淋淋的切身之痛。他們周遭的親友自殺的比例，高得驚人，而結核病更是相當普遍，蔣光慈自己就是患者，還傳染給他的前後任妻子宋若瑜和吳似鴻，而他的好友瞿秋白也是如此，將病傳染給妻子也是丁玲的好友王劍虹，導致王劍虹年紀輕輕就撒手人寰。[42]也因此在「後五四世代」的小說中，結核病並不是燃燒熱情的愛欲象徵，反而代表的是身體的耗損和懦弱虛無，例如蔣光慈《短褲黨》中一群患有肺疾的知識分子，只能臥床空談革命，卻無法走到街頭去身體力行，而且還帶有致命的傳染力。

四、返「鄉」：從都市邊緣再出發

不管是生理或心理的病徵，「後五四世代」小說之中充斥的各式各樣「疾病」，都已饒負象徵意義，說明了「我」與「庸眾」、「主體」與「客體」、「個人」與「集體」之間的彼此相斥，但卻又密切相連的關係。疾病也使得「我」不再是一個高高在上的啟蒙者，或是潔身自好的清醒者，因為病菌彷彿就是「庸眾」的化身，它既腐蝕入侵了「我」，卻也同時成為了「我」對於「庸眾」的一種反向報復，於是疾病尤其是傳染病，跨越了「我」和「庸眾」之間的分界而將彼此縫合。

茅盾《虹》的主角梅女士離鄉漂泊，便是在進入城市之後，經驗到一段「現代中國知識分子被邊緣化」的旅程[43]，然而重新建立起她和「群」之間聯繫的渴望，卻驅使她不斷「往前衝」：

> 在她（梅女士）生活過程中的一切印象都不過是她幫助了別人或是別人幫助了她。永不曾有過一件事使她感得個人以外尚有「群」的存在。
>
> 即使曾經感得，那便是壓迫她的「群」……她所受的「五四」的思潮是關於個人主義，自我權利，自由發展，這一方面，僅僅最初接到的托爾斯泰的思想使她還保留著一些對於合理生活的憧憬，對於人和人融合地相處的渴望，而亦賴此潛力將她轟出成都，而且命令她用戰士的精神往前衝！[44]

41 見蘇珊·桑塔格著，刁曉華譯，《疾病的隱喻》（台北：大田出版社，二〇〇〇），頁三〇。

42 同前註二九，頁六四—九六中詳細論述茅盾與秦德君、蔣光慈與宋若瑜、白薇與楊騷之間的戀愛與疾病的糾葛。

43 見余英時，〈中國知識分子的邊緣化〉，《中國文化與現代變遷》（台北：三民書局，一九九五），頁三三—五〇分析五四年代以後知識分子自我貶抑運動，以為歸根究柢，乃是與近代儒家自我定位的危機有關。

44 茅盾，〈虹〉，《茅盾全集》第二卷，頁二〇八。

不只梅女士懷抱如此的憧憬，茅盾《追求》的章秋柳、蔣光慈《衝出重圍的月亮》的曼英，乃至丁玲〈一九三〇年．春．上海〉「之一」美琳與「之二」的望微，或〈一天〉的陸祥，都在走入租界邊緣貧民窟臭氣四溢的污穢巷弄，經過沿街乞討的孤女和船家的妓女，然後進入市中心的大馬路，穿過街上喧騰叫賣報紙的小販，再踏過示威暴動之後碎落一地的玻璃，當電車在身旁來往，響起一陣陣刺耳的噪音，他們加入入罷工遊行的隊伍之中，才恍然大悟找到了可以回歸的「群」。

他們所認同的「群」，在上海有特殊的空間指涉，也就是從滬西的小沙渡、楊樹浦、爛泥渡、閘北到浦東，位在城市的西、北和東方邊陲的棚戶貧民窟。李歐梵《上海摩登》曾指出晚清通俗小說只有牽涉到現代主題，幾乎都會出現由四馬路、書院加妓院所組成的摩登上海，而他也以建築為象徵，將上海的版圖區分為兩大塊，一塊是被視為城市地標的外灘新古典建築、摩天高樓和百貨公司，另一塊則是底層老百姓所居住的石庫門、弄堂和亭子間。[45]但這樣的空間分類，卻忽略了在茅盾、蔣光慈和丁玲小說中更著力呈現的上海，那是租界邊緣大片的工廠棚戶區，那而沒有雖城市光鮮的「摩登」一面，但才是二〇年代作家書寫上海的立足點。當尋找到回歸的「群」時，五四世代的青年勢必要告別了魯迅的「徬徨」與「傷逝」，更要告別了達夫式的「零餘」傷感，因為他們必得要另謀出路，而在「己」與「群」的分裂中，找到了一條縫合之路，而那也就是革命的道路。

這條革命的道路說穿了並無新意，因為自從清末以來早就有無數的革命先行者，以自己的鮮血來為國家和人民獻祭，但就像是魯迅〈藥〉中所描寫的血饅頭，革命者的鮮血，竟諷刺異常的被老百姓拿來作為醫治肺癆的藥方。但在「後五四世代」的小說中，革命、疾病和血的意象又再一次出現，只是以一種全新的組合，再度成為鼓動生之欲望的脈搏：

> 上海的血脈是在小沙渡，楊樹浦，爛泥渡，閘北，這些地方的蜂窩樣的矮房子裡跳躍！只有他們鮮紅沸滾的血能夠洗去南京路上冷卻了變色的血！[46]

血，不再只是革命志士或啟蒙者「個人」的犧牲，而是和「集體」相互混融在一起，而「我」也在「血」及「疾病」的流動傳播間，跨越了階級的鴻溝，而化入到千千萬萬的群眾裡。

不同於魯迅總是以文字重返故鄉紹興，「後五四世代」如茅盾、蔣光慈和丁玲，則偏向從上海城市的邊緣去建構想像的共同體。茅盾三〇年代之初完成《子夜》，通過上海對於現代中國進行全方位的剖析，舉凡經濟大崩潰下的資產階級，農民的暴動，中小城鎮商業的凋殘，破產的市民，苦悶的知識分子，乃至一九三二年的松滬戰爭，日本大肆侵華喚起了中國民族意識的覺醒等等，全都囊括在這部規模宏大的長篇小說裡。在此同時，蔣光慈也完成了長篇《咆哮了的土地》，描寫大革命失敗後，知識青年李杰從上海返鄉，投入農村土地改革的經過。較諸蔣光慈先前的作品，《咆哮了的土地》從浪漫轉為寫實，不論在技巧或內容上皆更臻成熟，小說中幾個主要角色如劉二麻子和張德進等的形象及內心情感，皆有更為細膩的鋪陳。只可惜小說才剛完成不久，一九三〇年底國民

45 李歐梵，〈晚清文化、文學與現代性〉，《未完成的現代性》（北京：北京大學出版社，二〇〇五），頁一五指出：大部分鴛鴦蝴蝶派小說的故事都發生在四馬路，因為當時生活在上海的作家大都住在那裡，晚睡遲起，下午會友，晚飯叫局，抽鴉片，在報館寫文章。這種生活空間恰與三〇年代上海左翼作家生活範疇，形成對比。

46 同註四六，頁二五一。

政府就頒布《出版法》，實施嚴厲的言論管制，上海許多書店因此關門倒閉，《咆哮了的土地》也被查禁無緣出版，蔣光慈一時之間斷了稿費來源，生活陷入貧困潦倒之中，不出半年，他就因為結核病而死在醫院，死時才年僅三十歲而已。

至於丁玲，她的丈夫胡也頻因為加入左聯，在一九三一年初遭到國民黨逮捕槍斃，丁玲在悲憤之餘加入共產黨，一改過去所擅長的情慾書寫，改以社會寫實的筆法寫作小說〈水〉，取材自當年一場綿延中國南方十六省的大水災，而生動呈現出一群生命和田產均危在旦夕的農民，被馮雪峰讚譽為是一篇從「個人主義走向工農大眾」，從「浪漫蒂克走向現實主義」的「新的小說」。[47]然而隔年丁玲就遭到國民黨綁架，她原本進行到一半以湖南老家為素材的長篇《母親》，也被迫中斷，外界紛紛謠傳丁玲已死，但其實她被囚禁在南京長達三年之久，直到一九三六年才在馮雪峰的協助下，脫困逃往延安。重獲自由之後的丁玲並沒有繼續完成《母親》，而是轉身改寫陝北黃土地的農村土改，可以說是延續蔣光慈《咆哮了的土地》的題材，但她卻因有了陝北的親身體驗觀察，更能周延而細膩的呈現出農村土改下的複雜角力。

茅盾則是在三〇年代之初完成《子夜》這部史詩巨著之後，不久就爆發了松滬會戰，日軍入侵上海，而茅盾連忙陪同母親返回故鄉烏鎮，感到農村在戰後發生了不少變化，處處都能「嗅到抗日的火藥味」，以及「國民黨的貪官汙吏如何利用民眾的抗日熱情而大發橫財」，他因此寫作了《林家舖子》以及「農村三部曲」《春蠶》、《秋收》和《殘冬》，反映出在絲廠老闆和繭商操縱價格之下，江南一帶農村經濟的畸形和破產。[48]

持平而論，不論是早死的蔣光慈，或是丁玲和茅盾，在三〇年代之初的創作，並沒有因為革命文學的理念而趨於僵化，反倒是不論小說題材、語言或人物形象，皆因為注入了社會分析、田野觀察及集體的經驗而更加豐富。所以真正讓他們創作力為之斲喪的，是《出版法》下的白色恐怖橫行，對書籍刊物的查禁和逮捕，導致他們陷入貧窮、疾病或被囚禁的困境，接下來則是三〇年代之後日益擴大的抗日戰爭，導致經年累月的漂泊、流亡和消耗，例如茅盾就在一九三七年上海淪陷之後，被迫遠走長沙、武漢、香港甚至遠到新疆，而這些才是真正造成他們寫作事業中輟的主因。

普實克（Jaroslav Prusek）研究中國現代文學時早已指出：五四所宣揚的「個人」，固然是受到西方浪漫主義和個人主義的外部刺激而產生的，但這恐非它的主要成因，而真正的根源仍應是在一個國家的內部，譬如中國傳統文學主流的抒情詩。[49] 因此我們是否也可以推論，西方個人主義和浪漫主義思潮之所以在中國盛行，乃是因為它恰好與抒情傳統相互銜接，並且呼應了「後五四世代」的漂泊與流離的哀傷宿命？而這漂泊流離從十九世紀中葉因太平天國之亂便已經開始，接下來隨著西方侵華戰爭、辛亥革命和軍閥內戰而規模越形龐大，直到二十世紀初匯聚在上海的城市邊緣，孤獨漂泊的「個人」也在此與底層大眾有了重新連結的契機。

一九三〇年左翼作家聯盟在上海成立，是革命文學重要的象徵性時刻之一，而魯迅在成立大會

---

47 馮雪峰，〈關於新的小說的誕生〉，收入《馮雪峰選集·論文編》（北京：人民文學出版社，二〇〇三），頁一〇—一一。

48 茅盾，《我走過的道路》（北京：人民文學出版社，一九八一），頁二五六—二五八。

49 見雅羅斯拉夫·普實克（Jaroslav Prusek）著，李燕喬等譯，〈中國現代文學的主觀主義和個人主義〉，《普實克中國現代文學論集》，頁九一。

上發表演講：「舊社會的根底原是非常堅固的，新運動非有更大的力不能動搖它什麼。」[50]而那所謂「更大的力」又是什麼呢？魯迅在〈拿來主義〉一語道破了現代性的盲點，就在於那是西方資本主義國家「送來」：

> 我們被『送來』的東西嚇怕了。先有英國的鴉片，德國的廢槍砲，後有法國的香粉，美國的電影，日本的印著『完全國貨』的各種小東西。於是連清醒的青年們，也對於洋貨發生了恐怖。其實，這正是因為那是『送來的』，而不是『拿來』的緣故。

魯迅以為面對西方現代時，應該轉被動的接受為主動的「拿來」，而且要「運用腦髓，放出眼光，自己來拿。」[51]但又該「拿來」什麼？

一九一七年俄國十月革命的成功，無疑帶給許多中國知識分子極大的信心和勇氣，以為和歐美相較之下，俄國的政治歷史和社會民情都和中國更加近似，而且馬克思主義在二十世紀全球無遠弗屆的影響力，正是現代性重要的標記之一。馬克思不僅對於西方現代社會做出強而有力的批判，並且試圖建構一個無產階級的社會模式，以取代目前由資本主義結合帝國主義殖民而形成的、弊病叢生而極度不公不均的全球社會。馬克思主義認為當人們為同時代之人的幸福而工作時，也才能使自己達到完美，故「自身的完美」與「人類的幸福」乃是不相衝突的，而群體的價值和個人的價值不但不相對立，而且極有可能可以相輔相成。換言之，唯有一個「全面而自由發展的個人」，才能夠打破現代社會工業革命之後，被侷限於單一職能或者生產線上的「局部發展的個人」，而這也可稱之為是馬克思式的個人主義。[52]

當歐美資產階級透過生產工具和交通工具的不斷改進，從而把全世界其他民族都捲入西方文明的漩渦裡，以確立霸權時，馬克思批判西方現代性的異化使人失去了主體性，也揭露了現代文明絕非一個「和諧的整體」，因為「科技及工業的進步」同時，也展露了「現代的貧困和衰竭」。馬克思無疑是最早有系統、深入討論現代性的思想家，也是一個最基進的現代主義者，[53]也因此早在五四運動之初，俄國十月革命就已經成為中國的借鏡，不論在語言或思想上的啟蒙，或是中國式的文藝復興，五四都已成了左翼革命的先聲，而且有待左翼來完成它的理想與使命。如此一來，從五四的文學革命到五卅之後的革命文學，彼此之間其實是相互銜接的而非斷裂，從此以後主觀的抒情逐漸退位，取而代之的，將是大眾階層的面孔和話語開始浮現，而「後五四世代」的青年們也不再漂泊零餘，終而找到一條返「鄉」：集體中國的道路。

50　魯迅，《魯迅全集》卷四，頁二三五。
51　魯迅，〈拿來主義〉，《且介亭雜文》（北京：人民文學出版社，一九五八），頁二八。
52　見黃瑞祺，《馬學與現代性》對於馬克思主義的討論，駁斥一般人以為馬克思重集體甚於個人的成見（台北：允晨文化，二〇〇一），頁一一九－一二〇。
53　同上註，頁一三三、一四八。

附錄

跨界的行者：蔣光慈與馬爾羅（Andre Malraux）

一、歐洲與中國的相互對鏡

李歐梵在《現代性的追求》一書中，將一九二七年國共分裂視為一九一七年以來五四文學由「追求現代性」到「走上革命之路」的分水嶺，主因便是從一九二七年三月在上海發生由共產黨人所策畫的工人暴動，到四月初國民黨軍隊進入上海後發動的清共屠殺，使得魯迅等作家對於「國民黨的『革命人』完全失望」，由此更確立了文學左傾的道路[1]。

換言之，一九二七年「上海工人三月暴動」、四月的清共，乃至於七月武漢的國共分裂，這一連串的事件對於中國現代史及文學史而言皆有重大的意義，但過去卻較少被文學界討論。尤其值得注意的是在這歷史性的關鍵時刻裡，正有兩部重要的現代小說是以一九二七年「上海工人三月暴

1 見李歐梵，〈走上革命之路（一九二七—一九四九）〉一文關於「從文學革命到革命文學」的討論，收於《現代性的追求》，頁三〇二—三〇九。

動」以及隨之而來的清共作為素材，分別是蔣光慈寫於一九二七年的《短褲黨》以及法國小說家馬爾羅（Andre Malraux）一九三三年的《人的境遇》，而《短褲黨》不但是蔣光慈個人的代表作，也是中國革命文學的先驅經典之一，至於《人的境遇》更是馬爾羅揚名國際的作品，甚至獲得了當年法國龔固爾文學大獎的肯定。

蔣光慈和馬爾羅這兩位作家，一中一西，都在一九〇一年出生，也都在二〇年代年紀輕輕就揚名文壇，成為傳奇人物，也都對於一九二七年中國革命感到興趣。一九二六年蔣光慈先是以小說《少年漂泊者》開始走紅，成為暢銷作家，一時之間在中國青年心中頗具有影響力。然而現代文學史家對於蔣光慈的文學成就卻多頗不以為然，譬如夏濟安《黑暗的閘門》一書便以「蔣光慈現象」來稱呼之，認為像他「如此才疏學淺之輩，除了二十世紀之外，根本不可能在中國歷史任一朝代躋身於文壇」，至於夏志清《中國現代小說史》更是給予蔣光慈極為負面的評價，直言批評他根本「不配置身成名作家，只能算個上作文課的高中學生」，而他那些膾炙人口的暢銷小說，也都不過是一些「浪漫革命主義的淺薄習作」。[2]

相形之下，馬爾羅則迄今在法國社會仍然維持聲譽不墜。後現代理論哲學家李歐塔（Jean-Francois Lyotard）甚至親自為他提筆寫作《馬爾羅傳》，而這也是李歐塔畢生中唯一的一本文學家傳記，於此可知馬爾羅對於法國文化界的重要性和象徵意義。除此之外，貝爾納-亨利・雷威（Bernard-Henri Levy）一九九〇年代出版《自由的冒險歷程：法國知識分子歷史之我見》，在法國轟動一時，也引起了媒體廣泛的矚目和討論，而這本書正是以馬爾羅作為主角，由他來串連起幾位二十世紀重要的法國知識分子，例如路易斯・阿拉貢（Louis Aragon）、克勞德・西蒙（Claude

Simon）、阿爾貝．加繆（Albert Camus）等等，而在書中馬爾羅所占據的篇幅顯然遠高過於其他人，也凸顯出馬爾羅在二十世紀法國知識分子心目中的代表性[3]。

馬爾羅在一九七六年逝世，在他長達七十五年的人生中，不但經歷了一次和二次世界大戰，更親身參與戰後世界政治版圖的重組，然而相較之下，蔣光慈的生平卻是短暫又坎坷了許多，在一九三一年國民黨頒布《出版法》的白色恐怖之下，他的作品被查禁，導致生活頓時陷入困境，在三十歲那一年就因貧病交迫而撒手人寰，創作生命也從此宣告夭折。如此一來，蔣光慈的文學成就自然難以和馬爾羅相提並論，不過，我們是否也受限於意識形態的框架，而過分低估了蔣光慈在二〇年代末期所掀起的革命文學風潮？以及他在創作上求新求變的突破？至於「浪漫」、「淺薄」等評語，是否也過度簡化了這股「蔣光慈現象」背後的象徵意義？

王德威〈革命加戀愛〉對於這個問題提出了更為周延的見解，他從浪漫主義詩學角度討論蔣光慈一系列以革命為母題的小說，認為在蔣光慈的眼中「革命與戀愛並無衝突，反而是各彼此息息相關的革命議程。經由此，革命者的主體得以從愛欲的領域裡脫穎而出，提升到政治領域。」如是觀之，蔣光慈其實是「不經意揭露了歐洲浪漫主義與寫實主義兩大文學流派同時被引進中國後，所產

2 夏濟安著，莊信正譯，〈蔣光慈現象〉，《印刻文學生活誌》第七卷第十二期，頁一四七。夏志清著，劉紹銘編譯，《中國現代小說史》，頁二七九。

3 見貝爾納-亨利．雷威（Bernard-Henri Levy）著，曼玲、張放譯，《自由的冒險歷程：法國知識分子歷史之我見》（北京：中央編譯出版社，二〇〇〇）。

生的種種矛盾衝突」。[4] 這段論述指出了二十世紀之初，西方現代思潮如現代主義、浪漫主義和社會寫實主義等等跨海傳播到中國後，所必然產生的齟齬與磨合，也開啟了我們重新審視蔣光慈的可能。

也因此，本文以下將試圖通過馬爾羅與蔣光慈的比較，說明在一九二〇年代西方與東方的跨界對話，而透過如此的比較也可發現，馬爾羅和蔣光慈不只不約而同寫了一本取材自一九二七年「上海工人三月暴動」的小說，他們兩人之間的相通或可供對照之處，更可以說是驚人的多。首先，他們的出身背景雖然不同：馬爾羅是法國人，出生在巴黎市郊，而蔣光慈則是生於中國安徽的山城霍丘，但他們同樣都在一九〇一年出生，並成為二十世紀東方和西方的第一代知識分子。其次，在政治信仰和思想上，他們都在一九二〇年代之初走上了一條左翼的道路，而且不只待在書房寫作，還或多或少親身參與了革命的實踐，進一步把思想與行動化而為一，文學和革命相互結合。

尤其可以注意的是，城市在他們的生命歷程中也都扮演了關鍵性的啟蒙角色。一九二〇年，年方十九歲的蔣光慈離開故鄉安徽，和幾位同學結伴來到上海，對於出身在中國傳統鄉鎮的五四青年而言，上海這座現代城市不但是淘金客和冒險家的樂園，充滿了金錢和摩登物質的誘惑，更提供了一個理想青年追求新生、實踐自我的出口。蔣光慈在上海加入同是安徽人陳獨秀所領導的「共產主義青年團」，接受左翼思想的洗禮，也同時在共青團所辦的「外國語學社」中學習俄語。共產主義青年團和外國語學社，都位在上海法租界霞飛路的新漁陽里，而隔鄰便是引領五四新思潮的重要刊物：《新青年》的編輯部。蔣光慈在這兒學習不到一年，便和同期的十多位青年如劉少奇、任弼時等，在一九二一年五月由上海啟程，搭船經日本長崎到海參崴，再轉搭火車前往莫斯科，進入專門培訓世界共產黨人的東方大學讀書。因此蔣光慈的青年生涯之中，上海這座城市可以說是一個關鍵性的轉捩點，從此為他打開了一條社會主義文學與革命的道路。

反觀青年時期的馬爾羅，也走過類似的生命的歷程。同樣也是在一九二〇年，馬爾羅對學校制式化的教育感到厭煩，他決定脫離了自己那個慘澹經營一片小雜貨店的家庭，隻身一人來到巴黎，當混居在城市的街頭巷尾中時，他才真正感到自己強烈的求知欲得到了滿足。馬爾羅首先透過位在巴黎市中心的「知識書店」，加入當時相當活躍的立體派、超現實主義和未來主義畫家和作家的社團，而這些青年藝術家有康定斯基、阿波利奈爾、馬拉美、馬克斯·雅各布、畢卡索等人，他們群集在巴黎蒙馬特區拉維尼昂街的一所破舊大建築物之中，裡面充滿迷宮似的工作室，而馬爾羅就和這些活力十足的青午們一同創造和實驗各種新的藝術潮流，眼界也因此變得更為開闊，從此無所不看、無所不讀。

正如同雅各布所形容的：這些青年藝術家們在進行「定位」，他們「訓練」，他們商討 種適合嘲笑表面現象毫無意義的荒唐舉動，也讚美一切足以掙脫色彩、語言、形式桎梏的力量，視自身將要創造「一種不可想像的文化，它以探索的領域與確認的體系對抗。在這種文化中，藝術家——也可能就是人類——只知道從何處出發，採取什麼方法，抱有什麼意願和方向。總之，是

4　王德威，〈革命加戀愛〉，收於《歷史與怪獸：歷史·暴力·敘事》（台北：麥田出版社，二〇一一），頁一〇八—一一〇。

偉大航海家的藝術。」[5]也因此他們也把這棟建築物命名為「洗衣船」，要從這兒揚帆遠行到世界最遙遠的地方，至於遠在東方的亞洲，也就成為他們創新與汲取靈感之時的一個重要參照點。正如李歐塔在《馬爾羅傳》中指出，一九二〇年代的巴黎彷彿充滿活力，各種現代或超現實的思潮風起雲湧，但在馬爾羅的眼中看來，卻是西方的文明已經瀕臨僵死困境的表徵。一九二二年史賓格勒（Oswald Spengler）出版《西方的沒落》一書，更讓馬爾羅深深為書中的觀點所著迷，認為西方文明雖然是達到物質享受的高峰，但是就精神的層面而言，卻是日漸走上衰頹和沉淪之路。也因此馬爾羅充分發揮「洗衣船」追求「偉大航海家的藝術」精神，在一九二三年毅然決然離開巴黎，離開西方這一種虛無矯情的、「死氣沉沉」的城市生活，從此跨越地理也是精神的疆界，展開了一連串深入遠東的冒險犯難傳奇之旅。

上海這座號稱「東方巴黎」的城市，成為馬爾羅亞洲之旅最重要的座標之一，正如同李歐塔做出的比喻：在馬爾羅眼中的西方與東方，其實就像是一個衰敗的歐洲，與「智慧基礎被蛀蝕」的中國的相互對鏡，而「西方和東方注視著它們的差異，並且投身於鏡中誘惑的遊戲」。馬爾羅尤其關注的，便是一九二〇年代在亞洲蓬勃興起的左翼革命，尤其是在中國，革命更被認為可以「造成一種使人擦亮眼睛的現代敏銳性」，所以一九二七年由共產黨領導的「上海工人三月暴動」大獲全勝，更吸引他的目光，作為西方反面（或陰暗面）的上海，也彷彿映照出巴黎這一座現代花都的命運，而暗藏著一種足以使西方起死回生，再造文明的龐大活力。

二、漂泊者／冒險家

當一九二三年馬爾羅決定前往亞洲冒險時，蔣光慈人卻是遠離了中國，置身在另一個遙遠的國度：他進入莫斯科的東方大學「中國班」就讀。當時俄國正為飢荒所苦，即使蔣光慈有公費補助因此衣食無虞，但是生活條件卻依然是相當的簡陋和嚴苛，許多留學生都無法忍受異國之苦，紛紛打起了退堂鼓。[6]在這段艱辛的時光中，蔣光慈以他一心想要追隨的共產主義信仰自勉，並提筆寫下大量的詩作，一邊歌頌西伯利亞遼闊、雄偉又壯麗的風光，一邊肯定文學具有神奇的療效，既可以美化現實之中的貧瘠和醜陋，更能夠撫慰人類心靈上的創傷。他讚嘆著「詩人的熱淚，是安慰被壓迫人們的甘露，也是刷洗惡暴人們的蜜水」，更把馬克思主義奉為救贖的聖經，是有如「希望的神」一般在他的前方作為引導，讓喧囂的鳥叫聲也化成了優美的「生命之歌」，讓靈魂「永在這春光燦爛的空間裡飛躍！」[7]蔣光慈後來把這些詩作集結為《新夢》一書，在一九二五年交給中共的發行機構上海書店出版，成了他個人的第一部詩集，也是中國最早歌頌無產階級革命的現代詩作。

蔣光慈在莫斯科東方大學接受社會主義思想洗禮，同時也結交了許多志同道合的好友，尤其是

5　李歐塔（Jean-Francois Lyotard）著，蒲北溟譯，《馬爾羅傳》，頁四三。

6　曹靖華，〈從上海外國語學社到莫斯科東方大學〉；裴毅然，《紅色生活史：革命歲月那些事（一九二一—一九四九）》（台北：獨立作家，二〇一五），頁三九。

7　蔣光慈，《新夢》（上海：上海書店，一九二五），頁五〇。

當時擔任「中國班」助教的瞿秋白，對於他日後的思想和文學創作影響尤其深遠。而馬爾羅的亞洲之行也有異曲同工之妙，他先是來到中南半島，結識了活躍於各地的革命分子，包括胡志民所領導的越南左翼勢力在內。馬爾羅和蔣光慈似乎都在透過這樣的跨界和異域對話的經歷，才更了解自己原先的位置何在，而上海和巴黎這兩座城市也因此形成了相互對映的存在，一東一西，成了彼此鏡中的倒影，或如李歐塔所言的：一場「鏡中誘惑的遊戲」。

其實上海和巴黎這兩座城市原本就有許多可連結之處，很容易被聯想在一起，譬如上海就享有「東方巴黎」的美譽，然而「東方巴黎」這個名號所給予人的印象，往往多指涉的是資本主義消費文化以及商業物質等層面，但事實不然，在二十世紀全球化的現代進程之中，這兩座城市更是革命的隱喻和象徵。早從十八世紀末開始，法國大革命就在巴黎點燃了歐洲民主的火炬，而來到了二十世紀的中國，早期共產黨革命人士如陳獨秀等活動的區域，也都集中在上海的法租界，更不用說許多共產黨員如向警予、蔡和森、鄧小平大多為留法勤工儉學出身，而左翼作家如巴金和戴望舒等也都留學法國。

蔣光慈小說《短褲黨》便點明一九二七年「上海工人三月暴動」的革命模式，正是仿效一八七一年發生在巴黎街頭的「巴黎公社」，而小說《短褲黨》名稱之由來，也正是出自於瞿秋白的建議，借用「巴黎公社」一群極左也極窮的革命黨人「短褲黨」（Des Sans-cullottes），他們出身於工人無產階級，衣衫襤褸，卻成為推動革命成功的真正主力。就在借鏡「巴黎公社」的模式下，共產黨所策劃的「上海工人三月暴動」，先是在浦東、吳淞、滬東、滬西到閘北一帶掀起大規模的罷工潮，然後在糾察隊的帶領之下，多達八十萬人的工人營隊在街頭組成，分別攻占電話局和電報局，截斷鐵路、電燈線和自來水，繼而又成功從軍警處奪取了大量的武器機械，組成了一支以工人為主體的國民自衛軍，於是從罷工正式轉為大規模的武裝暴動，也如同「巴黎公社」一般，在城市的巷弄之間進行堡壘戰，也因此更吸引了成千上萬的上海老百姓加入，紛紛捲起袖子，自願為自衛軍送糧食和茶水。[8] 換言之，有著「東方巴黎」之稱的上海，既模仿巴黎的消費時尚文化，同時也承襲了法國大革命乃至「巴黎公社」的顛覆精神，以及馬克思在《路易．波拿巴的霧月十八日》所指出的平民巷戰與街壘革命的積極面：「無產階級黨的力量是在街上。」[9]

巴黎這座城市所蘊含的革命和啟蒙意義，也可以說從十九世紀延續到二十世紀依舊深入知識分子的心靈，而馬爾羅就是這樣的一位代表人物。一九二三年馬爾羅對於西方現代文明感到失望，因此偕同第一任妻子克拉拉來到亞洲，不但遊遍了中南半島從新加坡、泰國到法國殖民地越南和柬埔寨，還深入到吳哥窟的深處，甚至在金邊更被以「破壞和竊盜遺址文物」的罪名遭到逮捕。但馬爾羅在亞洲遇到的種種阻礙，卻都沒有消磨掉他探索的熱情，於是在獲釋後，他又回到中南半島繼續介入各種左翼的革命活動之中。

一九二四年正當馬爾羅在亞洲為革命四處奔走之際，蔣光慈已經從莫斯科學成歸國，並在好友

8 蔣光慈，〈寫在這本書的前面〉，《短褲黨》，頁一；東錦，〈上海工人三次武裝起義中的巴黎公社元素〉，《黨的文獻》二〇一八年第五期，頁三五。

9 馬克思、中共中央馬克思列寧恩格斯斯大林著作編譯局譯，《路易．波拿巴的霧月十八日》（北京．人民出版社，二〇〇一），頁四〇。

瞿秋白的邀請之下，到上海大學社會系教書。不過，蔣光慈並不純粹只是一個學院的「教授」而已，上海大學原本就是國共合作的產物，也是中共積極培養年輕幹部的大本營，蔣光慈於是和一群上大的老師住在慕爾鳴路甲秀里的宿舍，而鄰居有瞿秋白、蔡和森向警予夫婦、李立三、張太雷、施存統，還有毛澤東。這棟石庫門房同時也兼作中國共產黨的中央宣傳部，因此引起了上海公共租界工部局的《警務日報》注意，特別在報上點名批判上海大學「部分教授均係公開的共產黨人，彼等正逐漸引導學生走向該政治信仰」，儼然已經成為了中國布爾什維克聚居的「紅色巢穴」。

也因此就像馬爾羅一樣，蔣光慈始終不是一個關在書房象牙塔之中的文學創作者，恰恰相反，他乃是持續不斷的移動和跨界遊走。他曾經自稱：「幼時愛讀游俠」也「愛幻游」，而「游俠」現象之所以出現，乃是因為中國社會向來建構在親族協作的道德規範之上，但卻容易導致個人自由遭到剝奪而消失，故當社會出現動盪不安之際，原有的倫常秩序隨之瓦解，有識之士就只能轉而寄望「游俠」——一種不循正軌，但卻熱情捨身忘己的特殊人群，從而在道德上給予他們高度的肯定。於是出生於亂世、漂泊四方的蔣光慈，從少年時就以「游俠」自詡，而他回國後在上海的生活也並不安定，先是在共產黨中央的指派之下，頻頻來往於上海、北京、南京、武漢乃至故鄉蕪湖等地，而一九二九年後更因為上海的白色恐怖日益嚴重，加上他嚴重的肺疾，不得不東渡日本去避難兼養病。

一九二九年底，蔣光慈從日本重返上海，先是參與左翼作家聯盟的籌備成立，但是當左聯真正在一九三〇年初成立之後，他卻又因為路線之爭而遭到黨內同志的批判，憤而退出共產黨，並且在短時間內奮筆疾書，完成了中國第一部以農民土地改革為題材的長篇《咆哮了的土地》。不幸的是，一九三一年初蔣光慈才剛完成這部小說，國民黨就頒布《出版法》，對書籍雜誌進行嚴格的思想審查，箝制言論自由，《咆哮了的土地》因此無緣問世，而蔣光慈頓失稿費來源，落到一貧如洗，不到幾個月後就因為結核病重，抑鬱而終，死時年僅三十歲而已，但短短人生卻已是驚濤駭浪，從離鄉、留俄、革命、成名、戀愛、旅日、鬥爭、喪妻等等，悉數經歷。

相形之下，馬爾羅的冒險人生就更加波瀾壯闊。他也和蔣光慈一樣從年少時期就離家出走，也因此瘋狂的讀書，李歐塔《馬爾羅傳》中是這樣形容的：他讀起書來「就如同人在鬥爭一樣，為的是要逃脫，出走遠行，就像人要復仇一樣。」[10]而馬爾羅不只離家，也離開自己的祖國，一九二三年他從中南半島深入亞洲，又在一九三〇年代後轉戰西班牙，加入對抗法西斯政權的共和軍，後來又加入法國裝甲部隊，並在二次世界大戰落幕後成為戴高樂政府的新聞部長和文化部長。這一連串冒險犯難的經歷，更使得馬爾羅成為二十世紀法國文化界的傳奇明星。

但不管是馬爾羅或蔣光慈，他們兩人的一生幾乎都處在旅行和越界的狀態，也說明了左翼思潮也在不斷的跨國傳播、旅行和串連之中，而這尤其從他們豐富的旅行經歷，從莫斯科、中國、法國到越南、柬埔寨等等，便可以勾勒得知。不只如此，秘魯知名的小說家、也是諾貝爾文學獎得主巴爾加斯・尤薩（Mario Vargas Llosa），在他的代表作《城市與狗》序言中使回憶，他在青少年時期「閱讀許多關於冒險故事的書籍」，尤其是「大量閱讀馬爾羅的小說」，並且「認同沙特作家社會

10　同註五，頁一〇。

責任的理念」，而深深受到這些文人的思想影響[11]。由此也可以窺見，在二十世紀的前半葉全球從歐洲、亞洲甚至到拉丁美洲的左翼知識分子，皆在跨越國界並且參照彼此的歷史、社會與思想，以尋求新的滋養和個人行動的準則，乃至於融合而成一種結合了文學、思想與社會實踐的、左翼知識分子的理想形象。

三、短褲黨／征服者

對於蔣光慈和馬爾羅而言，一九二五年都是重要的關鍵時間點，他們不約而同一致關注發生在中國上海的左翼革命。蔣光慈一九二六年出版的《少年漂泊者》，正是描寫主角汪中如何從故鄉一路流浪到上海，最後在一九二五年的五卅運動中獲得啟蒙，於是決定前往廣州，投身黃埔軍校，直到戰死在北伐的沙場上為止。無獨有偶，馬爾羅一九二七年出版的小說《征服者》（*Les Conquerants*），也同樣取材自一九二五年前後中國從上海到廣州的罷工運動，並且以廣州革命政府為核心，分析在國共合作的表象之下，左翼和各種政治勢力如共產國際、國民黨等的暗潮洶湧，糾葛紛爭。正如《少年漂泊者》所反映出當時的廣州，可以說是革命情勢大好，甚至是許多人心目之中公認的中國「莫斯科」，而黃埔軍校的校長蔣介石更被視為是中國的托洛斯基，也因此許多原本在上海參與五卅罷工的工人如《少年漂泊者》的汪中，都在上海軍閥白色恐怖的掃蕩之下，決定南下廣州，參與蔣介石所領導的北伐。這些罷工運動出身的工人，後來尤其成為北伐軍隊運輸和後勤補給的主力，在「湘粵之交」的戰場，多「五嶺山脈，崇山峻嶺，道路異常險阻，又兼濕暑炎熱，罷工工人重擔渡嶺，其困苦可知」，也因此日後國民軍北伐之所以大獲成功，這些工人實在功不可沒。[12]

一九二七年三月二十一日，上海的共產黨得知蔣介石率領的北伐軍已經逼近龍華，為了與之響應，故發動大規模的「上海工人三月暴動」，以反抗當時掌控上海、由軍閥畢庶澄所率領的直魯聯軍。就在歷經三十個小時的激戰之後，工人階級大獲全勝，而整場暴動的領導者之一趙世炎，也立刻以筆名「施英」寫下〈上海工人三月暴動紀實〉一文，詳細記錄下事件的始末。他在字裡行間難掩興奮和激動之情，但是卻隻字未提三月暴動的背後策劃者「知識分子」的功勞，包括他自己在內。趙世炎其實就是一個典型的「後五四世代」知識青年，他在就讀北京師範附中時受到五四思想的啟蒙，因此一九二〇年加入留法的「勤工儉學」，又在一九二三年和陳獨秀的兒子陳延年一起赴俄，在莫斯科東方大學讀書，於是年紀輕輕就擁有豐富的學經歷，而躍居早期共產黨的領導者之一。不過趙世炎雖身為知識分子，卻將「三月暴動」的功勞全都歸之於上海的「工人階級」，認為如果不是他們在街頭浴血「巷戰」，就絕對不可能有這場「俄國十月革命後最光輝的一頁」勝利。[13]

---

11 見巴爾加斯．尤薩著，曾永銳譯，《城市與狗》（新北：聯經出版事業公司，二〇〇九），頁五。

12 鄧中夏，《中國職工運動簡史》，頁二七二。

13 見趙世炎，〈上海工人三月暴動紀實〉，收於上海檔案史料叢編，《上海工人三次武裝起義》，頁四一七—四二三。

蔣光慈和馬爾羅顯然也受到「上海工人三月暴動」成功的震撼，於是紛紛以此為題材，寫作小說。蔣光慈搶先一步奮筆疾書，在暴動成功之後不到兩個禮拜就完成了小說《短褲黨》，至於馬爾羅則要等到一九三三年才出版《人的境遇》（*La Condition Humane*），也因其較晚出，便能更加全面的描寫「上海工人三月暴動」，以及隨之而來的四月清共。不過，也正因為《短褲黨》和《人的境遇》兩本小說題材相同，拿來互相比較，將有助於我們更進一步理解蔣光慈和馬爾羅、這一中一西左翼知識分子的革命想像。

相較於《人的境遇》敘事的時間點是從一九二七年三月二十一日的深夜啟動，蔣光慈的《短褲黨》卻把敘事的時間提前，從一九二七年二月的一場規模較小的失敗革命，也就是「上海工人二月暴動」開始寫起，至於左翼革命最「光輝的一頁」的「上海工人三月暴動」反倒只占了整本小說最後的短短幾頁。至於為何如此呢？背後的原因，其實頗值得我們推敲和玩味。蔣光慈在《短褲黨》的序言中已經表明，他之所以寫作這本小說，是想要以此「紀實」，留下「中國革命史上的一個證據」，但事實上絕對不只如此而已，《短褲黨》恐怕還背負了一項更為重要的使命，那就是宣揚瞿秋白以無產階級工人為主體的革命理念。也因此，蔣光慈才巧妙地把敘事的時間提前了一個月，拉回到一九二七年的二月，以絕大的篇幅來描寫這一場由瞿秋白親自參與指導的「工人二月暴動」，並且通過小說之中影射瞿秋白的主角「楊質夫」：也就是「楊之華之夫」，由他的視角去再現了當時幾位共產黨的領導人：「老頭子鄭仲德」是陳獨秀，缺乏魄力，遇事總是猶豫不決；「魯德甫」是彭述之，說起話來咬文嚼字，性格懦弱；至於肺病在身不停咳嗽的「史兆炎」，便是趙世炎；「林鶴生」則是汪壽華，他長期從事工人運動，因此和「青幫」及杜月笙都交情頗深。

「楊質夫」也就是瞿秋白，無疑才是《短褲黨》的核心人物，而正當上述的幾位要角齊聚在「工人二月暴動」的指揮中心：法租界「T路W里S號」，也就是「辣斐德路華冠里四號」，為了罷工之後的下一步應該要怎麼走？而喋喋爭論不休時，「老頭子鄭仲德」始終在國共合作的大方針下，寄望蔣介石的北伐軍可以前來支援，卻只有「楊質夫」主張必須以工人為主體，立刻將罷工擴大成為「武裝暴動」，而他從頭到尾手捧一本列寧《多數派的策略》，更是在暗示革命應交給「多數派」的無產階級來領導才對。[14]

也因此《短褲黨》雖以瞿秋白為主角，但更歌頌那些在街頭奔走，真正為革命浴血奮戰的一群無產階級，如閘北絲廠的工人李金貴和刑翠英等等，他們用自己的鮮血「濺滿了南市，濺滿了閘北，濺滿了浦東，濺滿了小沙渡」，更使得「一座繁華富麗的上海變成了死氣沉沉的死城，變成了陰風慘慘的鬼國，變成了腥羶的血海！」[15] 蔣光慈更進一步點出一九二七年的大革命，之所以和一九一一年的辛亥革命，以及一九一九年的五四運動不同，在就於這次革命乃是以工人無產階級取代了知識分子，而成為革命的真正核心力量。事實上，「上海工人三月暴動」發生時，瞿秋白恰好被黨中央派往武漢，去籌備中共即將召開的第五次代表大會，所以不巧在這「革命最光輝的一頁」之中缺席，但蔣光慈《短褲黨》仍然不忘把最重要的位置留給他，描寫暴動成功之後，主角楊質夫（瞿秋白）和秋華（瞿秋白的妻子楊之華）相擁合唱「國際歌」作結，在充滿了希望和歡樂的同

14 蔣光慈，《短褲黨》，頁一四五。
15 見同上註，頁三〇—三三。

時，更暗示瞿秋白的無產階級革命理念，才是真正促成「上海工人三月暴動」成功的推手。

蔣光慈的《短褲黨》寫得既快且急，不避粗糙，顯然是要為歷史作見證，以及搶奪革命論述話語權的時間焦慮感，不過卻也因為如此，他並未能預見才不出一個月左右，一九二七年四月中旬，上海的局勢就居然出現了一百八十度的劇烈轉變：蔣介石率領北伐軍進入上海，在秘密取得黑社會頭子杜月笙和白崇禧軍隊的支持之下，便忽然宣布整座城市進入戒嚴，緊接著發動大規模的清共屠殺。《短褲黨》的「林鶴生」，也就是出身青幫的汪壽華，在四月十一日應杜月笙之邀，前往杜公館赴宴，卻沒想到他才一踏入大門，就慘遭埋伏在兩旁的殺手擊昏，被裝入麻布袋裡，押到楓林橋華界的荒地之中活埋，而成為了清共行動的第一個犧牲者。在接下來的幾個月，上海更是陷入腥風血雨，陳延年和趙世炎先後遭到國民黨逮捕，送往龍華監獄槍決，而閘北也再一次淪為血腥的戰場，從寶山路到虬江路一帶處處死屍，宛如人間煉獄的翻版，估計至少有五百多人遭到處死，五千多人下落不明，而實際上死亡的人數恐怕還要更多。[16]

故相較於蔣光慈《短褲黨》所展現出來的革命情勢一片大好，對未來充滿了樂觀的信心，馬爾羅的《人的境遇》卻因為比較晚出，反倒更能夠對於中國左翼革命的興起與幻滅，做出更為周延而且全盤的反省。在馬爾羅的筆下，上海這一座城市始終籠罩在濃厚的悲劇氛圍支中，揮之不去的宿命陰影，覆蓋住城市裡的每一個子民，而他們注定要在此接受命運的苦難與試煉，彼此不斷的詰問和質疑，就有如希臘悲劇合唱隊的歌詠一般，反覆湧現在小說的敘事裡。

從《短褲黨》到《人的境遇》的風格差異，也使得這兩本小說中的人物形象截然不同。蔣光慈《短褲黨》的人物大致可以區分為兩種類型：一種是負責啟蒙大眾，策劃並且主導革命的知識分子，如楊質夫、史兆炎和華月娟等；另一類則是無產階級工人，尤其是紗廠的工人如李金貴和刑翠英等。這兩種不同類型、不同階級的人物，既是相互合作，卻也相互抗衡，也就是說工人雖然受到知識分子的啟蒙和領導，但也同時不滿於知識分子的軟弱和消極，也因此工人群眾才會躍居為《短褲黨》中暴動的主角，他們串聯了浦西、閘北、楊樹浦到浦東的工廠區，合力走上街頭，奪取軍警的武裝，而相形之下，知識分子空有言論卻毫無行動的能力，不是患了肺病躺在床上，要不然就是因為腿傷無法行走，只能關在房子裡開會，你一言、我一語的爭吵不休。故蔣光慈在《短褲黨》中雖然沒有言明，卻早已透過敘事暗示，五四的知識分子即將退場，而中國革命的主導權將要交給工人無產階級。

相形之下，馬爾羅《人的境遇》的角色更為繁多，幾乎遍布了上海的各個階級，從知識青年（如強矢）、教授學者（如吉索爾）、工人革命者（如陳），乃至於稱霸上海金融產業的資本家（如費拉爾）、俄國革命家（如鮑羅廷）等等，不但跨越了知識分子、資產階級和無產階級，也跨越了國界，故比起專注於中國知識分子和無產階級對立的《短褲黨》，面向都來得更為廣泛。如果說蔣光慈的《短褲黨》主要在呼應瞿秋白的政治主張，認為革命不能夠仰賴資產階級的援助，而必須通過無產階級的「人民武裝」，才有可能獲得最後的成功，那麼馬爾羅《人的境遇》卻是在對中國的左翼革命提出了一種內向的省思，哲學式的逼問，也因此他在書中塑造了一個主要角色的「吉

16 據資料在四天內有三百多位工人和黨員被殺，五百多人被捕，五十多人下落不明，而實際數目可能更多，陳永發，《中國共產革命七十年》，頁一八六—一八八。

索爾」：一個北京大學社會學教授，被軍閥張作霖驅逐到上海，造就了許多中國優秀的革命青年幹部，儼然就是現實世界之中陳獨秀的化身。吉索爾教授在大革命前夕，對於那些一路跟隨著他，出身於小資產階級卻滿腔熱血的大學生闡述：「他們勢必要選擇聯合軍閥還是聯合無產階級」，至於馬克思主義「與其說是一種學說，不如說是一種意志」，是一種「自我認識的意志，如實地自我感覺和奪取勝利的意志」，更是要在「凡人堆裡做超人」、「掙脫人的境遇」的意志[17]。

馬爾羅《人的境遇》因此將左翼革命定義為是二十世紀亞洲「個人主義」覺醒的一種方式：「苦力意識到自我的存在，起碼意識到自己是活著的」，而這種意識也驅使整個黃色亞洲集體陷入了一種行動的狂熱之中，而成為他所謂的「行動的獵物」，他們甚至「在極端的暴力中看到帶給自己尊嚴，凸顯個人重要的可能性」，也看到了自己成為「征服者」。馬爾羅還以宗教來比喻這種覺醒，認為工人革命不是出於虛榮，而是「要得到一種真實的人的存在感，擁有一個獨特的人生，在上帝眼中與眾不同」，他甚至反問：「基督教的力量難道和這不是一種相似的情感嗎？」[18]

馬爾羅對於中國左翼革命帶著宗教意味的看法，無疑帶有強烈的自我投射，正如李歐塔《馬爾羅傳》中對於革命者的形容：這是一個「冒險家的肖像」，也同時是「現代人的真實形象：不相信，然而行動。這是一種沒有天國、大膽敢幹的禁慾主義者。」[19] 馬爾羅《人的境遇》也試圖把上海這座城市的空間「宗教化」，也把暴動的主要地點：閘北紗廠，譬喻成是一座「昔日的大教堂」，而「人們理應從中看到的不再是諸神，而是正在與地球搏鬥的人的力量。」[20] 而如此薛西弗斯式的搏鬥，李歐塔也引用馬爾羅的說法來進一步詮釋，那便是：「東方要轉向個人主義」，只是這裡的「個人主義」並非是西方自由主義式的個人，或是巴金小說《秋》所控訴的，中國「禮教的精義」就是「利己主義」，因為在馬爾羅定義下的東方「個人主義」，乃是一種對上帝的挑戰，對存在的叩問，如此一來，「每個人都有可能戰勝不幸的人所過的共同生活，從而實踐個人的單獨的生活」。[21]

馬爾羅自己不也正是這樣一個「與地球搏鬥」的傳奇人物嗎？《人的境遇》所欲塑造的「個人」，其實更近似於一個神的選民，或是一個追求末日救贖的個人英雄，如一九二七年他以廣州革命為背景的小說：《征服者》中所言的「征服者」。而這種以革命去實踐個人存在的英雄觀，也使得馬爾羅和蔣光慈在描寫上海時，產生了本質上的差異。蔣光慈秉持著無產階級革命的理想，更偏愛的是從底層工人的視角出發，並且以此來遊街走巷，凸顯出城市邊緣人與主流階級的格格不入、衝突和緊張。至於馬爾羅在描寫上海時，則是傾向於用一種神的視角，俯瞰注視著城市的全景，譬如他對於暴動之夜的形容，就像是有人躲在看不見的制高點之上，拿槍屏息注視，「整個城市已成為被瞄準的獵物」，故瀰漫著的一股靜寂，而「這種靜寂不論遠近都充滿生命的躍動，宛如遍布昆蟲的森林裡的靜寂。」[22]

---

17 馬爾羅（André Malraux）著，丁世中譯，《人的境遇》，頁五五。

18 馬爾羅（André Malraux）著，寧虹譯，《征服者》，頁一〇—一一，九七。

19 同註五，頁九。

20 同註一七，頁一九〇。

21 同上註，頁五六。

22 同上註，頁七三。

如此神（或英雄）的視角，主導了《人的境遇》對於「上海工人三月暴動」的再現，也成為馬爾羅和中國「後五四世代」作家之間的歧異點。曾經就讀上海大學、也是左翼詩人的戴望舒，一九三三年在巴黎讀書時，曾經參與一場反德國法西斯及反法國帝國主義的大會，而馬爾羅應邀演講，在會議講台上慷慨陳詞，批判納粹。這時在台下聽講的戴望舒特別委託友人，在演講結束後，上前向馬爾羅傳達自己對於《人的境遇》的欽佩之意，但卻也不忘提出批評——戴望舒認為《人的境遇》中的主角「幾乎都是個人主義知識分子」，「他們把革命視為擺脫人類境遇的手段，沒有一個無產階級的人物扮演重要的腳色。所有這些是不真實的，使得中國革命有些可笑。」也因此戴望舒做出如下的結論：馬爾羅「不敢直面上海的無產階級，因為他對他們了解得還不夠。」[23]

戴望舒的看法，無疑揭示了二〇年代中葉以後中國作家的文學觀。如果說馬爾羅是把革命宗教化，採取神的視角去俯瞰革命的悲劇的話，那麼，中國作家卻是恰恰好相反，他們竟是要努力的將自己的視角放低，化身成為底層老百姓的目光，以此來貼近土地，巡遊上海的大街小巷。就像蔣光慈在《短褲黨》所引用的「巴黎公社」典故，乃是以工人無產階級的街壘巷戰，來勾勒出城市的圖景，但馬爾羅卻不是巴黎的「短褲黨」，他反而是一個出自「洗衣船」大樓的前衛藝術家，因為對於西方文明感到失望，才試圖在亞洲的革命中尋找個人的救贖。也因此，對於馬爾羅等西方知識分子而言，在「上帝已死」所帶來的絕望與虛無之中，革命儼然成為一種起而代之的新宗教。但對於中國左翼的知識分子而言，革命卻恐怕和宗教的救贖一點關係也沒有，他們更傾向於趙世炎所說的：「暴動」，才能真正「確立了中國革命的性質」，因為這是一種屬於現世的行動，戰線的奪取，也是實踐公平正義的唯一方式。[24]

蔣光慈《短褲黨》結束在工人熱鬧的慶祝大會，以及楊質夫和秋華合唱「國際歌」之上，而馬爾羅《人的境遇》則是結束在革命者強矢的死亡，以及吉索爾教授的冥想之中：「不論是血肉、痛苦還是死亡，都在上界溶解於光明中，猶如音樂溶解於靜夜」。《短褲黨》中積極行動的大眾，和《人的境遇》中沉思冥想的「個人」，形成了鮮明而強烈的對比，也說明了東方和西方左翼知識分子的歧異之處。雖然馬爾羅指出，革命在二十世紀的亞洲是一種「個人主義」的覺醒，但馬爾羅卻忽略了這裡的「個人」並非一個超越現世，追求自身救贖的的孤獨者，反而是如同魯迅所說的鐵屋子中的「吶喊」一樣，「個人」仍舊是置身在「群體」之中，所以身為最先清醒過來的「個人」，他們必須負擔起社會的責任，以喚醒周遭更多還在昏昏沉睡的庸眾，以致於到了最後，「個人」將會逐漸隱身到大眾之中。故從一九一九年的五四、一九二五年的五卅，乃至一九二七年的「上海工人三月暴動」，「個人」一次又一次的投身於革命，也以此完成以無產階級出發的視角的置換。蔣光慈寫於一九三一年的《咆哮了的土地》就是一個明證，標誌的正是一個以無產階級為核心藍圖的新中國的來臨。

23 引自張寅德，〈上海的誘惑：馬爾羅空間與中國異位性〉，《馬爾羅與中國》，頁九四—九五。
24 同註一三。

瞿秋白與革命文學

一、從文學革命到革命文學

五四的文學革命在一九二五年的五卅之後轉向革命文學，乃是所有研究中國現代文學史者都不能迴避的課題，誠如楊儒賓的提問：「一個風行一時的個人主義的思潮，為何竟然被它的對立面的階級人性史觀所取代？這是一個令人很難不起疑的問題。」[1]所以究竟應該如何詮釋甚至評價五四知識分子在一九二〇年代中葉之後的轉向？由於事涉敏感的政治意識形態，也就容易流於二元化的立場壁壘分明，如夏志清便以自由派文人的反共觀點，批判革命文學使得文學淪為政治鬥爭的附庸和工具[2]，而李歐梵則以西方現代性角度評騭二〇年代中國文學發展的困境，以為中國作家和

1 楊如賓，〈革命文學的興起：個性與階級性的消長〉，《中國文哲研究通訊》第二十九卷第四期，頁一九九。

2 如夏志清，《中國現代小說史》（台北：傳記文學出版社，一九九二）或侯健等皆是支持胡適、梁實秋等自由派之文學主張，而認為「梁實秋的文藝理論，自然也是曲高和寡，在囂張的浪漫主義裡眾醉獨醒」云云。

同時代西方作家之不同，在於「不能夠否棄現實」，所以「現代性從未在中國文學史上真正勝利過」。[3]王德威則提出「被壓抑的現代性」概念，認為五四之後的現代作家「從為人生而文學到為革命而文學」，反倒壓抑了晚清小說中「嘻笑怒罵的精神」以及「五花八門的題材及風格」，而把文學化約成「現實主義的金科玉律」。[4]

如此一來，「感時憂國」似乎成了扼殺創作的沉重包袱，也使文學淪為政治的附庸，如楊儒賓所指出：「民國新文學從文學革命到革命文學，文學的建構原理從個體性發展到階級性，這樣的途徑毋寧是條歧路」，也使得「文學革命」到最後反倒成了「革掉了文學之命」[5]。然而，中國現代的「文學之命」是否果真被「革掉了」？若對應大陸在二十世紀下半葉從傷痕文學到先鋒派，乃至九〇年代後的熱鬧開展，文學恐怕也未必如此命短。而上述文學史的詮釋也似乎將五四文學革命到五卅革命文學，乃至於一九四二年「延安文藝座談會上的講話」，視為一脈相承的線性法則，而把文學創作者各自擁有的多元面向，化約成了一群追隨著某種旗幟而亦步亦趨的尖兵隊伍，在革命的道路上邁開正步。這種說法或許可以適用於一九四九年新中國成立之後，中央集權統一的年代，但若是放回到二十世紀之初的民國，卻可以進一步商榷和斟酌，在那個軍閥割據導致國家四分五裂，不論內戰或外戰皆仍頻繁的時代，即便是在共產黨自己陣營的內部尚且充滿了各種歧義和爭辯的聲音，更遑論許多被視為革命文學的代表人物如茅盾或蔣光慈，其實和黨的關係也不如想像之中緊密。茅盾是在一九二七年清共後才開始寫作小說，但當時的他卻和組織完全失去了聯繫，至於蔣光慈更在一九二九年就開始和黨的路線不合，終被黨報《紅旗日報》公然宣布除名。

如此一來，二〇年代中葉以後的革命文學可謂是眾聲喧嘩，而共產黨對作家的實質約束力並不大，既不「同質化」更稱不上「法西斯」，更何況在當時許多左派的知識分子眼中，真正配得上「法西斯」名號的，反倒是右翼的蔣介石政權。也因此從五四文學革命到革命文學的發展，意識形態幽靈無所不在，仍有許多有待探究或除魅的空間。侯健早在一九七四年發表的長文〈革命文學的前因與實際〉，政治立場也是鮮明的反共，認為左聯分子是「狂妄囂張」，而且「只問目的，不問手段」[6]，不過他將革命文學崛起的過程，放回當時的社會脈絡底下檢視，卻也指出幾個值得推敲和深思的關鍵。首先便是一般文學史多把五卅視為革命文學的開端，而先驅者是創造社文人如郭沫若、成仿吾等，但侯健認為「這種說法，與事實尚有出入」，因為「革命文學自開始便是與無產階級文學為一體的」，而真正的關鍵人物並非創造社，應是蔣光慈。[7]

其次，在一九二七年清共之後，幾位左傾的文人如茅盾多已隱居，或流亡異鄉，因此一九二八年一月蔣光慈和中學時的好友阿英（錢杏邨）等人，在上海閘北的四川北路上成立太陽社，而創造社則吸引了一批剛從日本回來的青年如李初梨等加入時，他們對於蘇俄的文學理論了解不多，故革

3　李歐梵，《現代性的追求》，頁一一一。
4　見王德威，《被壓抑的現代性：晚清小說新論》，頁七二—七三。
5　同註一，頁二二〇—二二二。
6　侯健，〈革命文學的前因與實際（下）〉，《中外文學》第三卷第七期（一九七四年十二月），頁一五四。
7　侯健，〈革命文學的前因與實際（上）〉，《中外文學》第三卷第五期（一九七四年十月），頁一七—一八。

命文學論戰尤其是針對魯迅、茅盾等人的圍剿，其實多是「黨同伐異的人身攻擊，流品甚低」[8]，對於文學創作的實際影響並不大，只是「相互嘲罵，呈現出一幅十分混亂的圖畫。」而革命文學真正邁入新的階段，使左翼思想「征服了一般知識分子的心靈」，關鍵點應該是在馮雪峰發表〈革命與知識階級〉一文，調和了魯迅與左翼的紛爭之後，乃至一九三〇年左翼作家聯盟成立，從此「革命文學運動」才從「郭沫若之流的投機行為，真正變質為有組織，有計畫，有紀律的行動」，而從文學到戲劇、藝術乃至各種的左傾刊物也紛紛出現，革命文學才真正得以蔚然成風。[9]

從上述兩點可知，革命文學的先驅者乃是蔣光慈，而一九三〇年成立的左聯也扮演了關鍵性的角色，當時中共的地下組織幾乎因為清共而遭破壞殆盡，左聯還甚至以「第二黨」或「半政黨」之姿，擔負起了維繫中共存活下去的任務，也統合了原本混亂分歧的上海文學界，並且為革命文學真正奠定了理論與組織的基礎。[10]故魯迅也在左聯成立之後，不得不發出感慨：「在現在，不帶點廣義的社會主義的思想的作家，或藝術家……是差不多沒有的。」[11]

不過侯健雖然指出蔣光慈的先驅位置，卻沒有說明他的文學思想來源，以及在文壇的崛起和墜落的過程？他雖然點出左聯是「中共直接介入運動」並統合文學界的重要推手，但所謂的「中共」究竟是哪些人？指涉卻甚為曖昧模糊，尤其當時共產黨中央為建立蘇維埃區已是焦頭爛額，所以又有誰足能在上海「介入」文學運動，並影響這些受到五四思想啟蒙，個人主義色彩鮮明的創作者？並且以革命文學的理念將他們說服？若推敲這幾個問題，再進一步分析蔣光慈的創作歷程，以及當時左聯的作家成員，誠如馮雪峰的回憶，國民黨白色恐怖有如在上海鋪下了天羅地網，故左聯只能「盡向地下發展，由半秘密而成為完全秘密的存在，實際上把活動一天一天地縮小，後來是只剩了少數的幾個沒有被捕和被殺的作家和黨員在撐持了」[12]，而馮雪峰、魯迅、茅盾、丁玲和華漢（陽翰笙），恐怕就是那既有文名，又能倖存的「少數的幾個」。如此一來，能夠對於蔣光慈以及上述幾位作家發揮實際影響力的人，恐怕呼之欲出，應只有瞿秋白一人而已。

二、瞿秋白

關於瞿秋白的研究，夏濟安《黑暗的閘門》向來被視為一篇不可忽略的經典之作，以瞿秋白記錄俄國之行的自傳《餓鄉紀程》為本，著眼於他個人坎坷的成長身世。[13] 一八九九年瞿秋白出生在江蘇常州一個破產的仕紳家庭中，從小就飽讀詩書，又嗜讀佛經，一九二〇年他以北京《晨報》通訊員的身分赴莫斯科，成為中國最早接受社會主義訓練的理論家和革命者之一，並在一九二七年到

---

8 侯健，〈革命文學的前因與實際（中）〉，《中外文學》第三卷第六期（一九七四年十一月），頁六六—六七。

9 同註六，頁一五三—一五五。

10 張廣海，《政治與文學的變奏：中國左翼作家聯盟組織史考論》（香港：三聯書店，二〇一七），頁一五。

11 見魯迅，〈對於左翼作家聯盟的意見〉，《魯迅全集》卷四，頁二三六。

12 馮雪峰，《回憶魯迅》（北京：人民文學出版社，一九五七），頁二二—二三。

13 見夏濟安，〈瞿秋白：一名軟心腸共產主義者的煉成與毀滅〉，收入《黑暗的閘門》（香港：中文大學，二〇一六），頁三—五〇。

二八年間取代陳獨秀，以中共中央最高領導人的身分，在中國的沿海城市如上海、廣州及長江流域一帶農村，發起一連串無產階級工人和農民土改的血腥暴動。一九三五年瞿秋白在福建長汀被國民黨逮捕，被槍決之前，他留下一封日後備受爭議的遺書〈多餘的話〉，充分流露出在他身上矛盾並存的兩個極端面向：書生和革命家，一如夏濟安對他做出的貼切形容：一個「軟心腸的共產主義者」[14]。

《黑暗的閘門》點出了瞿秋白戲劇化又充滿了矛盾的悲劇人生，然而卻忽略了瞿秋白一生中幾個在思想上發揮影響力的重要階段。如一九二三年他擔任上海大學教務長，培養出一批核心的青年黨員，以及一九三一年他在城市到農村發動的流血革命皆以慘敗收場之後，遭到王明派系人馬的鬥爭而黯然下台，他在退出政治圈後隱居在上海，又在昔日好友茅盾和馮雪峰的協助下，重新回到了文學的老本行，也因此和魯迅建立起親密的知己之情，並進一步成為左聯轉型的重要推手。一九三一年十一月，左聯的執委會通過由瞿秋白所主導、馮雪峰起草的〈中國無產階級革命文學的新任務〉，宣告從此進入了一個「新階段的開始」，也就是所謂的左聯「成熟期」，而茅盾認為這轉變背後的靈魂人物，正是「應該給瞿秋白記頭功。」[15]

瞿秋白原本就是中國最早赴俄取經的人之一，共產國際的代表馬林甚至稱讚他是中國「唯一真正懂得馬克思主義理論的人」。[16]一九二三年他從莫斯科回到中國不久，就擔任陳獨秀的得力助手，不但負責主編《新青年》季刊，還自己擔任主筆，如第二期就多達數篇如〈荒漠裡——一九二三年之中國文學〉、〈自由世界與必然世界〉、〈自民治主義至社會主義〉等都是出自於他的手中。他也和當時最重要的文學團體——文學研究會的淵源頗深。文學研究會的發起人鄭振鐸和耿濟之，都和瞿秋白的年紀相當，當一九一七年他們三人還在北京讀書時，就已經結為了情同手足的患難好友。因為這層淵源，瞿秋白經常在文學研究會的刊物上發表文章，也以〈最近俄國的文學問題——藝術與人生〉來呼應他們「為人生而文學」的主張。他更在沈雁冰主編的《小說月報》寫作一系列介紹俄國新文學的文章，如〈勞農俄國的新文學家〉（第十四卷第九號）、〈《灰色馬》與俄國社會運動〉（第十四卷第十一號）、〈赤俄新文藝時代的第一燕〉（第十五卷第六號）等等，著述之豐，可以說是相當驚人。

瞿秋白不但勤於筆耕，也在陳獨秀和李大釗安排下出任上海大學的教務長。在這一所名為「國共合作」，事實上卻由共產黨人所主導的大學中，瞿秋白不僅創辦了全中國第一所社會學系，也親自編撰社會學的講義《社會哲學概論》與《現代社會學》等，並透過上海大學聯合復旦大學、東吳大學等校，開辦「暑期講學會」以宣揚社會主義的理念。瞿秋白也延攬了許多好友到上海大學教書，如請鄭振鐸教授「文學概論」，沈雁冰教授「西洋文學史」和「小說研究」，以及他在莫斯科結識的詩人小說家蔣光慈來教授「俄國文學」等等。

所以從《新青年》、《小說月報》、文學研究會到上海大學，這幾份刊物、社團和大學，可以說彼此環環相扣，思想相互呼應，而瞿秋白也成功扮演串聯起這些環節的核心人物之一。因為這些

14 茅盾，《「左聯」前期．回憶錄十二》，《新文學史料》一九八一年第三期，頁一〇一。
15 見張小紅，〈瞿秋白與左聯〉，《華東師範大學學報》一九九九年第一期，頁一一三。
16 劉小中、丁言謨編，《瞿秋白年譜詳編》，頁一二三。

刊物或文學團體的主其事者，譬如沈雁冰、鄭振鐸和葉聖陶等，不但是上海大學的教授也同時在商務印書館工作，從工作到私生活都成為往來親密的好朋友，所以當一九二四年創造社解散，《創造季刊》和《創造週報》相繼停刊之後，上海大學的教授群可以說取而代之，掌握了新文學重要刊物和最大出版機構：商務印書館，進而成為當時思潮的引領者。

三、蔣光慈和茅盾

革命文學的先驅者蔣光慈，生於一九〇一年的安徽霍邱，一九一七年他在蕪湖讀中學時，老師高語罕正是陳獨秀的好友兼《新青年》的撰稿人，經常在課堂上介紹五四新思想，他因此深受啟發。就在高語罕的介紹之下，蔣光慈於一九二〇年前往上海，加入陳獨秀創辦的「社會主義青年團」，又在次年和青年團的同學如劉少奇、任弼時等十多人遠赴莫斯科的東方大學讀書。對蔣光慈而言，陳獨秀和高語罕可以說是引領他走上社會主義之路的啟蒙老師，然而真正對於他文學創作產生莫大影響的人物，卻是他在東方大學時所結識的、亦師亦友的瞿秋白。

瞿秋白只比蔣光慈年長兩歲，也只不過提早一年多到莫斯科，然而他的俄文嫻熟，已在東方大學中國班擔任助教，同樣熱愛文學的兩人因此結為好友，還共同合作了一部《俄國文學史》，由瞿秋白主筆，但日後在上海出版時則是以蔣光慈為名。一九二四年蔣光慈從莫斯科回到中國，也在瞿秋白的力邀之下到上海大學教書，並在一九二六年以他在上海大學的所見所聞，完成了生平的第一部長篇小說《少年漂泊者》，從一個離鄉漂泊的少年視角，反映了一九二三年京漢鐵路大罷工、一九二五年五卅事件到一九二六年北伐的歷程。《少年漂泊者》在文壇上可以說是一炮而紅，擄獲了不少當時青年讀者的心，於是蔣光慈再接再厲，當一九二七年「上海工人三月暴動」大獲全勝之際，他就以「紀史」的心情在短短一週內完成了小說《短褲黨》，以記錄這場「俄國十月革命後最光輝的一頁」。蔣光慈寫得又快又急，自知粗糙，但他既把小說定位在「紀史」，文學技巧反倒成了次要的考量，而事實上也證明這樣的寫作策略奏效，《短褲黨》之所以人為暢銷，就在於它戳破了上海主流媒體不敢碰觸的政治禁忌，更揭露了一般市井小民無法得知的革命內幕。

瞿秋白無疑是《短褲黨》背後的最重要推手，這個書名不但出之於他的建議，他還為之作序，而貫穿整本小說的核心主角「楊質夫」，更是瞿秋白的化身，這些都是蔣光慈和瞿秋白在文學上合作無間的證明。不只如此，《短褲黨》在「紀史」的目的之外，其實還背負了一項更為重要的任務，那便是傳達瞿秋白以無產階級工人為主的革命理念。也因此，蔣光慈巧妙的僅在小說的結尾提到了大獲全勝的「工人三月暴動」，反倒是把全書百分之九十以上的篇幅全都花在「上海工人二月暴動」，究其原因，雖然「二月暴動」以流血慘敗收場，但那才是真正由瞿秋白所親自參與主導的一次革命行動。

蔣光慈無疑要透過小說主角「楊質夫」也就是瞿秋白的觀點，指出「二月暴動」之所以失敗，應該要歸咎於「老頭子鄭仲德」也就是陳獨秀的懦弱不決，一直在「國共合作」的大旗下，希望依靠蔣介石的北伐軍前來支援，才會導致原本在罷工之中好不容易累積起來的士氣，終而一瀉千里。反觀「楊質夫」也就是瞿秋白，卻是手中捧著一本列寧《多數派的策略》，堅決反對仰賴軍閥或資本階級，主張革命的主導權應該交給「多數派」的工人無產階級，立即擴大成為「武裝暴動」才對。[17]也因此《短褲黨》無疑在暗示，「上海工人三月暴動」之所以能夠大獲全勝，就是因為貫徹了瞿秋白無產階級革命理念的結果。

不但蔣光慈受到瞿秋白的影響甚深，另外一位革命文學的理論家和作家沈雁冰（茅盾），更是從文學工作到私人的日常生活之中，都和瞿秋白往來相當密切。早在一九二四年的秋天，上海大學就被警務處點名為「中國布爾什維克之活動」的總機關，將瞿秋白列入通緝的黑名單內。瞿秋白因此不得不轉入秘密的地下活動，偕同新婚的妻子楊之華一起隱居在閘北寶山路順泰里，和沈雁冰成了一牆之隔的鄰居，兩家人也因此結為好友。瞿秋白的妻子楊之華還介紹沈雁冰的妻子孔德沚加入共產黨，兩人一起投身婦女運動，而瞿的女兒瞿獨伊恰好和沈的女兒沈霞同年，也都讀同一間幼稚園，於是每天接送她們上下學的工作，也就落在了向來就喜愛孩子的瞿秋白身上。

一九二七年「上海工人三月暴動」大獲成功，但共產黨這份勝利的喜悅卻沒能維持多久，隨之而來的，便是四月的清共殺戮，從瞿秋白、蔣光慈到沈雁冰都赫然名列在國民黨的黑名單上，而曾經參與暴動的上海大學共黨人士如趙世炎，更是遭到逮捕槍決，而侯紹裘的遭遇最為悽慘，被綁入麻布袋中活活戳死。於是在白色恐怖風聲鶴唳之下，蔣光慈只能蟄居在上海，閉門寫作維生，先後出版了小說《野祭》和《菊芬》。這兩本小說雖然都以「革命加戀愛」的公式聞名，但卻也都具有強烈的自傳性色彩，就連蔣光慈自己也跳出來強調這是「紀實」之作，而非虛構。《野祭》和《菊芬》的男主角都是遭到通緝的作家，也都在影射蔣光慈自己，至於女主角則往往身分神秘，行動撲朔迷離，直到小說的結尾才真相大白，原來她們都是革命分子，而最後也都為革命獻身，成了國民黨槍下的亡魂。因此在「革命加戀愛」的小說中，戀愛其實更像是一場煙霧彈，彷彿是為了掩蓋革命的悲憤莫名，以及瀰漫在字裡行間的血腥殺戮之氣，當然，「革命加戀愛」更不失為躲避白色恐怖思想檢查的一種障眼法，好利用軟性的言情去遮掩革命的弦外之音。

蔣光慈的這兩本小說又大大暢銷，寫作策略無疑再次奏效，然而真正將「革命加戀愛」公式發揮到淋漓盡致的，卻是以「茅盾」為筆名寫作小說的沈雁冰。茅盾本來就和瞿秋白有著深厚的情誼，然而在一九二七年中葉之後，瞿秋白取代陳獨秀而躍居為中共總書記，他和茅盾的關係卻悄悄產生了轉變。瞿秋白以共產黨最高領導人之姿，實踐起他向來主張的無產階級「工農武裝暴動」理念，開始在兩湖及長江流域的農村發起一連串的土地改革和秋收暴動。土改的本意是在清算地主，然而在農村之中卻演變成了「以暴制暴」的惡性輪迴，甚至是殺燒擄掠、堅壁清野的「紅色恐怖」。而不只農村的土改失控，就連城市工人革命也在國民黨的強行壓制之下，血流成河，瞿秋白許多同志好友都因此付出了生命，如當初介紹他入黨的中學好友張太雷，就在廣州公社的工人起義中，慘遭狙擊橫死街頭。沈雁冰也被派去支援由周恩來、朱德指揮的「南昌暴動」，但因為山區交通中斷，他受困在牯嶺，才僥倖逃過了一劫，否則極有可能就會在暴動之中喪命。

一九二七年八月下旬，沈雁冰從牯嶺輾轉回到上海，隱居在閘北橫濱路的景雲里，終日足不出戶，依靠寫作維生，而他唯一對外的聯繫，就是住在隔鄰的《小說月報》主編葉聖陶。當沈雁冰完成人生中的第一部小說《幻滅》之後，正是交給葉聖陶以「茅盾」為筆名，發表在他所主編的《小

17 蔣光慈，《短褲黨》，頁一四五。

說月報》上。《幻滅》描寫一九二七年的清共屠殺後，「S大學」即上海大學被政府強行關閉，以致青年學生流離四散，而他們革命的夢想與憧憬也全在一夕之間宣告幻滅，而一切理想中的幸福也都成了廢票。所以《幻滅》雖然被歸在「革命加戀愛」的小說行列之中，但是茅盾卻展現出過人的社會觀察力，深入剖析在一九二七年白色恐怖之下的上海，瀰漫著一股「使人心悸的似腥又似腐的惡氣」，而一方面既是「緊張的革命」，一方面卻是「普遍的疲倦和煩悶」，才會導致「『要戀愛』成了流行病，人們瘋狂地尋覓肉的享樂，新奇的性慾的刺激。」[18]

對於茅盾而言，「革命加戀愛」並非是一種時下流行的寫作公式，反倒是一九二七年大革命幻滅後的必然結果，因為「革命」和「戀愛」這兩者都是出自於對「神聖的解嘲」，也都在「追求強烈的刺激，讚美炸彈、大砲、革命，瘋狂似的殺戮，還有威力的崇拜。」[19]當《幻滅》完成之後，茅盾更是毫不掩飾他對於昔日好友瞿秋白的失望，他以「親愛者的乖張」這一句話，形容瞿秋白在一九二七和二八年之間所率領的一連串工農暴動，就好比是「蒼蠅那樣向窗玻片盲目撞去」，只能以白白的流血犧牲收場。[20]也因此他以自己在一九二七年初武漢擔任《漢口民國日報》總編輯時，對於當時農村土地改革的所見所聞為材料，寫作小說《動搖》，通過湖北的一個小縣城去刻畫在土改的過程之中，從工會、農協、黨部乃至於「土豪劣紳」等幾股勢力的衝突，乃至於彼此之間的相互滲透，而共產黨所發動的農村革命竟像是打開了一個潘朵拉的黑盒子，釋放出人性底層的陰暗與貪婪，所以最後雖然如願「趕走了舊式的土豪」，卻是代之以「新式的插革命旗的地痞。」

茅盾《動搖》不但是中文現代小說史上描寫土改的先驅，更揭露了所謂無產階級革命的「矛盾」真相，但茅盾自己卻仍舊不滿意，認為自己寫得還不夠，因為農村真實的狀況遠遠超出了文字所能形容，而他「只不過反映了當時湖北各縣發生的駭人聽聞的白色恐怖的一鱗半爪」。[21]於是繼《幻滅》和《動搖》之後，茅盾又在一九二八年初寫作《追求》，原本打算描寫一群知識青年在大革命失敗的「幻滅」後，又重新點燃了「追求」的希望，卻沒想到小說還沒有寫完，又得知在瞿秋白領導之下的革命越來越趨於盲目暴動，以致一些熟識的老友「莫名其妙地被捕了，犧牲了」，而這些不幸的消息壓垮了茅盾，所以《追求》最後不僅沒有「追求」，反倒是籠罩著一層「極厚的悲觀色彩」。茅盾只能把《追求》稱之為是「一件狂亂的混合物」，反映出他當時對於革命的真實心聲——既躁鬱又苦悶，情緒忽而「高亢灼熱」，忽而又跌到谷底，最後只剩下「冰一般冷」[22]。

四、太陽社：革命文學論戰

從《幻滅》、《動搖》到《追求》，茅盾這一系列的小說無疑都在和瞿秋白的革命道路對話，至於「親愛者的乖張」這些字眼，更彷彿是在向這位昔日的好友兼同志告別。相對而言，蔣光慈卻仍然是瞿秋白的堅定支持者，當共產黨農村的土地改革越趨慘烈之際，他和錢杏邨（阿英）選擇在

---

18 茅盾，〈幻滅〉，收於《蝕》，頁三一一。
19 茅盾，〈追求〉，收於《蝕》，頁二六六。
20 茅盾，《我走過的道路》（北京：人民文學出版社，一九八一），頁一八六。
21 同上註。
22 同上註，頁一八七。

城市與之呼應。一九二八年一月，他們在瞿秋白的支持和指導下，在上海閘北成立太陽社，並且創辦春野書店和《太陽月刊》，形同是以文學的方式來呼應瞿秋白的革命理念[23]。太陽社立刻發起所謂革命文學的論戰，而蔣光慈更將瞿秋白無產階級革命主張延伸入文學，認為「革命文學」應當是「反個人主義的文學」，因為「它的主人翁應當是群眾，而不是個人；它的傾向應當是集體主義，而不是個人主義。」[24]錢杏邨更以〈死去了的阿Q時代〉，點名批判魯迅是落伍「知識階級」的代表，屬於遙遠而絕望的過去，不見未來的光明希望。太陽社這些立場鮮明又過分偏激的論點，立刻引起了許多人跳出來反駁，尤其是同樣也信奉馬克思主義的青年馮雪峰。

馮雪峰生於一九〇三年，浙江義烏人，二〇年代在北大旁聽時受到李大釗的啟蒙，因此加入共產黨，一九二七年李大釗遭到張作霖逮捕殺害，馮雪峰悲憤之餘南下上海，和一群同樣也是左傾的好友施蟄存和戴望舒等人，合作發行半月刊《無軌列車》，並且開了「第一線書店」，也和太陽社一樣位在閘北的四川北路，彼此之間相距才不到百公尺遠。當時由太陽社所掀起的革命文學論戰，正是煙硝四起，而馮雪峰也立刻在《無軌列車》創刊號以〈革命與知識階級〉一文反駁，挺身而出為魯迅辯護，認為像魯迅這樣的「知識階級」感受本來就比較敏銳和纖細，也比較容易產生個人主義和社會主義的「精神的衝突」，然而這種衝突不僅無害，反倒更能夠強化革命的深度。[25]

其實不光是魯迅，茅盾也是這波革命文學論戰中的受害者，他只能以〈從牯嶺到東京〉一文來自剖心境，感慨「我們的『新作品』即使不是有意的走入了『標語口號文學』的絕路，至少也是無意的撞了上去了」。他甚至公然反對好友瞿秋白的無產階級革命主張，認為：「中國革命的前途還不能全然拋開小資產階級」，更不能「忽略於文藝的本質，或把文藝也視為宣傳工具」。[26]

換言之，關於革命文學的方向，其實就連左翼陣營的內部也充滿了眾聲喧嘩，莫衷一是，而且更重要的是，這場論戰看似轟轟烈烈，但事實上在租界警察嚴密監控和國民黨的白色恐怖下，共黨色彩鮮明的太陽社只能小心翼翼遊走在紅線的邊緣。蔣光慈甚至在一九二八年一月十二日於《時事新報》刊登聲明《短褲黨》全是出於「虛構」，絕非為共產黨「宣傳赤化之書」，而自己也只不過是一介「流浪文人」，「淡心政治，對於任何政治團體從未與聞」。即使如此，《太陽月刊》也仍舊逃不過言論檢查的機制，才出版半年就遭到查禁，蔣光慈把它改名為《時代文藝》和《海風週報》重出，也起不了作用，皆撐不到兩三個月就宣告夭折。

外在的白色恐怖固然是巨大的威脅，但共產黨內部的路線鬥爭也不遑多讓，太陽社很快就面臨被邊緣化的危機。一九二八年春天，瞿秋白前往莫斯科參加中共第六次代表大會，在這次會議中他遭到以王明為首的派系大力批判，指責他的革命路線是「左傾的盲動」，導致共產黨人士損失慘

23　阿英回憶瞿秋白參加太陽社，就是蔣光慈去動員的，而「當時秋白是總書記，不便常出來，太陽社成立會和一般活動他都不來，光慈常有機會去找他，有時我也一同去，楊之華有時也捎來過秋白的意見」。可見瞿秋白仍是太陽社背後的重要指導者。姚守中等編著，《瞿秋白年譜長編》（南京：江蘇人民出版社，一九九三），頁二四二。

24　蔣光慈，〈關於革命文學〉，原刊於《太陽月刊》一九二八年二月號，後收入《「革命文學」論爭資料選編》，上冊，頁一〇三—一〇八。

25　馮雪峰，〈我怎樣去見魯迅先生〉，收於《雪峰文集》第四卷（北京：人民文學出版社，一九八五），頁一三三。

26　同註二〇。

重。在政治上遭到無情批鬥的瞿秋白，身體健康也快速惡化，長年的肺炎宿疾再發，迫使他不得不放下了手邊的一切事物，自己一人到俄國高山的療養院去靜養，暫時遠離紛擾無情的政治圈。而和瞿秋白向來關係密切的太陽社，文學實力雖然不俗，但卻也受到波及，因此在黨內並沒有受到足夠重視而被邊緣化，所能發揮的實際影響力其實相當有限。[27]最明顯的就是蔣光慈自己也未能倖免於難，先是小說《麗莎的哀怨》遭到黨的警告處分，而一九二九年的夏天，他甚至因此負氣遠走東京，卻更是遭到同志輪番砲轟，指責他居然在白色恐怖最尖銳的時刻，一個人私自潛逃？雖然沒有直接的證據可以證明，蔣光慈的被批鬥和瞿秋白的處境有關，但就時間點而言，兩人雙雙落難也未免太過巧合，以致於當蔣光慈從日本回到上海之後，雖然立刻投入「左翼作家聯盟準備委員會」的籌備工作，但卻早已無法挽回他在黨內的劣勢。

五、重回文學：左聯「成熟期」

一九三〇年三月，左翼作家聯盟在上海成立，這時的瞿秋白已經退出共產黨的決策核心，由李立三取而代之，改開始推行以「攻打中心城市」為主的所謂「立三路線」，從六月到九月之間在武漢、上海和南京等城市發起大規模的罷工和暴動，不過結果卻更是悽慘，共產黨兵敗如山倒，導致城市的地下組織頻頻遭到查抄，黨員零落四散，幾乎淪於全盤瓦解的狀態。在當時一份國民黨調查科特務組的調查報告之中，還信心滿滿的指出「李立三是一個導火線」，代表中國共產黨的末日已到，「必將從此滅亡而不可復振」。[28]於是在這種情況之下成立的左聯，也很快就成為一個相當脆弱的組織，不但外有白色恐怖的威脅，而內部更是路線紛爭不斷。向來立場就傾向於瞿秋白路線的蔣光慈，更是因為不苟同當時左聯所提出來的城市街頭戰鬥路線，先是憤而提出退黨申請，繼之又遭到《紅旗日報》以「動搖退縮，只求個人享樂」的「沒落的小資產階級」為名，正式開除了他的黨籍。

退出共產黨的蔣光慈，彷彿想要再次證明瞿秋白的農村土改路線，而非李立三的「攻打中心城市」，才更能掌握到中國社會底層的脈動，他於是奮筆疾書長篇小說《咆哮了的土地》，以一座長江流域的農村為背景，通過三位主角李杰：一個離鄉到城市而獲得啟蒙的知識分子、無產階級礦工張德進，以及貧農吳長興的視角，呈現農村土改的過程，一掃他過去「革命加戀愛」的浪漫和煽情，而改出之以沉穩的敘事。他所刻畫的農村土改中存在著各種矛盾的勢力，彼此衝突糾葛，可以說和一九二八年茅盾的小說《動搖》相互呼應，而且成績毫不遜色，也代表才剛年滿三十歲的蔣光慈，即將就要步入人生中創作的成熟期。

不幸的是時不我予，一九三〇年底《咆哮了的土地》才剛完稿，國民政府就公布《出版法》，明訂所有的書籍和報刊都必須經過思想檢查，上海許多書店如北新書局，以及專出馬克思主義書籍的華興書局等都遭到查封，而《咆哮了的土地》更因此無緣出版問世。蔣光慈不但頓失稿費來源，生活一下子陷入了困境，還被國民黨的特務盯梢，只能不斷搬家躲避，就在貧窮焦慮的交相逼迫之

27 張廣海，《政治與文學的變奏：中國左翼作家聯盟組織史考論》，頁九四。

28 調查科特務組編，〈共黨內幕及其崩潰〉，《展望與探索月刊》第八卷第十二期，頁一一九—一二七。

下，蔣光慈和妻子吳似鴻雙雙染上了結核病，半年之後他便撒手人寰，死時落魄潦倒，孑然一身。

無獨有偶，一九三一年初也是瞿秋白一生中最低潮的時刻，他雖然已經被開除出中央政治局，仍然被迫要以一紙《聲明書》公開承認錯誤。他坦承這時的自己是動輒得咎，已經進入了徹底的「消極」，從此就以「中央的思想為思想」，只要「中央怎麼說，我就依著怎樣說，認為我說錯了，我立刻承認錯誤，也沒有什麼心思去辯白。」他還嘲諷自己成了一個完完全全的「市儈」，而「體力上的感覺是，每天只要用腦到兩三小時以上，就覺得十分疲勞，或者過分的畸形的興奮——無所謂的興奮，以致於不能睡覺，頭痛……冷汗。」[29]瞿秋白不但遭遇到精神和身體上的雙重折磨，在現實生活之中，他更是難逃國民黨情治人員在上海布下的天羅地網，只好化名為「林復」和妻子楊之華四處躲藏，經常半夜睡到一半突然接到警報，就必須連夜搬家逃亡。為了保密行蹤，瞿秋白幾乎斷絕和外界的一切往來，只有極為少數的幾個文學上老友例外，而茅盾就是其中的一位。

茅盾曾經在一九二七、二八年間不苟同瞿秋白的革命路線，批評他是「親愛者的乖張」，然而事隔兩年多，政局已然丕變，瞿秋白也早就黯然下台，不但遠離了共產黨的權力核心，也在國民黨的重重追捕之下走投無路，就在患難的時刻，兩位昔日的友人又重新恢復了情誼。茅盾甚至伸出援手，讓瞿秋白在自己的家中避難長達了一個多月，而這也正是他在寫作《子夜》的時刻。《子夜》是茅盾創作生涯中構思最為宏大的一部作品，試圖從軍事、政治、經濟到勞工等各層面，去呈現一九三〇年代的上海社會樣貌，而這無一不牽涉到瞿秋白的專長。於是他們幾乎日夜討論，瞿秋白不但向茅盾解釋了中國民族工業資本家為什麼必定會「鬥不過金融買辦資本家」，也詳細介紹當時的共軍在各個蘇維埃發展的狀況，為這部小說提供了許多珍貴的素材，而茅盾也幾乎照單全收。換言之，《子夜》的完成，瞿秋白可以說是功不可沒。[30]

瞿秋白也通過茅盾，和左聯取得進一步的聯繫，在政治上失利的他，竟因此重新回到了原本熱愛的文學領域，並且進而成為推動左聯進入第二個階段，也就是一九三一年十一月到一九三三年之間「成熟期」的靈魂人物。瞿秋白也從而恢復和一些文人舊友的聯繫，譬如曾經是他任教上海大學時的學生丁玲，他們兩人早在一九二三年就已結識熟悉，丁玲的閨蜜好友王劍虹甚至成為瞿秋白的第一任妻子，當一九二九年革命文學蔚為風潮之際，丁玲還以瞿秋白作為主角的原型寫作長篇小說《韋護》，也算是加入「革命加戀愛」的隊伍裡。

然而一九三一年的丁玲，早已不是過去那個崇尚無政府主義，擺盪在革命和戀愛之間的年輕女子了，她的丈夫胡也頻因為加入左聯而被國民黨政府槍斃，成了「左聯五烈士」之一。年僅二十八歲的丁玲成了寡婦，只能把一歲多的幼子送回湖南老家，交給母親代為撫養之後，孤單一人返回上海，負責主編左聯的機關刊物《北斗》。她和瞿秋白通過了馮雪峰重新取得聯繫，而這時的兩人才不過三十歲左右，卻充滿了生離死別的人生滄桑，早就不復當年的青春和浪漫，內心想必是充滿了感慨的。丁玲於是請瞿秋白為《北斗》寫作專欄，名為「亂彈」，但在白色恐怖的壓力下，瞿秋白

29　姚守中等編著，《瞿秋白年譜長編》（南京：江蘇人民出版社，一九九三），頁二九八。
30　見茅盾，《我走過的道路》（北京：人民文學出版社，一九八一），頁二三六—二三七詳細說明瞿秋白如何和他討論《子夜》的寫作，並提供故事素材。

只能以「笑峰」「史鐵兒」等多不勝數的筆名來寫作，在這些文章中暢談他以無產階級為主的文學理念，提倡五四新文學的白話文革命還不夠，必須再來一場「文腔」的革命，要用所謂的「大眾語」也就是大多數人使用的白話來書寫「大眾文學」才對。瞿秋白甚至帶頭用上海方言寫了一首大眾詩〈東洋人出兵〉，而在丁玲的眼中看來，瞿秋白的這一系列文章和嘗試，可以說是「中國文學運動史上的創舉」，而不只丁玲包括左聯的許多作家都因此受到鼓舞，開始大膽採取通俗語言去打開寫作的新格局。[31]

丁玲寫於一九三一年秋天的〈水〉，便是以當年蔓延中國長江流域十六省的一場大水災為背景，而小說的主角不再是自我指涉強烈的知識青年，而改為一群抵禦大水的農民，語言更大量使用丁玲自己故鄉常德的方言，可以說就是受到瞿秋白理念影響之下的產物，也成為丁玲以〈莎菲女士的日記〉從文壇崛起之後，一篇正式「向左轉」的重要代表作，被馮雪峰讚譽為是「從浪漫蒂克走到現實主義」，從「個人主義的虛無向工農大眾的革命」，一個「新的小說的誕生」。[32]

和丁玲一樣受到瞿秋白影響的，還有同樣讀過上海大學，也是瞿秋白學生的作家華漢（陽翰笙），此時也是左聯的核心成員之一。華漢在一九二七年大革命後曾參加共產黨的「南昌起義」，但起義失敗之後，只能能如同蔣光慈或茅盾一樣隱居上海，依靠寫作維生。一九三〇年他出版小說《地泉三部曲》，被視為「革命加戀愛」的代表作之一，但在一九三二年初他特地將《地泉》重新出版一次，並且邀請瞿秋白為這部小說寫序，可見他對於瞿秋白的文學主張充滿了信服。在〈革命的浪漫蒂克——《地泉》序〉中，瞿秋白先是嚴厲的批判以蔣光慈為代表的「革命加戀愛」寫作公式，認為《地泉》也是一部「浪漫蒂克」的失敗之作，「連庸俗的現實主義都沒有做到」，只流於「最膚淺的最浮面的描寫」，而這顯然說明《地泉》不但不能「改變這個世界」，甚至於「也不能夠解釋這個世界。」所以瞿秋白認為知識分子應該要堅決克服「自己的浪漫蒂克」，克服在創作時「公式化」、「概念化」和「臉譜化」等等不良的現象，唯有以「唯物辯證法」才能剝開一切事物所有的「假面」。

接替在瞿秋白之後為《地泉》寫序的，還有錢杏邨、鄭伯奇和茅盾，他們的觀點幾乎如出一轍，批評《地泉》的題材和人物的活動，多半被「概念」所支配，因此「缺乏社會現象全部的非片面的認識」，也「缺乏感情的去影響讀者的藝術手腕」，只是用「臉譜主義」去塑造人物，用「方程式」去布置故事，所以《地泉》不但對於作者華漢來說，「是一個可寶貴的教訓」，對於文壇全體而言，「也是一個教訓」。[33]

既然《地泉》的幾篇序都是一面倒的批評，那麼值得玩味的是，華漢又為何要選在這時重新出版？又為何找了對這本小說充滿批判的瞿秋白來寫序？這或許正說明了一九三一年後，左聯幾位作家對於瞿秋白論點的認同與支持，也深感於過去的自己對於「社會」乃至於「現實」，嚴重的了解不足，才會產生「公式化」和「臉譜化」的侷限。因此華漢選擇在此刻重新出版《地泉》，無疑也

31 見丁玲，〈我所認識的瞿秋白同志〉，《丁玲全集》第六卷，頁三五。

32 馮雪峰，〈關於新的小說的誕生〉，《馮雪峰選集》（北京：人民文學出版社，二〇〇三），頁九—一一。

33 見茅盾〈《地泉》讀後感〉、鄭伯奇〈《地泉》序〉等，收於華漢，《地泉》（上海：湖風書局，一九三二），頁一三—二〇、頁九—一二。

是以此批判過去的自己，並且宣示要邁入一個新的創作階段。

其實不只丁玲和華漢在這個時刻，創作態度產生重大的轉變，茅盾也突破過去《幻滅》、《追求》和《虹》中的知識分子角色，轉而擴大到《子夜》中的城市各個階級，乃至於一九三二年起，他寫作一系列以自己故鄉烏鎮農村為背景的小說《林家鋪子》及「農村三部曲」《春蠶》、《秋收》和《殘冬》，刻畫在日本發動侵略上海的「一二八事變」之後，民間抗日情緒高漲連帶抵制日貨，所引發的一連串周遭農村的經濟變化[34]。這些小說不但是茅盾個人創作生涯也是標誌革命文學成熟的高峰，既以社會經濟分析為基礎，又融入許多農村的方言口語，恰恰好呼應了瞿秋白所提倡的「要創造廣大群眾的新的文學和言語，創造廣大群眾的新的文藝形式」的「大眾化」的道路。

瞿秋白不只對於蔣光慈、茅盾，或學生丁玲及華漢等深具影響力，就連原本出身於創造社的左聯作家之一鄭伯奇，也開始認同他的文學理念，認為所謂「大眾化」不能只是「空調」，必須落實。[35]他們也都進一步意識到電影這種新型態的通俗娛樂，恐怕比起小說更能夠深入大眾的心靈，所以瞿秋白建議左聯的劇作家應該開始從資本家的手中「奪取電影陣地」。於是夏衍進入了當時最知名的明星公司，在一九三三年將茅盾的《春蠶》改編為電影，也成為中國第一次把文學作品改編成電影的先例。[36]

所以一九三一年後的瞿秋白，並沒有真的如他在遺書〈多餘的話〉中所言停止思考，成了「市儈」，反倒是通過左聯與文學重新，他又重新找到了人生的著力點。他仍舊貫徹以無產階級為主體的革命信念，而在語言上則是力圖「大眾化」，甚至打造「國語羅馬字」拉丁化的方案，也在一九三二年中葉於馮雪峰的介紹之下，與魯迅結為忘年的知己好友，兩人不但同住在閘北的東照里，幾乎每天都能相見，也一同投入一九三二年底與胡秋原等人爆發的「自由人」或「第三種人」的論戰，而這也正是魯迅一掃過去和左聯的疏離，轉為關係最為緊密的一段時期，而魯迅甚至親手寫了一幅對聯，贈送給瞿秋白：「人生得一知己足矣，斯世當以同懷視之。」流露出兩人之間深刻的惺惺相惜之情。[37]

所以若非一九三四年一月，瞿秋白受中共之命前往中央蘇區，導致他一九三五年在福建長汀被捕，遭到槍決身亡，否則瞿秋白在革命文學的道路上應該有更多的建樹才對。而日後學者對於革命文學「公式化」和「臉譜主義」的批評，不也正是三〇年代之初瞿秋白一再抨擊的弊病？故揆諸一九三〇年代前後的革命文學作品，如蔣光慈《咆哮了的土地》、丁玲〈水〉乃至茅盾《子夜》或「農村三部曲」諸作，皆試圖擺脫「公式化」的寫作，並且對於中國當時的城市尤其農村，皆作出更為深刻的反思與剖析，也將作家的個人創作推入了更為成熟豐厚的階段。所以真正斲喪他們創作生命力的，其實並非革命文學的理念，而是流行病如肺結核，以及政治上的白色恐怖殺戮，如蔣光慈死時年僅三十歲，而瞿秋白死時也年僅三十六歲，丁玲也在二十九歲那一年，也就是一九三三年五月被國民黨綁架，遭囚禁在南京長達三年之久，期間完全失去了寫作和行動上的自由，外界甚至

34 同註二〇，頁二五一。

35 同註二九，頁三三八。

36 同註二〇，頁二六六。

37 左文、華豔，〈疏離與被疏離——論魯迅與左聯的關係〉，《北京社會科學》二〇〇六年第一期，頁七一—七九。

一度紛紛謠傳她已死。

和蔣光慈、瞿秋白、丁玲的坎坷經歷相比之下，茅盾顯然是幸運得多，在一九三四年前他就幾乎寫出了幾部重要的代表作，之後上海陷入日本侵華的一連串血戰，迫使茅盾在一九三七年後舉家逃往香港避難，不得不中斷了小說的寫作，改以新聞報導為主。至於一九四二年毛澤東的〈在延安文藝座談會上的講話〉，雖然同樣強調「無產階級的文學藝術是無產階級整個革命事業的一部分」，但和三〇年代左聯時期相比，已經是全然不同時空之下的不同脈絡，更不應與瞿秋白的主張等同視之。尤其可以注意的是，延安整風乃是祭出黨中央的威權，才能夠遂行批鬥和思想管控之實，但相較於瞿秋白和左聯後期的文學路線爭辯，並無所謂威權存在，可以說是作家們百花齊放的相互激盪，自是大不相同。故換言之，一九二〇年代中葉以後真正阻礙革命文學發展的，恐怕並非革命文學的概念本身，乃是大時代之下的疾病、政治、戰爭，以及從蔣介石到毛澤東的極權獨裁和白／赤色恐怖，才真正為革命文學的風潮劃下了一個既倉促又血腥的句點。

東城／西城故事：白先勇《臺北人》的城市空間與族群記憶

一、由時間走入空間

歷來研究白先勇作品的學者，大抵都不會忽略他作品中強烈的時間意識，而最具代表性的便是歐陽子在〈白先勇的小說世界〉一文所提出的「今昔之比」，認為《台北人》書中其實只有兩個主角：一個是「過去」，一個是「現在」，故小說中的「台北人」，「不但『不能』擺脫過去，更令人憐憫的，他們不肯『放棄』過去」。[38]這群「台北人」也像是班雅明筆下轉面向後的天使，目光所及是過去，至於未來則是處處廢墟，他們是浮盪在時間長河之中不老不死的幽靈，沉湎在昔日的回憶之中，面對於現在的此刻，不是疏離冷漠，便是抗拒，而此種對於昔日青春的執著，依戀與渴慕。

過去學者多基於歐陽子的說法，著重在「過去」與「現在」的對比，也就是《臺北人》中的歷

38 歐陽子，〈白先勇的小說世界〉，收入白先勇，《臺北人》（台北：爾雅出版社，一九八三），頁五。

史記憶與鄉愁[39]，但本文卻要另闢蹊徑，雖要延續此一「時間／歷史」的議題，但卻要轉而從「空間／地理」的角度，去探勘《台北人》潛藏的時間意識，也往往是透過空間來曲折投射而出的，也就是小說為了呼應「今昔對比」的主題，其「布設與場景」也往往存在著一種「『外表』與『實質』之間的差異」，換言之，白先勇在小說中架構出一幅台北從五〇到六〇年代的城市空間，以此作為人物活動的舞台，經由他們行走或是生活的軌跡，來折射出心理時間與物理時間的刻度，並且以此現實為基礎，向上堆疊而出多重又立體的心理抽象空間，以突出人物肉體與心靈的不同視界。

我也將借助索雅（Edward Soja）所言的「第三空間」理論，亦即人在其中化為空間性的存有（spatial being），並且積極參與了環繞在人周遭的空間性社會建構，於是空間成為多層次的存在，而從物質化空間實踐的感知空間（perceived space），訂為空間之再現的構想空間（conceived space），乃至於再現的生活空間（lived space）[40]，故在物質的空間之上，更另闢出一心理上的空間。故從這個角度觀之，城市也將不再只是一個客觀的地理座標而已，而是同時蘊涵了生活其中、行走其上的人們的記憶，既是同時孕育屬於個人私領域的成長經驗，也輻射出因為城市聚居而產生的，一族群共同體的集體潛意識。而白先勇《台北人》的「記憶」顯然是更偏向於後者，也就是往往從個人過渡到族群，從私我過渡到集體。他甚至是一再將「私」化入了「群」中，譬如他最擅長描寫的角色：軍人和軍眷，他們的命運往往不止於個人一己而已，更帶有集體的共通性，而他們所居住的空間：眷村，更可以說是「公」「私」不分，一個既是屬於私人家居的「私領域」，但卻又同時是籠罩在族群集體的「公領域」之下。

故本文要特別著墨在《台北人》的「布設與場景」，也就是「台北」二字，如何在小說之中呈現「外表」與「實質」的差異，而以此繁衍出虛實相生、彼此照鏡一般的多重城市空間。由於《台北人》一書是聚焦在戰後五〇到六〇年代的台北，也正是一九四九年國民政府遷台之後，面對著一座處處殘留日本殖民印記的台北城，究竟要如何消除過往，重新打造全新的國族認同與想像？而白先勇筆下的這一群「台北人」，又不論外省或是本省，幾無一人是台北土生土長，全都是來自外地的異鄉客，他們又如何在這座陌生的城市之中生活、行走，連結自身過往的經驗和記憶，並且重塑自我生命的價值？

尤其五〇年代可以說是台北城市空間發展的關鍵時期，在大量跟隨國民政府撤退來台的外省人進駐之下，因此產生了劇烈的變化。當時全省有三分之一的外省人就在台北落腳，但台北傳統的西城和中城卻多已經呈現飽和的狀態，唯有東城，也就是如今的大安、松山和信義等區域，仍然擁有大片尚未開發的地，因此成為當時大多數外省人和新建眷村選擇落腳的地點[41]。許多原本止於東門一帶的道路，也都因此在五〇、六〇年代之後，從新生南路開始向東拓展延伸，尤其是《台北人》中經常出現的兩條東西向橫貫台北的大道：仁愛路和信義路，而前者更被定位為一條從松山機場直

---

39 如山口守，〈白先勇小說中的現代主義：白先勇《臺北人》的記憶與鄉愁〉，收入白睿文、蔡建鑫編，《重返現代：白先勇、《現代文學》與現代主義》（台北：麥田出版社，二〇一六），頁三六五—三八二。

40 參見索雅（Edward W. Soja）著，王志弘等譯，《第三空間》，頁一—二九對於「第三空間」的定義。

41 黃雯娟，〈臺北市街道命名的空間政治〉，《地理學報》第七十三期（二〇一四年六月），頁九四。

通總統府之「迎賓大道」[42]，從此以後，台北東城也隨之崛起，而一掃原來的荒涼與偏僻。《臺北人》〈永遠的尹雪豔〉和〈那片血一般紅的杜鵑花〉都是以仁愛路四段、也是台北城極東之處的豪宅為背景，在西式洋房的外表之下，是內在卻是別有洞天，充滿了傳統中式風格的家具。白先勇也如同張愛玲一般，展露出一個沿襲自《紅樓夢》古典小說美學的「細節世界」，從「紅花心紅木桌椅」、「紫檀木太師椅」、「黑絲面子鴛鴦戲水靠枕」、「麻將間」，到客廳案頭擺置的「古玩花瓶」，而瓶內插的卻是「中山北路的玫瑰花店長年都送來上選的鮮貨」，如此中西交融、古董與新潮併陳，也彷彿再現了「上海百樂門時代永恆的象徵，京滬繁華的佐證」。而台北更具華洋混血特色的，恐非在五〇年代之後，因為美軍駐紮台灣而興起的天母莫屬，〈遊園驚夢〉和〈梁父吟〉的將軍宅就都位在天母，但一如前述仁愛路的洋房，西方的僅是外表，而內在卻是由許多中式古典的物件如「漢玉鯉魚筆架」、「天籟閣珍藏的古硯」、乃至《資治通鑑》等等堆砌而成，也彷彿堆砌起一個和外在世界「脫節」的封閉空間，就像是張愛玲小說中的摩登上海，不也同樣「押著另一個時間的韻律」，就像張愛玲所言：「傳奇故事裡那個做黃梁夢的人，不過他單只睡了一覺起來了，並沒有做那個夢——更有一種惘然」。[43]

白先勇在《台北人》中把仁愛路比擬成「霞飛路」，而台北也彷彿帶著上海租界繁華的記憶，試圖模擬再現，以華洋混血、新舊交陳的華麗氛圍，展現出一種帶有「參差對照」曖昧意味的現代性。[44]故《台北人》也可以說從此角度打開了二十世紀、尤其是戰後五〇年代台北城市書寫的扉頁，也成為台北書寫重要的里程碑，在現代文學史上首次大規模地記錄台北，並成為大時代下族群記憶的隱喻。

二、東城眷村：私領域與公領域的疊合交融

一九四九年國民政府遷台之後，便將台北城市重新整治，抹去昔日日本殖民的痕跡，而將日本街名悉數改為中國的地名，一九四五年國民政府接收台灣不久，便制訂公布「台灣省各縣市街道名稱改正變法」，將昔日殖民時代留下來的日本街道名稱，以「發揚中華民族精神」、「宣揚三民主義」和「紀念國家偉大人物」等原則，悉數更改符合中國國情之名稱名。蔣介石提倡「新生活運動」的綱領「八德」：忠孝、仁愛、信義、和平，也化為具體的符碼，是橫向貫穿台北城市的四條重要大道，也是經常出現在《台北人》之中的地標。白先勇又尤其鍾情於「仁愛」和「信義」，不僅常以這兩條路作為小說的背景，甚至以之為眷村名，例如〈一把青〉中的「仁愛東村」和〈歲除〉中的「信義東村」，〈花橋榮記〉雖未點明是眷村，但和上述眷村一樣皆座落在長春路上，於是「仁愛」、「信義」和「長春」這幾個路名／眷村名反覆出現在《台北人》中，交織成一幅象徵意味深長的圖景。

白先勇筆下長春路底的眷村，大抵位在台北城東。其實不只眷村位於東城，如尹雪艷的別墅，便位在頗常出現在《台北人》的高級住宅區仁愛路，而被白先勇比喻為台北的「霞飛路」。日本殖

42 卞鳳奎，《大安區志》（台北：台北市大安區公所，二〇一一），頁二〇三。
43 李歐梵著，毛尖譯，《上海摩登》，頁二五七。
44 同上註，頁二六〇。

民時期著重於西城的開發，相較之下，台北東城則多為荒野無人的農地，許多道路皆尚未發展，例如南京東路，民生路皆止於中山北路而已，而新生南路以東則皆未開闢，[45]故國民黨政府在五〇年代對於台北開發，著重於東城一帶，尤其將其闢建為遷移來台的軍人眷屬的居住之地，故眷村大都散布在此，也成為白先勇筆下《台北人》中的重要空間。《台北人》中眷村所在的長春路，又恰正與白先勇在台北的居住地點鄰近：六〇年代，白家正座落在台北松江路，靠近和長春路口交叉處，[46]故白先勇對於長春路的情有獨鍾，應與他實際的生活經驗有關，因而《台北人》不僅反映出彼時台北城東北隅的樣貌：長春路，松江路，吉林路……交叉構組而成的版圖，而此處又多為空軍眷村所在地，至於這些街道名稱，更儼然集合成為一幅大陸東北的縮影。

不僅如此，「長春」此一街名，也予人豐富的想像空間：「長」久青「春」，透露出此間人物對於青春的渴慕，宛如白先勇總喜歡以「青」為小說人物命名：鄭彥「青」，朱「青」……，「長春」更像是對於這一群落難台北，衰老腐朽的異鄉人做出無情的幽幽嘲諷：

> 長春路一帶淹大水，我們店裡的桌椅都漂走了。水退的時候，長春路那條大水溝冒出一窩窩的死雞死貓來，有的爛得生了蛆，太陽一曬，一條街臭烘烘。衛生局來消毒，撈的時候，從溝底把秦癩子鉤了起來，他裹得一身污泥，硬幫幫的，像個四腳朝天的烏龜。[47]

「長春」路名，對應於現實之中的腐臭和死難，也映襯出個人的青春，如何被大時代的時空所無情地吞沒。這些眷村的族群也大抵都有類似的生命際遇，乃至情感樣態，譬如〈一把青〉的朱青、

〈歲除〉中的賴鳴升、劉營長、〈花橋榮記〉的李老頭、秦癲子和盧先生等等，他們都宛如深陷在一個不斷被複製的，雷同的宿命之中。而這些個別的人物，也就儼然是群體的縮影，可以在此一都市空間之中無盡地蔓延開來，幻化成為無數的臉孔。

頗堪玩味的是，他們所生活的眷村空間的命名，也多具有濃厚的道德意味：從「信義」到「仁愛」，更是強調出它重集體而輕個人的特質，這也使得從這個角度所輻射出去的台北都市空間，大多是籠罩在集體的，公共領域道德的網絡之下，用一致性去淹沒了殊異性，也使得個人的面貌融化入集體之中，而成為族群中一分子。白先勇巧妙地點出了在五〇年代國民黨戒嚴體制之下，台北城市空間瀰漫窒息之感，個人無法掙脫集體，去自由呼吸的獨特樣貌。也因此，在《台北人》中的城市，不再是過去空間論述中所慣用的「公領域」與「私領域」，「公共空間」與「私人空間」的對立二分法，反倒是往往呈現出「公」與「私」的彼此相互滲透，甚至「私領域」乃是籠罩在「公領域」之下。

眷村就是將個人的「家屋」，置放在國家集體的「村」之下，並冠以濃厚的道德命名，如此一來，個人的命運，也往往是集體之中不斷出現的複製品，例如〈一把青〉的朱青，就應驗了「嫁進

45 徐裕健主編，《台北市都市發展歷史地圖集》（台北：台北市政府都市發展局，一九九七），頁四五。
46 劉俊，《情與美：白先勇傳》（台北：時報出版公司，二〇〇七），頁八三。
47 白先勇，〈花橋榮記〉，《台北人》，頁一六六。

了我們這個村子裡」，「就得狠起心腸來，才擔得住日後的風險」[48]的宿命。而「私領域」也儼然是「公領域」之「轉喻」，例如〈花橋榮記〉的米粉店「花橋榮記」，〈永遠的尹雪艷〉中的「尹公館」，〈遊園驚夢〉中的「竇公館」，無一不是聚集了同鄉之人，以召喚昔日鄉愁的特殊空間，而它們雖然是屬於個人的家屋，因此「外在世界的存有感被減弱了，反而讓他們體驗到各種私密感質地的張力更為強化」[49]，而於此一空間徘徊流連的人們，也是急欲辨識同類，搜尋彼此身上互通的印記，以此來互相取暖、相濡以沫的族群。

三、流動的國界：在西門町看見巴黎／上海

在戰後台北都市空間發展的過程之中，外省族群可以說扮演至為重要的角色，甚至是依其記憶與情感認同，所集體打造而成。他們的遷徙流離，不僅是從一地到一地，我們還可以用 Claire Dwyer 所謂的流動的地理學（geography of flow）來審視之，亦即外省族群由大陸來臺，並非是一個從有邊界的地方（bounded place）到另一個有邊界地方之間的移動，而是在過程中穿越了國家邊界與領土，使得這些地理空間產生了更加複雜的連結網絡。[50] 換言之，空間與空間的界限被打破，因而增添了多重並置與對話的可能。

如白先勇《台北人》中經常描述的西門町，便是在此一遷徙過程中，不斷被貫注新的意義的一塊區域。西門町此一地名既帶有日本時代的印記，而地標「紅樓」，乃是一九〇八年日本殖民政府所建具有「殖民現代性」指標意義的八角市場，至於紅樓側面的「新世界館」戲院旁的「片倉

通」，林立二十多家各色日本料理店，更讓西門町儼然東京淺草多采多姿庶民生活之再現，也足慰藉日本新移民鄉愁的新樂園。[51]然而一九四五年後，日人戰敗被撤出台灣，國民政府所帶來的外省族群取而代之，進駐台北城市，故原有的日本色彩也被鮮明的中國符碼所淹沒，西門町附近街道被重新以中國城市命名，如「康定」、「漢口」、「武昌」、「峨眉」等，而西門町更從原先的「類淺草」變為「擬上海」[52]，而成為〈永遠的尹雪艷〉中代表大陸昔日繁華歲月的地標，舉凡鴻翔綢緞莊的高級布匹，京滬小吃，紅樓改為「滬園劇場」上演紹興戲碼，吳燕麗唱的《孟麗君》，拼貼成西門町五〇和六〇年代的主要景觀，於是一群外省太太們由尹雪艷領隊：

> 逛西門町，看紹興戲，坐在三六九裡吃桂花湯糰，往往把幾十年來不如意的事啊一股腦兒拋掉，好像尹雪艷周身都透著上海大千世界榮華的麝香一般，薰得這起往事滄桑的中年婦人都進入半醉的狀態，而不由自主都津津樂道起上海五香齋的蟹黃麵來。[53]

48　白先勇，〈一把青〉，《台北人》，頁三四。
49　加思東．巴舍拉著、龔卓軍等譯，《空間詩學》，頁一〇九。
50　Claire Dwyer 著，陳毅峰譯，〈遷移與流移〉，《人文地理學概論》（台北：巨流圖書公司，二〇〇六），頁三八四。
51　李明璁，〈去／再領域化的西門町：「擬東京」消費地景的想像與建構〉，《文化研究》第九期（二〇〇九年六月），頁一一九－一六三。
52　同上註，頁一三三。
53　白先勇，〈永遠的尹雪艷〉，《台北人》，頁七。

從京滬小吃，旗袍布料到紹興戲，從吃到穿到玩，從各個消費面向一再地複製出上海的昔日繁華，因此和才不過十年之前，西門町濃厚的日本殖民地的風情，有如天壤之別，更暗示台北其實是一座不斷被植入外來統治者記憶與情感的城市，而尹雪艷在此彷彿化身成為空間與時間的雙重導遊：她既是西門町的空間導遊，而透過此一空間，亦宛如靈媒，引領眾人悠悠晃晃盪入了過往的回憶與時間，而遊西門町的同時，再次經驗了一次穿越時光的上海旅程。

也因此，白先勇筆下的「台北人」們經常以「雙重視角」來行走西門町：此一被視為上海複製品的台北西城，而在此處，即使建築物多有日本殖民者所打造之威權象徵，如建於一九三六年的紀念日皇裕仁登基的「台北公會堂」，被改為紀念國父孫中山之「中山堂」，而他們也無視於日本殖民的過去，反倒改以自己的記憶，投射塗抹在西門町的街景之上。譬如〈金大班的最後一夜〉中藉由金大班之眼，將位在西門町的「夜巴黎」舞廳，和上海的「百樂門」空間疊合在一起，然而相較之下，當然是今非昔比：「百樂門裡那間廁所只怕比夜巴黎的舞池還寬敞些呢。」[54]就在台北／上海宛如孿生姊妹的彼此倒影之中，卻又看出其中的虛與實來，台北只是鏡像，更襯出此刻歡樂的虛無與空幻，也點染出台北這一座城市的悲劇性格，它屢被植入外來者的記憶的城市，故結合了既是實，又是虛的雙重面向，它既是存在的「自我」，但同時又是被見斥的「他者」（Other），而渲染出如夢似幻的悲劇性格。

另一頗堪玩味的地點則是〈孤戀花〉中的「五月花」，同樣位在城西的延平北路上，乃是日據時期台北知名酒家。〈孤戀花〉中由上海寶春樓來台北的雲芳老六，踏入此一具有濃厚台灣本土氣息的空間：日本狎客，蘇澳鄉下來的小酒女娟娟，林三郎譜曲的台灣小調……。構築成了整本《台北人》中最多元化的族群遇合：日本，本省，外省，並且連結了台灣過去殖民史，東部漁村，以及大陸上海的記憶。西城帶有台灣殖民傷痕的空間，融入了戰後的外省世界中，而白先勇在其中找到了命運相互扣合，問答，乃至撫慰之點：女人弱勢的處境，以及在現實中注定永恆失落的愛情。

或許正因為如此，白先勇《台北人》雖然以「台北」為題，但「台北」卻宛如是一座海市蜃樓，水中倒影的幻相，而弔詭的是，這群異鄉人本應屬於被城市邊緣化的「他者」，然而如今卻是建構話語權的主宰，主客的顛倒異位，也透露出台北是一座屬於外來者的城市，它的身世斑駁多重，注定要與其他的城市相互連結，對照，從日治時代的東京，到一九四九年之後的上海，南京，甚至桂林，台北不斷被植入外來者身後所拖曳的故事，而藉此來打造出它獨特的空間感，充滿了歷史記憶的符碼。也因此，「台北」成了一個反襯「回憶」的座標，活在過去，更勝過在此刻當下。如李奭學借用喬哀思論《都柏林人》之語：「這個都市是癱瘓的中心」，來比喻台北，而以「癱瘓（paralysis）的美學」論《台北人》，也點出了台北雖為台灣首善之都，但城中卻瀰漫沉悶與麻木，以及被「錯置」（reification）的虛無之感。[55]

白睿文（Michael Berry）結合夏志清「感時憂國」與艾米利．希克思（D. Emily Hicks）的「再域化」（reterritorialzation）概念，指出：跨越國界的人在心的土地上仍堅守那些懷舊的鄉土印象，

---

54 白先勇，〈金大班的最後一夜〉，《臺北人》，頁七三。

55 李奭學，〈中國民族主義與台灣現代性：從喬艾斯的《都柏林人》看白先勇的《台北人》〉，《三看白先勇》（台北：允晨文化，二〇〇八），頁三〇。

而以此兩種情結的交雜，為白先勇作品中回響的主題。[56]如此一來，台北城可以說是處處暗藏鄉愁的密碼，也處處皆可以是杜麗娘所遊之「園」，所驚之「夢」，從東城到西城，白先勇《台北人》中所描寫的台北，也其實是一座融合了地理的與心理的坐標，一個重疊「現在」與「過去」，從「私人」入「族群」，並且將「私領域」與「公領域」彼此交叉滲透的，具有雙重敘事的都市。白先勇筆下的「台北人」，或許是意指他們並「不在」台北，但他們卻又分明在此，彷彿是有意無意之中，便親身打造，介入甚至參與了戰後台北城市的建構，並且將自身濃厚的家國想像和族群集體記憶，塗抹在這座城市之上，而使得它直到今日為止，仍然散發著某種濃郁的中國鄉愁。

白先勇也勾勒出台北這座城市在戰後五〇、六〇年代的發展軌跡，從東城的仁愛路四段、信義路四段和長春路底的眷村，到城北華洋混血的天母，到城西的西門町紅樓、夜巴黎，而在讀者眼前呈現出一融合私人情感與大時代印記的城市版圖。台北於是彷彿成了《牡丹亭》「遊園驚夢」之中的「園」，既是「奼紫嫣紅開遍」，卻又像是已經處處「斷井頹垣」，它在「過往」與「現在」的時間軸之中來回擺盪，而折射出美式西洋和日本殖的文化想像，幻化為一座曖昧跨界的、摩登、反諷與流動的，既看得見卻又不看不見的城市。

56　白睿文（Michael Berry）著，楊情譯，〈移民，愛國，自殺〉，收入陳芳明・范銘如主編，《跨世紀的流離：白先勇的文學與藝術國際學術研討會論文集》（台北：印刻出版社，二〇〇九），頁一五二。

後記

《城市異鄉人：五四世代的城／鄉旅程》和《長路漫漫：五四世代．波西米亞人》這兩本書之所以能夠完成，要歸功於以下我所執行的一系列國科會研究計畫：「城市、左翼文人、現代性：以蔣光慈（1901-1931）和馬爾羅（Andre Malraux, 1901-1976）為例（112-2410-H-152-031-）、「瞿秋白與『革命文學』（111-2410-H-152-028-）、「從蔣光慈《短褲黨》與葉聖陶《倪煥之》看一九二七年『上海工人三月暴動』中的知識份子」（108-2410-H-152-019-）、「城市異鄉人：五四文人的城／鄉旅程」（106-2410-H-152-024-）、「從『個人』到『群』：馬爾羅、蔣光慈與茅盾革命小說之比較」（104-2410-H-152-022-）、「一九二〇年代上海城市的異質空間：以蔣光慈，茅盾，丁玲的小說為例」（103-2410-H-152-025-）、「雙城漫遊：從郁達夫作品看一九二〇年的東京與上海」（102-2410-H-194-093-）、「從『會館』到『公寓』：論五四世代作品中的北京圖像」（101-2410-H-194-101-）、「中國三〇年代小說中的城／鄉旅程」（95-2411-H-259-012-）、「兩段現代性的旅程：從丁玲與沈從文看三〇年代後上海知識份子的轉向」（94-2411-H-259-008-）、「一九三〇年・春・上海：從丁玲看現代文學發展的若干問題（2/2）」（92-2411-H-259-005-）以及「一九三〇年・春・上海：從丁玲看現代文學發展的若干問題（1/2）」（91-2411-H-259-001-）等。

上述研究計畫從最早的二〇〇二年開始，直到今天總共橫跨了二十二年，幾乎占去了我人生將近一半的歲月，不可不謂之漫長。因此有時我不免自嘲，「長路漫漫」書名真是取錯了，不僅是「長路」也是「長夜漫漫」，我每天埋首在研究室堆積如山的文獻資料中，彷彿一個鑽入地底深處的礦工，以文字之鋤一點一滴艱辛地鑿挖著，以為必定會找到那一條閃閃發光的金脈，但卻往往沒有，偶爾只不過是淘出一丁點兒細碎的金沙，我就已經感到狂喜不已，彷彿一天下來的勞苦全都有了代價。

這不是一份天下最癡愚的工作嗎？既傷神，又傷眼，還傷心。我研究的主題太過陰鬱，研究的對象如瞿秋白、蔣光慈等人也多死於非命，並且和台灣社會當前熱門的本土議題脫節，置諸對岸更會觸及敏感的政治禁忌。我無人可以對話，寂寞之餘，只能以瞿秋白遺書〈多餘的話〉所引的「不知我者，謂我何求？」以及魯迅的兩句詩「躲進小樓成一統，管他冬夏與春秋」聊堪自慰。

但幸好有國科會的支持，我才能夠不顧一切地完成這兩本書，走完了這一條研究的漫漫長路，而計畫審查委員的意見都是異常珍貴的提點，我銘記於心。更要感謝陳芳明老師在二〇一一年邀請我加入由他擔任召集人之「現代中國的形塑：文學與藝術的現代轉化與跨界研究」頂尖大學研究計畫，在長達五年多的時間中，我得以和團隊的優秀學者劉正忠教授、吳佩珍教授、崔末順教授、王君琦教授、紀大偉教授、邱雅芳教授等人切磋琢磨，才因此有了今日這兩本書的成果，故若我的研究有些許的突破與洞見，都要歸功於陳芳明老師這位最重要的催生者和幕後推手。

最初我之所以發願要以五四世代尤其左派文人作為研究對象，乃是因為二〇〇〇年暑假，我獲得王德威老師和蔣經國基金會的支持，到哥倫比亞大學進行兩個月的短期訪問。我原本研究的主題是台灣當代女性文學，但論起女性文學，卻非得要上溯到五四和丁玲不可。當時紐約曼哈頓夏日炎炎，我每天來到 Kent Hall 東亞系圖書館地下樓的藏書室，卻彷彿來到了一座與世隔絕的地窖，打開燈——我最喜歡做這個動作了，彷彿一剎那間所有沉睡的書本全都被我一一喚醒，而那些活在上世紀之初的靈魂也都怯怯地向我私語著，他們所經歷過的愛與恨、顛沛與流離。

我在這裡第一次仔細閱讀了二〇年代中國左翼作家的書籍，穿越文字看見了他們在廣袤的大地上東奔西走，從故鄉到東京，從亂都北京到籠罩在白色恐怖下的上海，乃至於到延安黃土地，而對於一個郁達夫式的「零餘者」或瞿秋白所謂的「薄海民」（波希米亞人）而言，哪裡都不會是他們的家。

於是二〇〇五年暑假我又在國科會的支持下，到上海復旦大學進行「現代性的壓抑？或是萌芽？——從一九三〇年代的上海看中國知識份子的轉向」研究計畫，試圖透過「城市與鄉村的對峙」、「個人意志與集體命運的衝突」、「國族主義與國家建構」三個層面，探究現代共黨中國誕生的過程。我得以就教於復旦大學陳思和教授，深受啟發，並且經常在午後和復旦的博士生孫燕華去造訪賈植芳先生，一起閒聊喝茶。我從賈先生身上見到了五四知識分子的風骨，也見到了一位飽學之士的幽默、寬厚與仁慈，令我永誌不忘。

也因此《城市異鄉人：五四世代的城／鄉旅程》和《長路漫漫：五四世代・波西米亞人》的完成，要感謝的人實在太多，我已無法一一細數。這必定是我人生之中寫得最久也最耗費精力的兩本書，而這段期間我們所處的世界也經歷了兩次重大的疫情：二〇〇三年的 SARS 以及二〇二〇年起肆虐全球的新冠肺炎，這都不禁讓我想到五四世代也是同樣活在病毒橫行的年代下，書中的幾位主角如瞿秋白、郁達夫、蔣光慈等都一輩子為肺炎所苦，但不幸的是他們沒有疫苗，也沒有特效藥，病毒、貧窮、革命與戰爭這幾個元素彼此糾纏交織，將五四世代困在一個不見光明的惡夢和死神的魅影裡。

不只如此，我在寫作期間中經歷了個人生命的重要轉折，二〇一〇年女兒誕生後，我花了許多的時間和心力陪伴她成長，若非她的緣故，這兩本書早就應該要完成問世。雖然女兒成了我寫作上最大的阻力，但卻也是最大的助力，因為她我才更有了探索人生的耐心與決心。我好奇的是在這兩本書的主角大多出生於破產的仕紳階級，而他們如何叩問自我存在的目的？又如何面對大時代的逆境與新世紀的挑戰？我也才愕然發現，原來出身背景是如何深深地影響了每個人，這是上帝所賜予我們與生俱來的宿命，一如魯迅所言：「背著因襲的重擔，肩住了黑暗的閘門」。

然而盜火者普羅米修斯注定會成為一個悲劇人物嗎？個人的意志是否具有意義？我希望這些二十世紀的故事，或許能帶給百年後下一代人些許的勇氣和想像力，去面對未來一個更充滿了未知與挑戰的、嶄新的世紀。

最後必須說的是，《城市異鄉人：五四世代的城／鄉旅程》和《長路漫漫：五四世代・波西米亞人》兩本書關懷的主題雖然一致，但寫法卻是大不相同。《城市異鄉人》採取的是學術論文筆法，從中國二十世紀最重要的兩座城市「北京」和「上海」出發，至於《長路漫漫》則師從我所心儀的學者史景遷，而他又景仰司馬遷的《史記》以人寫史的筆法，故我也試圖以三位五四的代表文人：魯迅、郁達夫和蔣光慈為主，並且述及瞿秋白、沈從文、丁玲等等，希望以人出發，更能觸及文學寫作者神秘的心靈世界。

那世界竟如同詩的深淵一般，言之不盡，而我已竭盡所能，不禁想到了魯迅《野草》的提辭：「當我沉默著的時候，我覺得充實；我將開口，同時感到空虛。」故這兩本書也必定有許多未能周全、甚至繆誤之處，只祈望有識之士都能不吝包涵與指正。

台灣與東亞

城市異鄉人：城市・現代小說・五四世代

2024年7月初版　　定價：新臺幣420元

著者　郝譽翔
叢書主編　沙淑芬
內文排版　菩薩蠻
校對　王中奇
封面設計　沈佳德

出版者　聯經出版事業股份有限公司
地址　新北市汐止區大同路一段369號1樓
叢書主編電話　(02)86925588轉5310
台北聯經書房　台北市新生南路三段94號
電話　(02)23620308
郵政劃撥帳戶第0100559-3號
郵撥電話　(02)23620308
印刷者　世和印製企業有限公司
總經銷　聯合發行股份有限公司
發行所　新北市新店區寶橋路235巷6弄6號2樓
電話　(02)29178022

副總編輯　陳逸華
總編輯　涂豐恩
總經理　陳芝宇
社長　羅國俊
發行人　林載爵

行政院新聞局出版事業登記證局版臺業字第0130號

本書如有缺頁，破損，倒裝請寄回台北聯經書房更換。　ISBN 978-957-08-7374-0 (平裝)
聯經網址：www.linkingbooks.com.tw
電子信箱：linking@udngroup.com

國家圖書館出版品預行編目資料

城市異鄉人：城市・現代小說・五四世代/郝譽翔著．
初版．新北市．聯經．2024年7月．296面．14.8×21公分
（台灣與東亞）
ISBN 978-957-08-7374-0（平裝）

1.CST：現代文學　2.CST：中國小說　3.CST：五四新文學運動

820.97　113005742